天竺热风录

てんじくねっぷうろく

[日] 田中芳树　著

陆求实　译

浙江文藝出版社

Zhejiang Literature & Art Publishing House

TENJIKU NEPPU-ROKU

by TANAKA Yoshiki

Copyright © 2004 TANAKA Yoshiki

All rights reserved.

Originally published in Japan by SHODENSHA PUBLISHING CO., LTD., Tokyo.

Chinese (in simplified character only) translation rights arranged

with SHODENSHA PUBLISHING CO., LTD., Japan

through THE SAKAI AGENCY and BARDON CHINESE CREATIVE AGENCY LIMITED.

本书中文简体字版版权，浙江文艺出版社独家所有。

版权合同登记号：图字：11-2021-032 号

图书在版编目（CIP）数据

天竺热风录 /（日）田中芳树著；陆求实译 .

杭州：浙江文艺出版社，2025. 1. — ISBN 978-7

-5339-7760-3

Ⅰ. I313.45

中国国家版本馆 CIP 数据核字第 2024KX6749 号

策划统筹	曹元勇
责任编辑	睢静静
文字编辑	张嘉露
营销编辑	耿德加　胡凤凡
责任印制	吴春娟
装帧设计	天佑书房
封面插图	天佑书房

天竺热风录

[日]田中芳树　著

陆求实　译

出版发行	浙江文艺出版社
地　　址	杭州市环城北路 177 号
邮　　编	310003
电　　话	0571-85176953（总编办）
	0571-85152727（市场部）
印　　刷	上海盛通时代印刷有限公司
开　　本	787 毫米 ×1092 毫米　1/32
字　　数	170 千字
印　　张	8.625
插　　页	1
版　　次	2025 年 1 月第 1 版
印　　次	2025 年 1 月第 1 次印刷
书　　号	ISBN 978-7-5339-7760-3
定　　价	52.00 元

版权所有　侵权必究

代　序
波澜壮阔的传奇
热血沸腾的历史

还在着手进行《天竺热风录》的翻译之前，网络上就已经出现了号称"《天竺热风录》——作者：田中芳树"的文字，这似乎本身就说明了这部作品别有引人入胜之处。

《天竺热风录》以盛唐时期王玄策三赴天竺（印度）的真实故事为线索，描写了王玄策第二次出使天竺的一段惊险经历，情节跌宕起伏，场面细致华丽，再现了当年波澜壮阔的西行壮举。公元647年，王玄策奉唐太宗之命再次出使天竺。不意此时统治天竺众多诸侯小国的戒日王尸罗逸多病逝，帝那伏帝国主阿罗那顺趁乱篡位僭立，并实行残酷的宗教迫害。阿罗那顺听说大唐使节来到，竟派出百余兵将伏击唐使，将王玄策及从骑三十余人全部投入牢狱。王玄策与副使蒋师仁冒险越狱，并在戒日王之妹拉迦室利公主的帮助下，逃出天竺北上至泥婆罗国，借得泥婆罗骑兵七千及吐蕃骑兵一千二百名，再返天竺，与阿罗那顺的数万大军展开激战，俘敌万余，生擒篡国逆贼阿罗那顺，救出身陷牢狱的随从一行，也使天竺诸国恢复了安定与和平。

本书作者田中芳树在日本是一位家喻户晓的小说家。

他出生在熊本县，毕业于学习院大学研究生院，以《银河英雄传说》《创龙传》和《亚尔斯兰战记》等作品名播文坛，《银河英雄传说》还曾荣获"星云奖"。对于不少中国读者来说，田中芳树是日本著名的科幻小说家，其实，他的创作题材跨科幻、传奇、历史等多个领域。他最擅长的"十八番"还数历史小说，尤其是以古代中国为背景的历史小说。田中先后创作有《红尘》《奔流》《风翔万里》《长江有情》《中国武将列传》等以中国历史为题材的小说，另外还将中国的《隋唐演义》《岳飞传》《杨家将演义》等编译加工成日文小说。他创作的历史小说背景壮阔、结构严谨、情节丰富、想象浪漫。在《天竺热风录》中，田中抒发了一贯的"KING MAKER"情愫，以力透纸背的笔触刻画出一个仁义忠信、智勇双全的英雄形象。田中芳树本人曾表示，即使将王玄策"当成好莱坞冒险大片中的主角也丝毫不缺分量"。此外，蒋师仁、求法僧智岸和彼岸、拉迦室利公主的女仆耶须密那，以及阿罗那顺等人，也个个性格鲜明，呼之欲出。

《天竺热风录》从构思到最终完稿，整整花了二十年时间。据田中自己说，最初接触到唐代使节王玄策这个有着传奇经历的人物时，他为之震惊。当时自己还没有成为作家的打算，只是单纯出于好奇想对其做一番探究。直到十多年以后，他才决心将这段历史写成小说。

译者在翻译《天竺热风录》之前，对王玄策这个名字也是一无所知。为此译者做了不少事先的准备工作。随着译者对相关资料的反复查阅，王玄策这个人物的形象越来越清晰；同时，作者的创作热情和他对历史的掌握能力也越来越令译者深感敬佩。要知道，中国史籍中关于王玄策的记载太少了，以此为骨干发展成一篇有血有肉的历史小说，其难度可想而知。

译者翻查了《旧唐书·西戎传》，其中有一段关于王玄策的记载：

……先是遣右率府长史王玄策使天竺，其四天竺国王咸遣使朝贡。会中天竺王尸罗逸多死，国中大乱，其臣那伏帝阿罗那顺篡立，乃尽发胡兵以拒玄策。玄策从骑三十人与胡御战，不敌，矢尽，悉被擒。胡并掠诸国贡献之物。玄策乃挺身宵遁，走至吐蕃，发精锐一千二百人，并泥婆罗国七千余骑，以从玄策。玄策与副使蒋师仁率二国兵进至中天竺国城，连战三日，大破之，斩首三千余级，赴水溺死者且万人，阿罗那顺弃城而遁，师仁进擒获之。虏男女万二千人，牛马三万余头匹。于是天竺震惧，俘阿罗那顺以归。二十二年至京师，太宗大悦，命有司告宗庙，而谓群臣曰："夫人耳目玩于声色，口鼻耽于臭味，此乃败德之源。若婆罗门不劫掠我使人，岂为俘虏邪？昔中山以贪宝取弊，蜀侯以金牛致灭，莫不由之。"拜玄策朝散大夫。是时就其国得方士那逻娑婆寐（那逻迩娑婆寐），自言寿二百岁，云有长生之术。太宗深加礼敬，馆之于金飙门内，造延年之药。令兵部尚书崔敦礼监主之，发使天下，采诸奇药异石，不可称数。延历岁月，药成，服竟不效，后放还本国。

以上这段文字便构成了《天竺热风录》的故事梗概，但毕竟只有寥寥数笔。有了人物、事情的起始终末以及结局，也就是有了故事发展的主线。但这篇故事怎样才能讲述得跌宕起伏，人物形象怎样才能使之丰满有趣，总而言之，怎样才能令读者产生兴味盎然的阅读享受，这就要考验作者的功力了。读完本书，你一定会与译者一样，对田中芳树天马行空般的想象力和扎实的中国历史文化功底油然而生一股敬意。尽管书中也有史实不尽准确之处，不过那只是极个别的，瑕不掩瑜，无关大局。

这里不能不谈到本书的翻译语言。在写作风格上，田中芳树采用了中国传统文学作品中章回体小说的形式，并且还大量使用了中国古典通俗小说中的语言，如"沿路一干事案，不在话下""兵不释甲、象不卸鞍""欲知后事如何，且听下回分解"等，读来令人顿生一种亲切感。带有浓厚的中国气息是这部作品的一大特色。因此，在翻译之初，译者便决定大胆尝试采用中国古典通俗小说式的语言，因为只有这样的语言，用来描写一个中国古代英雄的故事才是再合适不过的。当然，由于译者水平有限，难免会有词不达意的地方，这点还请读者谅解，并期待博学之士给予批评指正。

　　田中芳树曾与金庸一起被读者誉为"亚洲文坛的双璧"，在日本则拥有"万人杀手"的昵称，可见其作品的影响力和巨大杀伤力。让我们期待着《天竺热风录》在中国能够掀起一阵"热风"，同时也记取那段曾经几乎被人遗忘、令人热血沸腾的历史吧！

　　　　　　　　　　　　　　　　　　陆求实
　　　　　　　　　　　　　　　　　　2007 年春

薩末鞬

曲女城

王玄策出使路线图

凉州

洛阳

长安

成都

逻些

加德满都

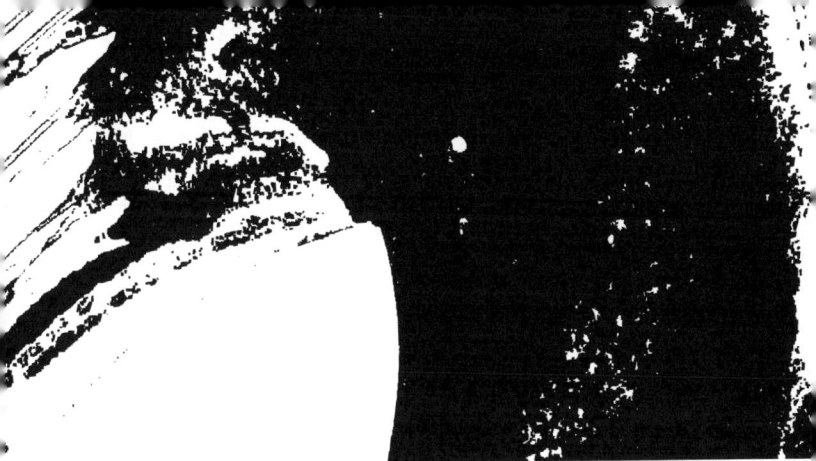

目录

第一回
唐太宗遣使礼天竺
王玄策奉敕赴西域

一

从来建立宏功伟业的英雄豪杰，无不是逢危而显，越是临大节当危难，越能做出一番惊天动地的事情来，真所谓"沧海横流，方显英雄本色"。

这里单说那李唐一代，治乱相承，其间忠肝义胆勇震乾坤者，简直是如天上繁星、地上沙砂。在这无数英雄豪杰当中，有一位智勇双全的英雄姓王名玄策，他奉敕出使天竺，一路饱尝困坷惊险，蹈锋饮血，敌以敌忾，扬中华国威于异域，终于不负君命，留下一段千古佳话。

话说贞观二十一年①正月某日清晨，长安城弘福寺的一室内，高僧玄奘三藏法师②忽然从睡梦中惊悸而寤，口

---

① 贞观二十一年：公元 647 年。——本书注释均为译者注
② 玄奘（公元 602 年—公元 664 年）：通称三藏法师，俗称唐僧，唐代著名佛教学者、旅行家，与鸠摩罗什、真谛并称为中国佛教三大翻译家。本名陈祎，洛州缑氏（今河南偃师缑氏镇）人，十三岁出家，后遍访名师，精通经论。唐太宗贞观三年（公元 629 年，一说贞观元年），西行赴天竺求发受学，后游学天竺各地。贞观十九年回到长安，译出佛教经、论共七十五部一千三百三十五卷，对中国佛教思想的发展产生极为重要的影响。根据旅行见闻而撰《大唐西域记》一书，是研究古代历史地理及从事考古的重要资料。

中犹作咿呀之声。众所周知，玄奘法师修法译经的大本营在慈恩寺①，此时他为何不在慈恩寺却身居弘福寺？原来慈恩寺还未建成，当时弘福寺才是玄奘法师和众高僧翻译佛典之所。

玄奘法师于两年前的贞观十九年正月携佛典无数自天竺②返唐，时逢唐太宗驻跸东都洛阳，于是当即召见入宫；慰劳之余，嘱玄奘法师安心住于长安弘福寺，同时命令宰相房玄龄网罗天下人才，会同法师一起潜心译经。那时节，大凡学识与语学俱备的高僧居京者过半，这其中有道因、栖玄、辩机、慧立、道宣、玄应、玄模等，都是青史留名的高僧，还有弘福寺灵润法师诸人，也尽归玄奘法师选调，齐心译经。一时间抱珠怀玉，风靡云蒸，阵容齐整。此时众人业已将《菩萨藏经》二十卷、《佛地经》一卷、《六门陀罗尼经》一卷、《显扬圣教论》二十卷译毕；玄奘法师自著的旅行见闻巨录《大唐西域记》也赖辩机的协助，编纂完成了十二卷，眼下众人正一心一意悉力翻译《瑜伽师地论》百卷宏著。

却说玄奘法师已经三日未曾合眼，这才昏昏沉沉一觉

---

① 慈恩寺：中国佛教名寺，在今陕西省西安市和平门外。是唐高宗做太子时为母文德皇后所建，故名"慈恩"，原为隋无漏寺故址。玄奘曾住此八年，专门翻译经、论。寺内大雁塔为玄奘倡议而建，用以收藏他从印度带回的经像，现为全国重点文物保护单位。

② 天竺：古代印度的别称。《后汉书·西域传》："天竺国一名身毒，在月氏之东南数千里。"以后《晋书》《新唐书》《宋史》均沿称"天竺"。玄奘《大唐西域记》："详夫天竺之称，异议纠纷，旧云身毒，或曰贤豆，今从正音，宜云印度。"

睡下去了，不意却梦见一件可怕的事情。

听见发出声响，一名僧人已恭立在床前。

"师父，你醒了吗？"说话者是玄奘法师的弟子智岸。

"哦，是智岸呀，你早已候在此处了？"

"是的，弟子备好水在此恭候多时了。"

"多谢。"

玄奘法师说着，翻身从厚重的木床上下来。只见他，身长六尺，生得是肩宽背厚，双目熠熠生光，满脸堂堂正气，面色黝黑——那是长年客走天竺被强烈日光灼晒所形成的。试想假若没有这般强壮的身体，又如何能够跋涉万里，越过人迹罕至的荒漠，到得西域取经呢？此时玄奘法师年已四十有六，早已步入初老，却依然英气不减，眸子里透露出一股凛然不可侵犯的威严。

法师整衣坐好，把智岸递过来的一碗水喝下。长安的正月天气燥冷，不免叫人口干咽痒。

"师父，弟子冒昧问一声，什么可怕的事情叫师父如此吃惊？"

"咦，原来你听见了。原是我梦见一件可怕的事情，这才惊出声来，倒是叫你也吓到了，罪过罪过。"

即便是弟子，也毫不打佯儿周旋，这便是玄奘法师待人真诚之处，倒弄得这厢的智岸在一旁诚惶诚恐。智岸年方二十五六，尊玄奘法师如父亲般敬爱。

"师父睡觉做梦却是件稀罕事。倘若不介意的话，可否告知弟子，倒是什么可怕的事情？"

"好在只是做梦而已，本不值得一提，既然累你为我担心，就说与你听听也罢。"玄奘法师稍稍思忖了片刻，心下算计道：梦中之事早一日晚一日智岸总会晓得，与其现在悬在心上，倒不如说与他听。俄顷，法师开口说道："是我方才梦见戒日王①辞世了……"

"啊！"智岸禁不住大声叫出来，随即连忙以左手掩口，但见他呼吸已经急促起来。"师父所说的戒日王，可是那天竺君主？"

"正是他。师父我在天竺时，和他曾有晤见。戒日王对我多有照拂，真乃我入竺求佛众僧的恩人。"

戒日王何许人也？原来他正是统治天竺众多诸侯国的君主，简而言之，乃天竺历史上一代名君。玄奘三藏法师等人西行求佛时，戒日王曾给予众僧极大关照，法师之言恩人实在并不过分。

"戒日王真可谓是天竺一代英主，不过也着实年事已高，即令真的辞世也并不奇怪，只是……机缘不巧啊。不几日，你就要随行出使天竺，偏偏此时梦见他辞世，莫非天心圣显，预兆西行途中会有什么不祥之事？"

---

① 戒日王（Siladitya，公元590年—公元647年）：音译尸罗逸多或尸罗阿迭多，印度曷利沙帝国创立者，本名曷利沙·伐弹那（Harsha Vardhana），在位时（公元606年—公元647年）征服摩揭陀、伐拉彼、克什米尔、古拉查和信德"五天竺"，基本统一北印度，定都曲女城（今比哈尔邦南部卡瑙季），史称曷利沙帝国。崇尚佛教，乐善好施。公元641年曾遣使者至唐。戒日王还是一位剧作家和诗人，著有梵文剧本《龙喜记》《璎珞传》《妙容传》和诗篇《八大灵塔梵赞》等。他死后，曷利沙帝国解体。

智岸紧张不已，连声也不出了，只是屏息看着尊师痛惜的视线直直地望向远方。

虽说已是初春，不过严寒依旧。室内地面上只铺一层木地板，并无绒毯褥垫之类暖脚的什物，更无火炉熏笼暖身，二人俱光着脚踩在地上，早已寒冷不堪，吐出的气息均透着霜白。即便如此，法师踩在地上的双脚却纹丝不动，踏踏实实，不愧是踏破万里之人。

"师父，梦中之事是否向圣上启奏？"圣上即唐太宗李世民，只要玄奘想谒见，太宗当然是喜之不得。

玄奘紧锁双眉，摇头道："不然，奏报了只怕徒增圣上的烦恼，于事却无益。"

唐太宗乃古今无双的一代旷世英雄，十八岁时协父举义，自太原起兵建立唐朝；二十七岁即位后一统天下，开创"贞观之治"，被后世帝王尊为治国楷模。自少年时驰骋疆场，攻城陷池，一直到励精图治，运筹理国，太宗竟一日也没有病倒过。不过大英雄亦难免有烦心之处，那便是继位传代的大事情。其时，太宗诸皇子间，聪明天纵、机谋狡猾、有承继万世霸业之才者却是忤逆叛道；贤孝守节、行事仁厚者又不免少了些威加四海的轩昂气宇；更有几个纨绔之子，只晓得鲜衣骏马逍遥闲散，耽酒渔色挥金如土，加上内廷妻族间有一干人等添嘴搬舌说长道短的，使得太宗在后继之事上游移不定，日夜不胜其烦。这样的节骨眼上，向圣上面奏梦见戒日王辞世，想必只会招致嫌忌不悦。

玄奘法师嘱咐智岸："时已至此，圣上遣使节赴天竺之事不容变更，就不须再说些无根无影的事情了；说了也无益，还是先不声张的好。"

智岸忙答道："弟子知道了。"

玄奘法师又道："你今日不是要见王大人吗？"

智岸点头回话道："正是，过会儿就去见王大人。"

玄奘法师于是道："如此你就见机告诉王大人吧。如若今日不便说，出使途中再说也无妨。"

智岸将师父的话谨记于心。再说王大人是何许人也？他便是此番太宗遣往天竺礼见戒日王的使节团正使，姓王名玄策。智岸则作为伴随僧与其一同前往。

只因玄奘法师德高名重，业绩彰显，说到西使天竺便往往使人以为除玄奘法师以外寥寥无几，其实不然。大凡前往天竺者，无论修行礼佛，又或是奉敕出使，古今不知其数。后世形之于纸笔，大大颂扬的固然以玄奘法师为最——却正所谓"坡广则山高"，若无众多细土广坡而积势，哪得高山巍峨而出——多少知名和不知名的求法僧或遣竺使冒险入天竺，才成就了玄奘三藏法师这样的业成名遂者。

总观其始终，往往不出三种命运：其一，得入天竺且安然而返者；其二，虽得入天竺，却是一去不归，或客卒于天竺或病故于返途者；其三，出师未捷身先死，不及到达天竺便半途亡命者。这其中最后一种命运的人数最为众多。越是志高之人而未能遂其志却长眠于西行途中者，越是叫人扼腕慨叹。

曾有常愍法师^①从海路前往天竺，不幸遭遇厉风，可怜法师口念"阿弥陀佛"，命殒海上。又有明远法师往天竺途中到得师子国^②，不想被诬为偷盗佛牙而身陷囹圄，后虽得脱狱，却从此下落不明，踪迹莫辨。特别值得一书的当数玄照法师^③，初入天竺无事而返，其后奉高宗之命再度前往天竺，终卒于其地。其壮志气骨，比起玄奘法师来也绝不在其下。

一般人一度往返天竺就已是困坷惊险不绝了，何况二度前往。哪里晓得，大唐朝却还有一位了不起的人物，岂止二度，竟然前后三次奉敕前往天竺，在当时也算得前无古人后无来者了，他便是王玄策^④。

---

① 常愍：唐代僧人。《大唐西域求法高僧传》关于常愍之死的记载与本书有所不同：常愍由海道前往天竺巡礼，途经末罗瑜国（马来语 Malayu 的音译，是末罗瑜人于公元初在今印度尼西亚苏门答腊岛占碑一带建立的国家，元代时扩展至马来半岛中南部和沙捞越等地，故地大致相当于今马来西亚后），所乘商舶中途遇险沉没，旅客争上小船逃难，常愍舍己救人，遂与弟子一起遇难。

② 师子国（Simhala）：古国名，又译执师子国，斯里兰卡的古称。见于《法显传》《宋书》《梁书》、新旧《唐书》，《大唐西域记》作僧迦罗。

③ 玄照：唐代僧人，贞观（公元627年—公元649年）中前往天竺，麟德（公元664年—公元665年）中归国，往返皆经吐蕃，受文成公主资助。其后再由唐高宗派赴天竺，卒于其地。事见《大唐西域求法高僧传》。

④ 王玄策：生卒年月不详，唐初出使印度的使者。唐太宗时为黄水（今广西罗城西北）县令，贞观十七年（公元643年）随朝散大夫李义表伴送摩揭陀国使者返印度至王舍城，二十年回国。二十一年以右卫率府长史衔出使中印度，显庆二年至龙朔元年（公元657年—公元661年）又第三次出使印度，曾访问泥婆罗（今尼泊尔）和罽宾（西域古国名，唐代称箇失蜜或迦湿弥罗，为克什米尔的古译。隋唐时地域约在今阿富汗东北一带，据传为佛教大乘派的发源地）。著有《中天竺国行记》。

二

却说智岸诵经并用膳完毕，便走出弘福寺。长安城实行坊市制，将城内划分成大小无数的坊与市，坊者即居住之所；市者即易货之所。坊市间围以墙垣，四面各开一门，夜间各门关闭，无令牌者一律不得出门，而坊内则通行自由。当时的长安城有人口近百万，坊门一开，行人、羊马骆驼等便齐齐出动，人畜杂错，一派熙熙攘攘的光景。

这边智岸已来到皇城正门朱雀门前。皇城内便是天子的居处，朝廷的文武百官从宰相到兵勇，上上下下数万人也居住在皇城内，宫殿林立，廊腰缦回，官衙错落，好不威严。智岸整理好衣襟，将玄奘法师亲书一封往守门官吏眼前一示，只道是入见右卫率府王长史的，便顺利得入。见一处门上挂着"右卫率府"的匾额，门口并不见兵丁把守，这便是王玄策的官邸。

王玄策出身洛阳，其父亲原是隋朝的一名小官，负责与西域诸国的往来礼交及佛教事务。

佛教在中国进入全盛正是隋时，就连那骄奢淫逸的隋炀帝也皈依了佛教的天台宗。隋室荒乱，炀帝巡幸江都乐而忘返，代王年幼，国中无主，结果四方群雄竞起，一时天下荒荒。王世充占据洛阳，与其他各路群雄攻守争夺不断，白天或有血淋淋的首级似蹴球滚落而至，夜晚或有亮光光的火矢如黄金雨从天而降，孩童时王玄策眼见的尽是令人丧魂落魄的战乱光景。

王世充被剿灭后，唐高祖李渊一统天下，建都长安。住在洛阳的隋朝旧臣改侍新帝，拖家带小地随迁长安。王玄策的父亲也不例外。唐帝革新气象，百废待兴，重视怀有专门知识与经验之官僚。因此王玄策十八岁时子承父业，出仕朝廷，同样负责与西域诸国之间的外务，兼掌管佛教事宜。凡西域来使到京，王玄策照例迎来送往，安歇其于馆驿，使者入朝谒见圣上时便在一边充任翻译，待承应对。

时值大唐隆盛，梯山航海，不远万里来到长安欲与大唐结好的各国使臣络绎不绝，长安城内赤发碧眼者不足见怪。又或检视城内各佛寺，凡与佛教相关人事不管巨细，一一闻录，日后依据人事派拨钱两。

王玄策首次领受大命，担当重任是在六年前。贞观十五年，中天竺摩揭陀国①戒日王遣使者抵唐，王玄策随李义表至长安城外出迎，又陪同入朝谒见太宗。天竺使者向太宗转致戒日王欲与大唐永世修好之意，并描述了一番

---

① 摩揭陀（Magadha）：印度古国名，《新唐书·西域传》称摩揭它、摩迦陀，即中天竺，位于恒河中下游，故地约在今印度比哈尔邦南部。公元前7世纪—公元前6世纪兴起，公元前4世纪孔雀王朝统治时国势强盛，统一了除印度半岛南端以外的印度全境，并成为早期佛教中心。公元5世纪中叶以后逐渐分裂。中国僧人法显、玄奘等均曾到此，《大唐西域记》中有记述。

玄奘在天竺的情景。太宗此时方才得知玄奘跋山涉水不远万里往天竺求佛的故事，不禁为之动容，当下命云骑尉梁怀璥对使者优待以礼，并叫热心听取天竺之事。

天竺使者一行贞观十七年方始返回。太宗又命李义表为正使，王玄策为副使，率大唐使者团随来使一同前往天竺。一行人出长安，经益州往西域而去。次年到达天竺，戒日王传令召见，唐使呈上太宗国书，并进献瓷器丝绢等若干。

李义表原想见玄奘法师一叙，却不料此时玄奘法师已经踏上东归旅途了。原来李义表等大唐使者是由吐蕃①翻越雪山，以最短行程从东北入天竺，玄奘法师却是来去同一路线，从西北方向出天竺的。中华至天竺本不止一条道路连接，李义表和王玄策等人走的是被后人称为"唐蕃古道"的路线，玄奘法师走的却是一直向西迂回、翻越葱岭②的道路，另有一路向南折经骠国③而进入天竺。除了

---

① 吐蕃：中国古代藏族政权名，公元 7 世纪—公元 9 世纪时存在于青藏高原，是由农业部落联盟发展而成的奴隶制政权。松赞干布时定都逻些（今拉萨），公元 9 世纪中达磨死后吐蕃瓦解。吐蕃赞普松赞干布、弃隶缩赞先后与唐文成公主、金城公主联姻，唐蕃通使频繁，经济文化联系非常密切。

② 葱岭：古山脉名，北起南天山、西天山，往南绵亘，包括帕米尔高原、西昆仑山、喀喇昆仑山和兴都库什山，是中国古代西部群山和前往南亚、西亚的必经之路，中有县度道、波谜罗川和勃达岭等著名山道。

③ 骠国（Pyu）：古代骠人在今缅甸伊洛瓦底江流域建立的国家，都城卑谬，故又称卑谬国。受印度文化影响，佛教兴盛。唐贞元十八年（公元 802 年）王太子舒难陀率乐队和舞蹈家至长安，白居易有《骠国乐》纪其事。

陆路外，还可从广州由海路通往天竺。东西交通之盛况，远远超乎后人的想象。

李义表、王玄策一行在天竺受到戒日王的盛情款待，滞留天竺超过一年，直至贞观二十年才平安回到长安。王玄策因对两国修好立下功劳，旋升至右卫率府长史，名义上是长安御林军的副统领，其实仍旧掌管西域及佛教事务，官阶正七品，给俸八十石。正七品相当于朝廷官僚中自下而上第六等，属于中级官吏中最下级。李义表归后如何状况史书却毫无记载，或恐是因为年纪笃老，回到长安不久即辞世了，所以此番太宗再度遣使赴天竺，便起用王玄策担任正使。

三

这一年，王玄策约莫三十五六岁。只见他，身材高大，体格健壮，两眼炯炯有神，与玄奘法师一样，经历过西使天竺的艰难旅程，脸膛晒得黝黑发亮，越发显得英武轩昂。

"法师有何见教？我今日还要入宫，有事面奏圣上，就请法师将烦就简说来听听吧。"王玄策一面说，一面将几卷奏折挪开，引智岸入座。

智岸将出使天竺之事与王玄策计议了一番，忽而问王玄策道："王大人曾克艰历险，往返于天竺，在彼地可曾发生什么令大人惊诧之事？贫僧愿一闻其详。"

其实智岸是想试探一下，看看王玄策可能会对三藏法师梦见的事情做何反应。

王玄策警觉地反问道："在天竺发生什么令我惊诧之事？"再看智岸，兀是一脸理所当然的神情，点着头等待他回答。

"法师问得好生奇怪呢。"

"有什么奇怪？天竺的诸多事情王大人恐是见多不怪了，对贫僧来说却是兹事体大。贫僧今番随王大人前去天竺，不能孤陋寡闻使天竺人生出不快的印象才是。"

"是吗？我还以为三藏法师有什么见教呢。"

智岸被王玄策一说已经暗暗出汗了，王玄策却就此打住，不再追问下去了。他略略思索片刻，答道："法师要问有什么叫人惊诧之事，我倒是想起来一桩。"

"莫非是猛虎出没？"

"猛虎在中华时也曾见过，不值得惊诧，着实令我大吃一惊的……"王玄策脸上稍作盈盈笑状，往下说，"是那天竺的良家女子竟赤足露于人前……"

中华数千年来，女子，特别是良家女子是万万不可露赤足于人前的，被人见到赤足就如同被窥见裸体一样。曾经有这样一则笑谈：

家住扬州的书生董生，为了科考折桂一举出人头地，从此登上仕途光宗耀祖，每日刻苦用功读书。无奈董生自幼父母双失，生活过得甚是清苦，于是便经常学车胤萤窗、匡衡凿壁，恭勤不倦。某夜，董生经过隔壁一殷实人家窗前，原想偷些光照书来读，忽然听得房内有水声和女子声音，原来是这家的小姐正在入浴。董生不由得心猿意马，竟隔着窗户偷偷朝里面张望起来，恰好看见一只白嫩的粉足。董生这厢恍恍惚惚地叹息几声，那边小姐却呜呜咽咽地悲鸣连连。

"啊！叫我怎生还有脸见人?！"

小姐以手掩面，扑簌簌落下两行伤心泪来。小姐的父兄听得声响，早已箭步蹿出，前后夹击，将慌忙欲逃的董生逮个正着。"你这白面书生做的好事！竟做出这等龌龊的事情，叫我家女儿日后如何嫁人？儿啊，快与我捉了他见官去！"

其兄在旁则劝道："阿爷且慢。捉了这厮去见官府，对妹子与我家都无半点好处，不如问问他可愿意娶妹子，若愿意的话便饶了他吧。"

董生已经吓得浑身战栗，缩成一团，闻听此言随即打算起来：自己身无一文，且不说读书科考均需资费，就是日常开销一个人也担待不起，如果娶了小姐，至少可以得到妻家的帮助，再说适才看见小姐那一只白嫩的粉足早已令他心动……

于是，董生抱手答道："小生愿意娶你家小姐为妻。"

父兄听了此话，立即转怒为笑，将董生殷勤迎入厅堂，支桌置酒，鱼肉佳肴吃起来，又唤小姐之母出来见过未来的贤婿，好不热情。酒过数巡，其母携女出来与董生相见。只见小姐盛服浓妆，头上披了一块纱巾，将脸孔遮住，羞羞答答摇步走来。董生满心欢喜去揭小姐头上的纱巾，顿时哭笑不得：原来他方才哪里曾看见小姐的裸足，分明是小姐的脸孔。

闲话暂止。却说王玄策初次看见天竺女子赤足走路时，着实吃了一惊。不过，天竺女子说是赤足，其实是穿着鞋子的，只不过与中华女子所穿鞋子不同，五个脚趾都露在鞋子外而已。王玄策虽说之前也曾向天竺来人询问过彼地的风俗，天竺人视之为正常不过的事情，自然不会特意说给他听。

"女子的赤足竟能令他如此兴致津津，看来此人与师父比较起来，终究是俗了些。"智岸心中暗暗思忖道。

这却未免太苛严了。与三藏法师比较起来，天下哪个不是俗人？

王玄策却不晓得是否看穿了智岸的心下所想，又说了几件天竺的风俗，便停住口不再说了。他拿眼瞧着智岸，意思是：倘若无其他事情便请回吧。

智岸终究未将三藏法师的梦中之事告诉王玄策，因师父已经关照过，所梦之事说出来也无益处。时已至此，遣使前往天竺之事是断不会更改的了，倘若贸然变更，势必成为中华与天竺修好的一大问题，况且不只是三藏法师自身将招致太宗的嫌忌不悦，就是佛教从此为皇帝见恨也未尝不可能。这倒不是危言耸听，隋朝之前的后周时曾大肆排佛，计百万以上的佛僧和佛尼被强令还俗，此事发生距今只不过七十年。只要圣上发了怒，佛教随时便有遭到排斥之忧。

想到此，智岸便一丝也不向王玄策提起师父梦中之事。

除此以外，智岸还有一个更大的理由。

那又是为何？只因为他赴天竺之意坚决，得师父举荐作为伴随僧一同前往，总算可以踏入圣地求法修行，一偿夙愿，正是欢天喜地之极。倘若一旦终止派遣使者前往，只怕今生今世不知什么时候再有机会了。

智岸起身朝王玄策行了礼，旋即告辞离去。一抬头，却看见几案上奏折内的几个字——"镇国大法主"云云。

这"镇国大法主"本名阿罗本[①]，乃西方波斯国人，他却不是佛门弟子，倒是一名景教僧人。当时长安城内，殊方异域的人和物齐集之盛况，闻名遐迩。

说起来，智岸自己也算不得是汉人，而是西域高昌国[②]人，少年时入长安修行佛法。高昌乃汉人在西域的天

---

① 阿罗本（Alopen）：景教教士，唐贞观九年（公元635年）携带经籍至长安传教，后建寺并翻译经籍。阿罗本被封为"镇国大法主"是在高宗时，事见《大秦景教流行中国碑》，此处为贞观二十一年，应当还没有封此称号，疑是作者有误。景教即基督教聂斯脱利派。

② 高昌：古代城国名，公元442年沮渠无讳率北凉余众逐高昌太守而据其地，次年自立为凉王，公元460年柔然灭沮渠氏，立阚伯周为高昌王，始以高昌为国名，国都高昌城。高昌国最盛时疆域北邻敕勒（在天山北麓），南接河南（罗布泊以南的吐谷浑国境），东连敦煌，西次龟兹（今新疆库车一带）。境内多汉魏以来屯戍西域的汉人后裔，语言风俗、制度等与中原大同小异。公元640年唐灭高昌，以其地为西州。

山南麓所建城国，故智岸黑发黑瞳，容貌与汉人无异。

智岸离开后，前后脚走进来一个人，是王玄策的从弟，名玄廓。今番出使天竺，王玄廓也一同前往。

"呵呵，你来得正好。我即刻便要动身到宫中去，这些劳什子就劳你帮我整理一下。"说罢，也不管王玄廓嘴里发什么牢骚，便将五六卷奏折交到他手上，压得王玄廓不由身子一沉。王玄策则整整衣冠，径直出门往皇城里走去了。

四

要是那平常一介正七品的官儿，单单踏入巍峨森严的皇宫中，都禁不住会两腿打战，王玄策却是镇定自若。他原本是一个顶天立地的男儿，虽官阶中下，却此前已经入宫拜谒过了太宗，况且还曾晤见过天竺的戒日王。得与名垂青史的两大圣上促膝而谈，王玄策见识自然不是一般，因此此刻来到宫内，并不觉得半点惶恐。

穿过承天门，前面便是宫城。它地处皇城的最深处，大唐的天子便是在此君临天下。

长安的唐宫城乃天下最大的宫殿，更堪称天下最大的建筑群，右有东宫，左有掖庭宫，正面是气势迫人的太极殿。太极殿后面地势稍高处呼为龙首原，含元殿、大明宫、翔鸾阁、栖凤阁诸楼阁各依地势，蜿蜒不知几千万落，真个是"直栏横槛，多于九土之城郭"也。

王玄策在太极殿前老远处便停步下来，依次等候召见。他朝四下看了看，见今日也有自异域前来觐见唐太宗皇帝的使者，人数甚众，但见各个既殷殷亟亟又忐忑不安，嘴里咿咿嘈嘈说着各式番语。

候了好一晌儿，传奏官才出来引王玄策入内，此时已经日近正午了。宽展轩朗的殿内置放着好几只火炉子，王玄策顿觉身上暖和了几分。

大唐太宗皇帝姓李名世民，据《隋唐演义》记述，这一年太宗年已四十七岁，比三藏法师只年长了两三岁，只因身心操劳，看上去便觉一脸老相。

王玄策来到太宗的玉座前，行了跪拜礼。传奏官在一旁传令："圣上有旨，王玄策请起来说话。"

王玄策立起身来，目光偷偷向上瞟一眼，只见太宗身着龙袍端坐在玉座上，须发已经有些灰白了，目光却依然炯炯有神，一语未发，却自然透出一股无比的威严。

玉座旁还侍立着两个人，左边是赵国公长孙无忌，右边是英国公李勣，都是太宗特别倚重的重臣，官阶从一品。

长孙无忌时年四十八岁，乃太宗长孙皇后的兄长，国舅爷，自随高祖太宗起兵以来，忙碌终日，恪尽职守，在宰相任上已有十五年。

李勣本姓徐名世勣，字懋功，是天下无人不晓的大唐开国功臣。十七岁时他见隋王朝气数将尽，于是率众反隋，初从翟让参加瓦岗军，征战无数，无不克敌而捷。其人多谋善断，行事又如快刀斩乱麻般干脆利落，豪爽仗义，是隋末唐初一条响当当的英雄好汉，《隋唐演义》《说唐》等稗史中多有记述。后归唐从李世民，赐姓李，因避太宗讳，才改单名为勣。虽年方廿七，却早已威震天下，无论用兵还是谋划、智略，能够与他一较高低的只有稍早于他的卫国公李靖一人。

想当初辅佐太宗一统天下的宿将名臣，或已死去，或已告老归乡，仍在朝廷里建功立勋的老臣除了李勣，也仅剩庐国公程知节等一二人了。不过庐国公只是一员战场上的猛将，于国事毫无兴致。

此时的李勣年已五十有四，说是已经功成名就了，然而他平生最大的一桩功绩却尚未建立。这桩大功绩便是东征高句丽，智破西京①，俘其主而归，那是他七十五岁那年的事情了。一直到晚年，其身共心皆不衰也。

李勣比太宗年长七岁，②看上去却与主君相差无几。只见他一双丹凤厉眼看将过来，刚才还是心平气定的王玄策也不由得局促起来，站在那里鞠躬屏气，大声报上自己的姓名，告之以近日即将动身往使天竺之事。太宗一面点头一面听，间或与身旁两个重臣低声说上几句话。

"哦，王玄策，朕还记得卿。"

王玄策惶恐不安叩头谢过圣上。长孙无忌看了看太宗

---

① 西京：今名平壤，公元 427 年高句丽建都于此。
② 李勣出生于公元 594 年，唐太宗出生于公元 599 年，故二人年龄相差实际应为五岁。

的眼神，向下说道："王玄策，圣上赐你直奏，你可径直回圣上的问话便是。"

"谢圣上。"王玄策越发诚惶诚恐地谢主隆恩。

太宗开口又说道："前次卿等自天竺带回本朝的物品，朕甚是喜爱，尤其是那石蜜实在好。"唐时把压制成块的砂糖称作石蜜。

"圣上圣明。"

"想天竺所产物品原不逊我中华，然就卿等带回的物品来看，精糖之制作技法天竺似更有一日之长。此番卿等再使天竺，务必从彼地携精糖之制作技法归来。"

"臣遵旨。"

太宗皇帝算不上是个富有生活情趣的人，但从他亲自吩咐携制糖法归来一事看来，又似是个心思极细的主君。

太宗另外还命王玄策从天竺带回的一件东西则是佛足石。佛足石乃是印有佛祖释迦牟尼足迹之石，上还刻有各式记号和纹样，和佛舍利一道，共为佛门弟子顶礼膜拜的圣物。

"何时起身？"

"回圣上，预定三月朔日起身。"

按照王玄策的算计，春暖之日出长安，恰好夏日翻越喜马拉雅雪山，入秋时便可到达天竺，除此以外没有更好的行程安排了。虽也曾有人反其道而行，在寒冬时节翻越喜马拉雅雪山，酷暑时节到达天竺，王玄策却无意率一众人不远万里往天竺去劳形苦心。

上上下下平安无事抵达天竺并得归长安，不负圣上之命，以尽国使之责，这才是王玄策务必考虑的。他身为正使，不只自己平安无事，还须率一众四十四人皆平安得返才算一桩圆满事情。

入秋时到达天竺，冬季则暂居其地将外务之事一一办了，次年春天辞别天竺踏上归途。春天的雪山极易崩缺，艰险不在严冬之下，故待夏季时再翻越雪山，秋季时入唐，下一个冬季便可以返抵长安了。如此算来，王玄策一行回到长安则是一年又九个月后的事情了。

"……务必携精糖制法和佛足石返回我大唐，朕就静候卿等的佳音了。"

"微臣一定遵旨照办。"王玄策恭恭敬敬顿拜叩首，从御前退下。

贞观二十一年春三月，王玄策等四十四人的遣天竺使团由长安出发。

王玄策这一行可算得史上最为坎坷多舛的西行使者，不过就是他们先知先觉，也不会晓得等待他们的究竟是什么样的命运。

欲知后事如何，请听下回分解。

第二回
彼岸师拉萨谒公主
智岸师雪山尝困坷

一

　　却说王玄策一行出得长安，一路直奔蜀州成都而去。越秦岭山脉，渡蜀中栈道，前后四十余日，沿途一干事案，不在话下。五月上旬，一行人平安到达成都，除几名染疴需原地休养或办理相应公事之人外，其余共三十六人蓄势而发，预备继进天竺。

　　这三十六人中，后世留载姓名的有正使王玄策、副使蒋师仁、王玄策从弟王玄廓、学僧智岸与彼岸五人，余者名不见记载的则为医者一名、通译一名、庖人二名及兵士若干。众兵士除去护卫使者一行的安全外，还要驱使骡马负驮行囊，以及设置营帐等一应杂务。

　　蜀州太守好好款待了王玄策一行。成都当时乃是仅次于长安、洛阳和扬州的天下第四大都市，物产丰富，人畜兴旺，行商坐贾纷纷往来于此，熙熙攘攘，好不热闹。不过，西蜀与朝廷的关系一向不甚密切，再往后约百年的玄宗皇帝时，安史之乱起，玄宗自长安走脱，蒙尘于蜀地，途中痛失杨贵妃。更往后一百多年的僖宗时，同样因兵乱而避居蜀地，逃过栈道时，后面乱兵赶至，一把冲天火将栈道点燃，顿时火趁风威，风借火势，烟焰所被，官兵不战而溃，情势十分危急。幸好将军王建在旁拼死护驾，左冲右突，才背负僖宗突出火海。后来僖宗驾崩，王建便索性滞留蜀地，平定一方，自立为皇帝，国号蜀，便是后世所称的前蜀高祖皇帝。那时距离王玄策三度西使天竺，已经是二百余年以后的事情了。

王玄策一行在成都暂时安顿下来，转眼已过春天。登上成都城壁，往西南方向极目望去，只见绵延无尽的白色雪云之间露出紫色的山岭，如巨大的城壁一般横亘于天际。脚下所踏丰沃的平地还是大唐的疆土，而视线所极之处的山地，却已是大唐与吐蕃的边界。

自古以来，中华帝国受到的威胁均来自北方。先有匈奴，后有突厥，北方强悍的游牧民乘铁骑挟朔风进袭中原，千余年来战尘不绝，隋唐之际也同样为抵御北方异民族的进袭所苦。唐太宗即位后，命卫国公李靖讨伐突厥，李靖率军与突厥骑军正面相接，摆开阵形直冲敌阵，恶战数场无不披靡，使突厥从此不敢南进，成就了自汉武帝以来七百五十余年未曾有过的快举。

北疆既安，西方的威胁于是凸显出来。曾经数度进犯大唐西边的吐谷浑灭亡后，又有强敌吐蕃取而代之，虎踞大唐西边。吐蕃兵堪称强悍精锐，尤其是善于山地战，即便是大唐帝国的戍边名将也抵御不过，只能以人数之优，将吐蕃兵困阻在山麓脚下，以求暂时的相持而已。成都乃大唐抵御吐蕃的重要军事据点，从太宗皇帝的曾孙玄宗起在成都设置有剑南节度使，当此重任者往往被封王拜侯，足见责任之重大和朝廷之重视。

不过吐蕃兵却也有一大死穴，那便是在山地上对阵起来所向无敌，然而下得山来，在平地上个个就像偎灶猫一般，头重脚轻，软绵绵的，几乎毫无作战力。吐蕃兵曾经一路冲荡直至成都盆地，却因地势差而水土不服，终于草草收兵退回。

如今吐蕃与大唐关系和睦，这一切皆赖唐文成公主[①]嫁作吐蕃赞普松赞干布[②]的妃子，促成两国修好。

此番王玄策一行经吐蕃而入天竺的目的，便是有顺便一程谒见松赞干布及文成公主的使命在身——其实不经吐蕃，从其南也有径直前往天竺的山道。

一行人在成都休整了十日，吐蕃向导早已待机而发。王玄策等置办了充足的骡马和食粮之类，又将地图仔细研究数

---

① 文成公主（？—公元 680 年）：唐太宗养宗室女，藏文史籍称为"甲萨公主"，意为"汉妃公主"。贞观十五年（公元 641 年）与吐蕃赞普松赞干布联姻，并将碾磨、陶器、纸、酒等制作工艺及历算、医药等知识传入吐蕃。

② 松赞干布（Khri-srong btsan，约公元 617 年—公元 650 年）：新旧《唐书》称弃宗弄赞或弃苏农。在位时先后兼并今西藏地区诸部，定都逻些（今拉萨），创文字，立法律，定官制、军制，建成吐蕃奴隶制政权。与唐太宗养宗室女文成公主联姻。遣贵族子弟赴长安入国学，接受汉族先进生产技术，为促进汉藏经济和文化交流作出重要贡献。后受唐封为驸马都尉、西海郡王。卒于逻些，唐遣使吊祭抚慰。赞普是吐蕃君长的称号，《新唐书·吐蕃传》："其俗谓强雄曰赞，丈夫曰普，故号君长曰赞普。"

遍，确定了行进路线，同时派人往前方打探沿途治安情况。

准备进献给吐蕃君主松赞干布的礼物也一一盘点检视了一番，共有茶、绢、锦、医书、历书以及最上等的陶瓷等器物。所有陶瓷器物为防止损破，均裹以精绵，内部也以绵填充。商人们运输陶瓷器物时，大多以砂或土填充，不过对于出使遥远西域的王玄策一行来说，未免太过沉重，况且作为进献给吐蕃君主的礼物，似也粗陋了些，故而以绵填充。单从这一点看，王玄策绝对称得上是个细针密缕的人。

如此，至五月中旬唐使者一行终于离开成都，启程西行，走出平地，向西域高山地带进发，预定大约八十天之后到达吐蕃都城逻些^①。

进入高山地带第三日，智岸的僚友彼岸行进途中不意扑跌掼了一跤，不过是膝头一点小伤而已，没甚要紧，彼岸却痛煞不住地大呼小叫，引来一阵骚动，叫医者检查，又是验伤又是敷药，才算无事。

体魄健壮的蒋师仁见彼岸狼狈模样，朝王玄策苦笑了说道："这副腌臢德行如何能翻越雪山？"

"如不能翻越雪山者一律原地留下。"王玄策冷冷作答，"这是早就说定了的。凡不能翻越雪山者，他便没有资格进入天竺；凡碍别人手脚者，也便没有资格翻越雪山。这等人即便可怜，也不须费身手去扶助。"

---

① 逻些：一作逻娑，唐代藏文的音译，即今西藏拉萨市。公元 7 世纪—公元 9 世纪中为吐蕃都城。松赞干布在此建城郭，定为吐蕃都城。

王玄策声音嘹亮，并没有压低话音的意思，原来他是有心说给智岸、彼岸二人听的。智岸自觉王玄策说的话不错，更没有一丝反驳的余地，只得强自打起精神，闷闷地往前面走去。再看那彼岸，明知到了这份上是叫天天不应，呼地地不灵，没一人敢同情他，于是也只好蹒跚着跟在后面走路，只是口里愤愤不平地自言自语。

有道是"索命之山"，恰是形容这险峻的高山，好似要向登山者索取性命一般。王玄策一行入天竺使者，一路上翻越了数座索命之山，这日来到近大唐和吐蕃接界处的金沙江畔。

大唐和吐蕃接界处自北向南有三条大河挨次并流，从大唐往吐蕃的方向分别是金沙江、澜沧江和怒江，各个河面宽阔，水流湍急，况且不是奔流在平地之上，而是夹流于高耸峭直的万仞悬壁之间，形势异常艰险。河上并无渡桥和舟楫之类，要渡河只能于枯水期找一个水浅处，设法渡过。至于何处水浅，用何种方法渡，这便是须由吐蕃向导探察后定弦的责任之一。

"前年往天竺时是如此这般的？"

此刻王玄策微微摇了摇头，向导导引的场所与他记忆中前次渡河的场所有所不同。只见眼前山高岸束，两壁俨立而望；湍流鸣响，飞漱搏石，若是一不小心落下去，性命定然不保。好在形势虽然险恶，河面却是不甚宽，取一石子掷过去便似能及。

忽见有一样奇妙的东西横越河面上，近看原来是一条手腕般粗壮的长索穿过河面，从这边的崖边连接到对岸的崖边。

长索用数根藤条编织而成，看上去强韧无比。绳索下面悬着一只用藤和竹编就的笼子，笼子里面足以容纳一人。另有稍细的绳索系住笼子，吐蕃人在河两岸来回扯动，将人渡过河。

彼岸看见这样的光景，早已魂飞魄散，身体不停地打晃儿，连声音也抖抖嗦嗦起来，向王玄策问道："横是要一众人乘上那个笼子渡过去吗？可是真的？"

"你不乘？"王玄策露出一副取笑人的怪笑答道，"你若是不乘的话从空中飞过去也可以，无人阻拦你呢，却也让我等开一回眼，见识一下你的修行成果也好。"

言罢，王玄策将头转向吐蕃向导，开始计算起如何渡河的顺序来，并无暇与彼岸过多絮叨。

彼岸好不生气，脸颊鼓起，气恼地转至王玄策面前，正儿八经向王玄策抗议道："拙僧并不是胆小鬼！"

"哦，原来如此？"

"拙僧只是想，到得天竺之前，须好好珍重自己的性命而已，还未入天竺，怎好就白白丢了性命呢？故只是望正使带领我等一行人平安进入天竺，想也是人之常情吧。"

"平安进入天竺？"王玄策此时已经对彼岸彻底生了气。本来要说平安的话，留在长安或者洛阳过日子是最为平安无事的了，前往天竺求法之旅是不可能平安的。再者，彼岸并非一个人只身前往天竺，随伴大唐使者一道，有这么多兵士随行护卫，与以往的求法僧自有天上地下之别，已经是再平安不过了。

彼岸却有他自己的一番道理。

"只有平安到达天竺，才能一圆求法之梦，旅途中因为冒不必要的险而丢掉性命，拙僧以为是极不明智的愚行。倘若了无安全感，根本就称不上是成功的旅行。"

"法师所言我自然是晓得的。只是眼下这是不得已而冒之的危险，如果法师不想冒这个险的话，尽管一个人从这里返回长安去。"

说罢，王玄策扭过身子不再理会彼岸。彼岸还想再争辩什么，却被智岸一把拖住了，智岸劝说他道："且罢且罢。彼岸，你不能就此返回长安吧？再说王正使经历丰富，平安到达过天竺又自天竺返回长安，拙僧倒觉得听从他的安排是不会错的。"

"你休得在一旁说风凉话。拙僧与你不同，我的身体却是紧要。"

一向好脾性的智岸也被彼岸的这番话激恼了，刚要发作，又转而一想，这宽容也算是一种修行，于是作罢，没有同彼岸拌嘴皮子。

这厢正说着话的当口儿，那边王玄廓已经头一个乘在笼子里渡过河去了。其余的庖人和兵士等也紧接在后面一一渡过，骡马也被绑住四足，并行李一起装入笼子，先后渡了过去。最后这岸边仅剩下王玄策、蒋师仁、智岸和彼岸四人。

"彼岸师傅，快请渡河吧。"王玄策催促道。

"我不渡。"

"适才的人已经渡过河去，连骡马也都渡过去了，不是都平安无事吗？"

"适才无事，未必现在就无事，或恐这会儿绳索就要断了也未可知。乘了这许多人马过去，还真的就要断了呢。让智岸渡罢。是啊，智岸，快渡快渡！"

"还不快快乘上去！你这个佛门不肖弟子！"说时迟那时快，早已按捺不住的蒋师仁，从背后一把攥住彼岸的袍领，好似老猫叼小猫一般，舒展猿臂往上一提，轻轻松松将彼岸丢入笼子里。一旁的吐蕃人也不管彼岸如何悲鸣惨叫，忙扯动绳索，笼子随即向湍急的大河中央滑过去。

到得对岸，王玄廓一把将彼岸扯出笼子。彼岸呆如木鸡，茫然坐在地上。吐蕃人扯动绳索，又将王玄策、蒋师仁和智岸等人也都渡过河去。

蒋师仁望着恰似魂魄出了窍的彼岸，朝王玄策摇头说道："像他这般德行的人也能选为入天竺求法僧？却是一路上要苦了智岸法师。"

智岸连忙替彼岸打圆场道："其实彼岸的学识远远胜过拙僧，待平安到达天竺之后，拙僧还要给他打下手呢。"

"哪有这等事情，光有学识并不就能成为名僧。"蒋师仁仍旧不满地说道。智岸听了，也只得苦笑。

二

这日一行人从河东渡到河西，天色便已黑下来了。王玄策指示在悬崖旁一块平地上支起营帐，预备宿营。

"今日渡过此河便是一大成功，若是明后日强风大雨天气，怕是不知什么时候才渡得过河呢。"稍稍停当后，王玄策与蒋师仁搭起话来。

蒋师仁答道："果然是这样。只不过今日彼岸那个腌臜模样，也着实叫人气恼。三藏法师怎的会对这等人赏识有加呢？"

"玄奘三藏法师定是不会好歹不辨就赏识他的。"

"法师自然是当今独步一时的佛学名家，不过要论识人善任，只怕未必当得起，有时看走眼也是有的吧。"

"你切勿要这样说。说到识人善任，圣上也曾对三藏法师赞赏不绝呢，说他是与英国公并驾齐驱的举世伟人呢。"

英国公李勣乃天下闻名的常胜将军，不光是他智勇过人，更以部下将才济济而为人津津乐道。他麾下文官武将无数，各怀奇能，李勣却能慧眼识人，将他们一一配置在最适当的位置，几乎从无失误，简直是一大奇迹。连太宗皇帝也对其人事安排之妙深为叹服，还曾经问他："爱卿每因战而选将，一次也不曾有误，竟是如何选用的？"

李勣当即答道："臣平日里经常观察面相，只选面有佳运者擢之。"

太宗甚为惊讶："这倒是出乎意料。朕只想晓得爱卿是如何鉴别出将军们有无奇才的？"

"圣上，臣以为天下所谓奇才者，莫能比之具备佳运者更甚了。"

太宗望着侃侃而谈的李勣，除了点头称是之外，半晌说不出别的话来。要是从别的败将口中听得这番话来，自是毫无说服力，李勣却是百战百胜的不败将军，不管信与不信，太宗也拿他没奈何。太宗想起自己自十八岁起兵以来的种种事情，不由得有所触动，于是才点头称是。

其实，王玄策之所以被选用为此番赴天竺的正使，一个理由便是他具有这种"看上去运气颇佳"的面相。不要说王玄策，就是智岸和彼岸二人也同样有此奇相。所以，李勣也好玄奘三藏法师也好，大凡在历史上留下桩桩件件丰功伟业的人物，无不深信世上有超越人知人力的神秘力量存在。

再说王玄策一行人野外宿营一夜，天明后即起，继续向西行进。虽说已近炎夏，因为行进在高山间，夜半依旧十分寒冷，而朝夕则浓雾密布。

正行在密林中，王玄廓赶上几步，来到王玄策身旁，说道："大哥，这陆路着实是艰苦难行呢。"

"不错。你有什么打算？"

"看起来还是海路或许会好行些。我想，回去后禀告圣上，下回再往天竺索性自广州走海路前去的好。"

"海路也有海路之苦啊。"

"不管何种苦，只要是有选择余地，便也算得是万全了。等到了天竺再返回长安时，我定要从海路返回，大哥不会拦阻我吧？"

王玄廓的这番牢骚话暂且按下不表。一行人继续在险路上西行，过了四日，来到第二条大河澜沧江前，这次足足花费了两日才全部渡过河去。又行三日，到得怒江畔，经历了比前面更加巨大的困坷和惊险，才终于平安越过。

过了怒江，原来无边无际的密林突然间没了踪影，眼前尽是一片光秃秃的荒野。

吐蕃境内的高山地带，气候异常酷烈。昼间太阳自头上直射下来，叫人瞳孔都发烫，干干的野风拂在脸上，将皮肤内水分一点点地吸走，眼见得脸颊和手脚上的皮肤一天天黑起来、粗糙起来，两只手掌心抚摸在脸上，只觉得阵阵生疼。

到了夜晚则出奇地寒冷——若是一念之差将身体弄湿了，睡一觉到天亮，必定变成一具冻死的僵尸。

这一路上所谓的路其实只是遍地沙砾被踩出来的印迹，在这样的路两旁还有山崖旁，常见到做出似倚似靠古怪姿势的人，走到近前一看才知，原来就是不幸冻死的僵尸。最多的时候，一日内竟遇到五六具这样的僵尸。

"如此弃之不顾，岂不是太残忍了？就掘一个土坑将就埋了也好。"智岸于心不忍地说。

"如何掘得？"王玄策冷言相讥道。

四周土质坚硬，况且满是沙砾，不是容易就能掘得的。如若要掘，不只是花费许多时间，体力也消耗得厉害。智岸当然晓得这些，不过身为慈悲为怀的佛门弟子，他还是非说不可："拙僧也知道不是容易就能掘得的，可如此弃之不顾，遗体会被鸟兽吃了。"

"不必理会。"王玄策的回答甚是冷淡。

"这里乃天葬之国，人死后弃之野外，猛鸟自会来将尸体啄干净，只剩骨头，这恰好是吐蕃人所希望的。那里已经有几只鸟儿来了不是？"

智岸抬头看去，果然头顶上有几块黑乎乎的东西，在空中画了几个圈圈，正朝僵尸俯冲下来。智岸不由赶快低下头，双手合掌，朝尸体的方向拜了几拜，连忙逃离开去。

时已至阴历七月末，早已是初秋天气了，不过一路上难挨的酷暑却叫人觉得，好似吐蕃的七月要漫漫无期过下去一般。幸好这般艰苦的旅途终于快到尽头了。这一日，一彪吐蕃人马大约有五十来人，自西边迎着冷冷的风突然闪出。为首一员番将骑在马上高声叫道：

"大唐国使一行路上平安否？禄东赞在此恭迎大唐国使。"

来人就是吐蕃史上赫赫有名的宰相禄东赞[①]。这禄东赞虽无学问，又不识字，却是生来聪敏异常。自他辅佐主君松赞干布以来，不论是参与政事还是谋兵出战，常常是出师便捷，少有失误。

---

① 禄东赞（Blon-stong-btsan，？—公元 667 年）：藏文史籍称噶东赞宇松，吐蕃大论（论是唐时吐蕃大臣的称号，大论相当于宰相）。善用兵，参与吐蕃军政大事，曾为松赞干布赴唐长安请婚，并迎护文成公主入蕃。松赞干布去世后，受命代理国政，改革吏治，征田赋，定法律条文，发展经济，抚服边地。卒后，其子孙钦陵、赞婆掌吐蕃军政大权达 50 年。

"末使等区区下官，怎敢劳右卫大将军亲自前来远迎？实在是叫我等诚惶诚恐。"

王玄策所说诚惶诚恐并非是表面客套话。原来禄东赞曾被唐太宗封为右卫大将军，属正三品，比起王玄策的正七品来要高出好多级。

"王正使休要客气，你等不远万里来到吐蕃，主君早已经等不及了。请随我一同前去见主君吧。"

却说这禄东赞本是吐蕃宰相，又如何被大唐朝廷封为右卫大将军的？原来这与文成公主有着一层关系。

七年前，禄东赞作为吐蕃国使来到长安，拜谒了唐太宗，向唐太宗恳请将一名公主下嫁吐蕃。其时松赞干布自信满满，愿出黄金五千两作为结纳金，志在必成。不想却反惹太宗生气起来，以为吐蕃不识好歹，只晓得以黄金来买公主。眼看大唐与吐蕃两家的联姻之事就要破裂，最终是禄东赞力挽僵局。

禄东赞在朝廷上侃侃而论，力陈联姻之益处和必要，深明大义，气度威严，不卑不亢，令唐太宗为之动心，不只应允了与吐蕃主君的联姻，还赐宗室名媛一名与禄东赞为妻，并封他为右卫大将军。禄东赞因已有妻室，再三推辞，怎奈太宗执意不许，于是答应作为小夫人纳娶，离开长安时便迎护着主君与自己的夫人返回吐蕃。

外务之事对于一国来说，从来就是头等的大事，假如一味倚仗雄兵强势进犯他国，宣示武威，则只能算是野蛮人之举。似这般失德的国家，即便强盛一时，终究是要走向灭亡的。

却说王玄策一行受到吐蕃宰相的亲迎，一同往逻些而去。吐蕃国土的大部分都是不毛荒地，逻些所在的开阔山谷地带倒是相对富庶一些，水清地绿，春夏之际还有各种花儿开得烂漫一片。

虽说仍然是在高山地区，行走在平坦的地面却是相违已久的了，不只是人欣欣有喜色，连骡马也蹄下欢然。自成都出发西行至此，三十六人并骡马等皆毫发无损。

总算见到前面有简陋的人家住屋了。先是一点一点分散的，继而连成了一片。一行人想到隔了几十日，终于能够在一处有屋顶的场所睡觉，竟忘记了脚下和腿上的酸痛，顿时觉得浑身轻松起来。

三

有名的布达拉宫此时尚未建成，吐蕃的王宫跟一行人在长安或是洛阳等地见惯了的宫殿建筑全然不同，它是木造的，怎么看上去都感觉粗陋不堪。不过，在四面荒凉一片的灰褐色山丘之间，有这样一个绿色葱茏的山谷和耸立着一座可俯瞰整个山谷的规模庞大的建筑，就已经叫人知足了。

宫殿周遭窗户极少，故而宫殿内部略略显得昏暗，为迎候大唐使者一行，殿内点起数以百计的灯火。正殿的中央端坐着吐蕃赞普松赞干布，左右各坐一名王妃，左首便是大唐的文成公主，右首则是泥婆罗国①的赤尊公主②。

这松赞干布不愧为史上的名主，他不只统一了吐蕃各部，也统合了各部之间的文化艺术，定都逻些，建造布达拉宫，将佛教引入吐蕃，创设吐蕃文字等。大凡后世听闻吐蕃名字时能想象到的物事，无不是在松赞干布时期得以完成的。

一代英主此时年已六十开外，③就当时的吐蕃人来说，属少有的高龄了。生就强健的体魄，加之节制有道，松赞干布依旧身体康健。不过，前一年松赞干布却遭丧子之痛，白发人送黑发人，以至心身俱伤。

王玄策一面依礼拜谒，向松赞干布转致大唐皇帝的问候；一面冷眼察看，见松赞干布渐生老态，说话声音也失了王者的威严。由此想到，老王若是健在，大唐与吐蕃的关系自是不须忧惧，然老王一旦撒了吐蕃撒手而归，吐蕃又将如何呢？吐蕃的官制与法制尚不如大唐般健全，且大唐赖赐婚而与吐蕃通好，少了这一层关系，将来的新王还会似松赞干布一样敬服大唐吗？吐蕃与大唐之间是依然善

---

① 泥婆罗（Nepal）：尼泊尔的古称，位于喜马拉雅山中段南麓，唐代时地域约在今加德满都谷地一带。公元前6世纪建立王朝，4世纪初开始与中国往来。

② 赤尊公主（Bhrikuti）：名毗俱胝，藏文史籍称尺尊公主、墀尊公主，泥婆罗国王鸯输伐摩之女。生卒年不详。公元7世纪初嫁与吐蕃赞普松赞干布为妻，入蕃时带去一尊释迦牟尼八岁等身像及旃檀度母像，大昭寺建成后安放于内。赤尊公主与松赞干布联姻对佛教传入吐蕃起到了一定的作用。

③ 据新旧《唐书》记载，松赞干布约生于公元617年，比对本书故事发生的年代，是年松赞干布应三十岁左右。

邻还或是刀剑相向，实难逆料。

宾主说了少顷话，吐蕃王缓缓起身用吐蕃语对文成公主说道："爱妃，汝且多坐些时辰，只管听唐使将长安见闻细细说来听听，待一会儿祝宴张罗完备了再过侧殿去也不迟。我就此失礼了。"

两名妃子听罢齐齐站立起来，赤尊公主随松赞干布一同先行离去，留下文成公主继续陪同王玄策诸人，文成公主颔首恭送老王同赤尊公主出去。三人中，松赞干布着吐蕃服饰，赤尊公主着泥婆罗装束，智岸、彼岸也分辨不出有什么不一样，文成公主身着一袭唐服，这是吐蕃王考虑得周到，特地吩咐的。

文成公主这年二十三岁。自十七岁远嫁吐蕃成为松赞干布的妃子，已经六年有余。身为大唐宗室女，自小尽是过着穿坐鲜衣华车、吃喝玉液琼浆的安适生活，哪里晓得长大后还要成为朝廷联姻通好、笼络异族的道具。如果是嫁与其他皇族贵族倒也罢了，实在不曾想到竟然会是西出阳关的蛮夷之国。

公主人也生得颜色美丽，再加上聪慧异常，吐蕃王对她是爱若掌上明珠。公主自大唐带去桑蚕、陶器、造酒之术以及历算、医药诸学，并常进入庶民之家嘘寒问暖，亲自为小儿涂抹牦牛之脂以防冻伤，故深得庶民爱戴。公主殁后，被尊为度母化身而供奉如神。

王玄策向公主呈上礼物，计有香料、妆容的粉黛之类、绢织物、生药、茶及笔墨纸砚等。公主谢过后，便迫不及待问起王玄策长安的见闻。比起献上的礼物来，这更令公主欢欣不已。

公主一生中从没有提起过要回大唐，可是一个远嫁异国的女子，日夜思故乡念父母也在情理之中。王玄策自然是深知这一点，故而穷尽所知，将长安的近况一一细说给公主听。

此时施展出全身解数的倒是一路上惹是生非叫人头痛的彼岸。他非但能将长安的见闻娓娓道来，更是把一路上的艰难景况铺陈得精彩万分，直把公主听得出了神。说到一行人如何在没有舟桥的大河上，单单凭借竹子与藤索编就的笼子飞越天险的节骨眼儿上，更是将当时场面描绘得惟妙惟肖，听得公主以袖掩住樱桃小口，哧哧地笑个不停。

唯独笑不起来的是智岸。因为彼岸对公主说，是智岸在乘笼子飞渡大河时胆战心惊，死活不肯过去，弄得全队上下一阵骚动。智岸心中愤愤地想，害怕得死活不肯渡过去的难道不是你吗？怎生就安到我头上呢？可又觉得在公主面前不好与他分辨，只好把不满忍在肚子里了。

聪慧的文成公主似察觉到了些什么，因此笑吟吟地转向智岸，用体恤的口气与智岸搭起话来。智岸则感动不已，俯下身子，毕恭毕敬回公主的话。

四

王玄策一行人在逻些逗留了十日，后在宰相禄东赞的护送之下，离开吐蕃，继续往西而去，不几日便行到了喜马拉雅山雪峰脚下。

只见白皑皑的雪峰映在青刺刺的天空之下，那白的让人看了闪闪刺眼，青的则让人望着惴惴不安，叫人感叹造物之威严无比。一行人许久发不出声，只晓得呆若木鸡地望着，不一会儿眼睛便生痛起来。

王玄策忙喊道："朝上看不得，会刺伤眼睛的！"

智岸和彼岸二人听得王玄策一声喊叫，赶快将目光收回来，落在脚下边。哪晓得却看见自己的脚仿佛踏在半空中，旁边尽是断壁悬崖在漂漂浮浮。

"啊呀！"彼岸失声叫了一声，一把扯住智岸的身子。智岸一下子失了重心，趔趔趄趄差一点跌进万丈深渊去。

说时迟那时快，一只结实的手正好揪住了智岸腰间的带子，将他稳稳托住，原来却是蒋师仁。蒋师仁怒目圆睁，对二人厉声喝道："果然是叫人不得省心的佛门弟子。朝上看不得，朝下也看不得，只管盯紧前面人的后背，心无旁骛地朝前走便是了。佛祖普救众生已经忙不迭了，哪里还顾得上你们两个！"

被俗人蒋师仁一通呵斥，智岸和彼岸都心中恼火，却是无言以对。于是智岸默默地盯紧蒋师仁的后背，彼岸又默默地盯紧智岸的后背，跟在众人后面，深一脚浅一脚踩在崖边窄窄的道上，战战兢兢往前行去。未走几步，二人早已是气息凌乱、头痛眼花了。

困坷而艰险的旅途持续不断。就在一行人已经浑然忘记了"今夕是何年"的某个早上，行进中的王玄策忽然用手指住右前方一座高峰，发出一声欢呼："萨迦玛塔！"

"萨迦玛塔"是泥婆罗语，意为"太空之首"，吐蕃语唤作"珠穆朗玛"，是喜马拉雅雪山群峰之首。它高耸入云，自山腰以上围绕着一片白银似的积雪，斜刺里迎着太阳的地方却显出些许珊瑚般的褐紫色，荫翳深浓之处，仿佛藏着许多不可告人的秘密一般。

王玄策对众人说道："前一次越过雪山时云雾甚多，却是不得见山顶。待那座峰移到身后望不见它了，便是已过珠穆朗玛峰的分水岭，往后就会好走许多了。"

大唐使者一行终于越过大雪山，进入了泥婆罗境内，时候已是八月中旬。

这一日，众人不经意间抬头朝远处一望，只见一大片浓绿的田园，比起在逻些附近见到的还要葱茏，背后枕着冰河当作背景，田园中间翻弄着无数的青、绿、黄、赤、白五色旗帜。这些五色旗帜并非直立在一根根旗杆上。从一个旗杆到另一个旗杆之间系着细绳，细绳上垂着数面旗帜，各成方形。

原来一行人已经来到泥婆罗的都城加德满都近前。这加德满都比起逻些更要小些，在从长安远道而来的一行人眼里恰似一个小集镇。即使是一个小集镇，倒也有一片整整齐齐颇具规模的木造屋宇，显见的便是泥婆罗的王宫了。

从王宫前面一直到都城入口，在没有任何石板铺陈的土路两旁，数百民众夹道恭迎大唐使者入城。原来前几日，吐蕃主君松赞干布已派使者前来告知唐使将经此地的消息。

泥婆罗王宫悬建于半空中，下以坚实之圆木支起，有台阶直通其殿室。泥婆罗国王走下台阶，亲迎大唐使者一行。

国王名鸯输伐摩^①，史书中称光胄王，虽所治之国比吐蕃更小，却因施行了新政，国中气象更新，一代强大的王朝从此崛起，意气风发。国王之女毗俱胝，便是前面说到与吐蕃赞普松赞干布联姻的赤尊公主。

光胄王一面与吐蕃修好，一面又暗中与之争做对头，以图直接与大唐加固两国之谊。此刻，光胄王在宫中盛情宴请了王玄策一行，并向王玄策披肝沥胆，用梵语强调着本国的存在价值。

"倘使在天竺遭遇不测，请即告知，我泥婆罗国定将举全国之力，以助大唐一臂之力。"

---

① 鸯输伐摩：此处暂从原文，恐系作者有误。据新旧《唐书》及其他史籍记载，王玄策经泥婆罗出使天竺时的国王应为那陵提婆。那陵提婆（Narendradeva，？—公元683年）一译纳伦德拉·德瓦，泥婆罗梨车王朝国王（公元643年—公元683年在位），一说是鸯输伐摩的后继者。早年避难吐蕃，得松赞干布之助夺回王位。公元647年、公元651年曾两度遣使者入唐，公元7世纪中期，唐使者李义表和王玄策经泥婆罗出使天竺，曾受到其款待和帮助。鸯输伐摩（公元595年—公元640年）：梵名Amsu-varman，意为光胄王，公元7世纪时泥婆罗国王（在位公元606年—公元640年）。硕学聪敏，自制《声明论》，又重学敬德，名声远播。在他统治时期，梨车王朝臻于极盛，农业、手工业和商业等都有相当大的发展。参见《大唐西域记》。

"大王厚意末使谨领了。末使不敢与大王平添忧烦，但愿天竺之行平平安安，不会发生任何不测之事。"

王玄策揣度光胄王此番话乃冠冕堂皇的辞令，故而按照场面上的应对回着话。忽而一想，莫非光胄王此番话暗有所指？于是换个说法，声色不动地试他一试，说道："天竺只须戒日王健在一天，我等一行便无一分不安。大王对天竺可有什么值得担忧之理由？"

"非也。本王也晓得不可只就表面迹象妄加臆测，不过数日来听自天竺返回的修行僧人及商贾所言，称天竺似有异象，且如此说道的不止一二人。都城曲女城①的出入业已不似寻常，戒日王也已多日不见动静，恐是患病了也未可知。本王想，大唐使者一行不妨且在此地住下静观数日，不知王使者意下如何？"

这番话在王玄策亲耳听来，实是不吉之兆。他低首沉思了片刻，随即面露微笑，泰然自若回话道："谢大王忠告。然当面觐见戒日王乃我等此次西行使命所在，故只求尽早得见，完成我等使命。倘使戒日王果真染疴在身，我等更须赶赴天竺问候才是。"

国与国之间的外务原就不是只靠善意和仁厚的，尤须智慧和计谋，站在王玄策的立场上，他须探知光胄王的真意。

---

① 曲女城（Kanyakubia）：古印度城市名，旧称拘苏磨补罗（Kusumapura），梵语意为曲女、妙童女，位于恒河支流迦利河东岸。为中天竺都城所在地，故地在今印度比哈尔邦南部卡瑙季。

大唐与天竺两大万乘之国如若直接修好，似泥婆罗这等小国便没有了立足之地，或为大国忘乎其存在。故而，将莫须有的危险凭空捏造再添油加醋，以阻止两国使者直接来去，自古以来史上便有不少前例。不说这一层，即便天竺果真有异变和危险，王玄策乃奉了"天可汗"大唐皇帝之敕命前往天竺的，岂可中途折路而返？再以常识而论，当时只恐也没有人敢明目张胆地加害大唐国使一行。况且将皇命丢在一边，就此返回长安，半年的时光岂不是浪费了，一路上的困坷艰难也岂不是枉受了？

此时二人间的对话要是让智岸听得，准会想起临行前三藏法师的那个梦来，可惜这番话只是在光胄王和王玄策二人之间说起，智岸根本就没有机会转告师父的那个梦。

光胄王又劝说王玄策多停留些个时日，可是王玄策主意已决。在泥婆罗都城加德满都安顿了约五天，王玄策一行唐使谢过光胄王的厚意，重又踏上西行之路。

眼见得很快就要进入天竺了，就连平常冷言冷语颇多微词的彼岸，也朗声说道："智岸，从这里往前只须下行就是了，看来我等已脱离苦境，接下来便是令人愉快的旅途了。"

智岸没有理会他。与彼岸一同出行，这本身便似陷于苦境中。自少年时进入佛门以来，二人虽一同修习佛道，一同行动，智岸却从来没觉着彼岸竟会似这等叫人羞恶过。即令前途仍堪忧虑，却是踏出一步便走近了天竺一步，想到此倒是叫人心生欢喜，疲于旅途的双足也顿时感觉不到沉重了。

"智岸，今番我们二人逢此百罹，经历了诸多苦难，乃我佛之意也。"

"该杀的彼岸，你难道不知，拙僧这一路上将你那份苦难也一并承受了呢。"

智岸愤愤骂道，不过也仅在心里骂骂而已，并不说出口，脚下倒是一点儿也没有放缓步子。

众人沿着山势向下行进，每踏下一步，周遭风景便益见葱茏，草木越发茂密，就是拂在脸上的风也渐渐温煦和悦起来，突然间发觉，脖颈里渗出粒粒汗滴来。

连日来汗滴一瞬便蒸发得无影无踪，让肌肤干燥不爽，此刻稳步轻行却细汗微出，显见得是气候变得温润的缘故。眼前风景更令一行人想起蜀地的风土。

日暮将近，王玄策命众人停下脚步，准备宿营。蒋师仁问："何不趁体力充沛之时再多行一个时辰？"

王玄策却摇摇头，用手一指山脚下说道："山下便已是天竺，但那只是天竺边境，离都城尚远。"

智岸和彼岸听闻此言，忙从悬崖上探出身子朝下望，只见一片夕晖之中，由近及远蜿蜒伸展着密密麻麻的热带森林。

"从这里到山脚下，少则三日，多则须十日左右方可走到。既已来到此地，不必急进。"王玄策朝智岸、彼岸二人唬道："一口气走下山去，少不得耳、鼻、口中喷出血来，重者即死。我们还是慢点走，让身体习惯了山上山下的不同气候才好。"

智岸、彼岸二人早已心旌飞扬，日思夜想的天竺圣土就在眼前，只消下得山去，便可踏上圣土顶礼膜拜，却被王玄策这一唬，慌得忙缩回头颈去了。

是夜，一行人露栖于山林间。

仰头望天上，只见满天星宿恰恰似点点星火乱舞，闪烁迷离。低头看身下，却是漆黑黑深不可测的暗洞一般的夜空，一丁点儿灯火也不得见，从暗洞之底间或发出几声嗥叫，令外来者知晓原来那里是一个夜行兽的世界。

下到山脚下总共费了五日，其中两日因天降豪雨，雨势甚急，山崖整个儿成了飞瀑，不得行走。

总算人、马、骡等皆无事到达山脚下。环视四下，前后左右尽是葱绿的密林，望不见边际。众人来不及体会踏上天竺圣土的感触，便列成一队沿褊狭小道委蛇而行。头顶的枝上不时传下来咿呀奇声，加以数条黑影跃动其间，放胆看去，原来是天竺猿。

正在行着，彼岸忽然感觉有尿意，硬是拉着智岸留下陪他。无奈智岸只得和彼岸一同闪入旁边草丛，顺带自己也解了一个手。等智岸解完手，偏怎么也不见彼岸从草丛里出来，等了许久，彼岸才解完。二人重又上路，疾步赶了一阵，却不见王玄策、王玄廓等一行人。原来智岸、彼岸二人迷了路，和王玄策等走了两岔里去。

智岸心下慌乱起来。本来前往西域求法，早已不惜生命不惧危险，但在这异乡的密林中与大队人马走失了，求法未成身先死，则算得是哪档子事情？况且一般人遇着这样的事情一定想，幸亏不是我一个人，好歹还有个伴儿在。可智岸却在那里暗暗叫苦，想这彼岸非但不能与我交相有个倚靠照应，反是一大累赘，怎么是好？

两个人左突右冲，走了大约半个多时辰，却是越急越迷，越迷越深。

"智岸！你这是往哪里走？看你心中慌乱不定，我二人这才迷了路。毕竟不是小孩子，怎好遇着些事情便失了平常心？"

彼岸不知是晓得智岸的心思还是胡乱撞着瞎说一气，竟毫无来由地指责起来，倒好像他此时的任务就是要搅乱智岸内心的平静一般。

智岸愤愤地欲开口回他，刚一张开嘴，又对自己说道：息怒息怒，我等做任何事情都是为了修行，眼下正是佛祖对我等的试炼。于是放缓了速度，平静地说道："我看那边似有人声，我们就往那里去好了。这样的密林中，想来不会有太多的道路，那边的人声兴许就是王正使他们吧。"

"这话却是何道理？说话行事也没个准，叫我如何信得你？"彼岸毫不客气地数落起智岸来。智岸这次再没有搭理他，只管迈步朝前面走去。彼岸害怕一个人被抛下，不得已只好也随着往前面走。

天竺的密林与吐蕃的荒蛮之地大有不同，里面充满了各样生命，头顶上有野鸟鸣叫不停，脚底下则有蛇虫不时出没。每遇脚下忽地跃出来一个蛇虫等活物，彼岸便吃惊地发出惨叫。

其实说来，智岸对于大队人马是否就在前面并没有十分的把握，只因被彼岸斥责得心烦不过，只好先走了再说。可是又走了好一会儿，还是不见王玄策等一行人，他心下禁不住着急起来。

恰在此时，彼岸从后一把按住智岸的肩膀说道："前面有人！我看到人影了，到底还是我说话行事比你来得可靠些。"

智岸移动视线，朝前面密林看去。只见浓密的绿色之间，赤黑相间的几点颜色在晃动，定睛仔细看，方知原来是人的头脸和衣服。

智岸、彼岸二人踏着草快步朝前驱走，拨开树枝和矮灌木条一看，离前面一拨人马仅十余步，二人却情不自禁同时"啊呀"叫出声来，身子立时僵住不前了。

欲知智岸、彼岸二人究竟看到什么光景，令他们如此丧魂失魄，且听下回分解。

第三回
戒日王殒命国中乱
阿罗那顺篡立逞骄横

一

　　话说王玄策等一行人来到天竺，智岸和彼岸二人途中迷路，与大队人马走散了，紧赶慢赶追到一拨人马身后，二人却情不自禁同时"啊呀"叫出声来，身子立时僵住不前了。且看这一拨人马，虽已看见了脸，总共也只隔着十余步的距离，按说须臾便走到眼前了，可走了几步距离非但不见缩近，反倒越走越拉了开去。

　　"啊……"

　　彼岸一声惨叫，竟说不出话来。

　　莫说彼岸修行尚浅，此刻不单是彼岸，就是智岸也已惊出一身冷汗。原来眼前这拨人马，面朝着智岸与彼岸二人这边，却是同时后背对着二人，故而不见走近，反倒是越走越远。

　　智岸与彼岸睁圆了四目，嘴半张着，有一会儿工夫说不出话。那拨人马也圆睁大眼，瞪着智岸与彼岸，脚下却一点也不含糊，动作麻利地径直朝前走去。

　　俄顷，彼岸才声音发抖地说道："啊，天竺人脑后也

047

长着面孔！"

智岸以手制止他道："此时万万不可大声说话！"

虽制止住彼岸，可智岸自己也惧怕不已，脑后长着面孔的双面人，以前不要说亲眼看到，就是听也从未听说过。

"原来天竺竟是这等妖魔之国。南无阿弥陀佛，保佑我也！"

二人手忙脚乱朝后转回身，拔脚想找条路赶快逃出去。

偏偏这时，四下里并无风刮来，却觉林中一阵阵婆娑，树叶扑簌簌摇动不止，突然从树后蹿出来一只猛兽。只见那猛兽体长丈余，身上黄毛间着黑纹，双眸炯炯有神，威风无比。这猛兽，二人在中华也见得多了，原来是号称兽中之王的猛虎！

"这回是猛虎了！"彼岸脚也发软了。

猛虎小心翼翼注视着眼前两个僧人，四爪抓地，低首弓腰，似在捕捉腾跃而起的最佳时机，以图随时扑向前来，饱食一餐。

"前有妖魔，后有猛虎，今番我二人可是进退皆无路了。如此这般，看来我们必有一人牺牲在虎口下，另一人才得逃出。"彼岸自言自语着，忽有所思，一把扯住智岸的膀子说道，"智岸，你如在此死去决非于事毫无益处，唯你牺牲了，我才得入天竺，以遂求法使命。被猛虎捕啮也只是一瞬的痛而已，很快就会失去知觉，没什么痛苦了。"

智岸怒从心起，忍不住斥责道："亏你说得出口！为什么我须得入虎口，为猛兽腹中餐？你说话太没道理了！"

"事情到了这般地步，你还有什么好啰唆的？古人不亦有'舍身饲虎'之举吗？佛门弟子牺牲一己以救他人本是天经地义之事，你若不肯，还算得是佛门弟子吗？岂不是毁我佛门声誉？"

"彼岸！何用你来教训我！"智岸忍不住扯高嗓门，大声说道。

也不知是不是因智岸这一扯高嗓门刺激了猛虎，只见它发出一声如闷雷从远处轰隆隆传过来般的长啸。这一声虎啸可了不得，声音虽低，却震得平地卷起一阵大风，泥石滚动，草木扑簌簌作响。智岸、彼岸二人早忘掉了争执，慌得抱在一起，面容失色，战栗不止，哪里移得动步子。

猛虎的动作变化之迅疾叫人目瞪口呆，只见它忽然间掉转了方向，顾不得理会这边二人，身子一缩而后又一展，急急没入杂草丛中。智岸和彼岸不晓得猛虎丢下他们的原委，只晓得这下自己是得救了，二人才呼出一口气，便一屁股跌坐在地。

斜刺里有人向这边问话："呀，你二人可否平安无事？"却是王玄策的声音，原来王玄策领着众人折返来搜寻他二人了。

智岸和彼岸刚刚心头一喜，却看见王玄策左右站着的，不正是头前脑后都长着面孔、一副怪模样的天竺人吗？二人惊得呆若泥菩萨一般，说不出话来，只伸出一根手指指着那几个天竺"妖魔"。

王玄策见状苦笑一声，转身向天竺人说了几句话，只见他们举手绕到后脑勺，扯下一副面孔。原来天竺人个个脑后戴着面具。

王玄策对智岸、彼岸二人解释道："这些天竺人皆以猎为生，为防猛兽从背后偷袭，故出此妙计，脑后覆面具以吓阻猛兽。其实大凡猛兽除了偶然与人正面相遇之外，一般都不会从正面袭击人，而是偷偷尾随于后，寻隙突袭以得逞。故脑后戴一面具，便是为了迷惑猛兽，使之不敢轻易偷袭。"

彼岸听着心中似有所感，口上却丝毫不肯加以称赞，不客气地说道："是吗？这却说不上什么睿智，只不过是耍个花样糊弄人的雕虫小技而已，倘若是一只猛虎又岂能轻易蒙骗得过？"

"蒙骗得过蒙骗不过猛虎不晓得，不过你二人却显是被蒙骗住了不是？"

被王玄策这么一说，惯来伶牙俐齿的彼岸也无言以对，只得口诵"南无阿弥陀佛"，好歹想打个圆场把这难堪场面糊弄过去。一旁的智岸早已羞得面红耳赤，无地自容，唯猛虎不能言语，没有将这两个佛门弟子刚才种种丑态道出，算是谢天谢地了。

这一段插曲暂且按下，王玄策这一行人总算又平安地汇齐一道，请天竺猎人作前导，直至傍晚时分才走出密林。

王玄策将五两银子作为答谢赠予几个天竺猎人，猎人们欣喜万分，你一言我一语咿咿呀呀说开来。智岸心想正是谙记梵语的好机会，便竖着耳朵仔细听，所幸天竺人说的话大半能听懂，大意是说：天色已晚，日暮之后这一带虎豹出没无常，野外露宿甚是险恶。我等家中虽无上好的东西招待，但若各位不嫌弃，可到我等家中暂住一宿再走也不迟。

王玄策点头称是。这一带非沙漠，夜行自应尽力避免，于是依猎人们所言，当晚便在其村子里住了一宿。猎人们的妻女出来迎接远方而来的异国尊客。

"天竺女子果然赤足来往于人前，王大人先前所言不假。"智岸见到天竺女子赤足而出，浑身不自在起来，慌忙将视线移向别处。

晚上，天竺人端出清香扑鼻的米饭，淋上香辛味郁烈的卤汁，一行人心满意足吃完，道了一声谢，然后倒头便呼呼睡去。这一晚若是有贼人乔装冒充村人乘虚来袭，又当缀成一篇故事了，幸好没有发生任何意外，是夜平安无事。天亮后，王玄策又散了些银子给众村人，趁着早晨天气凉爽，一行人便上了路。

这天傍晚，来到一处与前几日全不一样的宿营地，只见面前一汪碧池，清澈的池水散着热气腾涌而出，四周还并立着许多象或狮子的石像，从其口中也有无数条水龙喷吐而下。

"此乃'五百温泉'也。"王玄策向众人解释道，"天竺人号称其千百年前便已喷涌不止，佛陀似也曾在此地沐浴过。我等也且在此沐浴净身，稍事休憩一晌，泉水清冽甘醇，饮之也无妨。"

智岸、彼岸二人心里暗暗感叹：天竺之地也有温泉呢。不过二人却未能好好打量四周的景色，原来有许多衣着少到不能再少的天竺女子，正嬉笑着在温泉中沐浴，白皙的臂及腿等尽暴露无遗，二人早羞得不敢环顾打量了。当然还有另一个理由，一行人自成都出发以来，还一次尚未沐浴过呢——在吐蕃高原地带沐浴，浴后体温随同水分尽皆失去，只消片刻便会死去——故此时个个都一心一意地享受这难得一浴，哪有心思顾及其他。

舒舒服服沐浴一场后，浑身轻松不少，当晚个个像再生一般幸福，很快熟睡。次日气力充足，精神百倍，至日暮时分一气行走了五十余里。唐时的一里约合现在的五百六十余公尺。

这一日，一行人出发以来第一次遇到了天竺大象。

"呀，大象！果然是硕大无朋呢。"彼岸似孩童般惊呼起来。

只见这巨兽肌肤呈灰褐色，两只耳朵好似两把大蒲扇，鼻子则似一条粗蛇，移动起来就如一座小山一般。大象背上安着一把箱型座席，上坐有人。座席前有薄纱垂下，遮住人脸，看来乘象人多半是女子。

渐近曲女城，沿途人、马、象等也渐次多了起来。此处景象已大有不同，路途平坦易行，风景骀荡，赤色土地与碧绿的树木相映成绝妙对照，颜色清晰动人，一抬头，背后则是喜马拉雅雪山隐隐约约的淡紫色山影。

二

进入天竺境内第九日，王玄策一行人来到一条巨河面前。那巨河的气势让人想起大唐的巨河——黄河，然浩荡充盈的水流却是比黄河更有过之而无不及。

"这便是天竺第一大河——恒河。"王玄策向众人说明。

听说是恒河，智岸、彼岸二人立刻双膝下跪，虔诚地叩拜起来。原来这恒河是千年以前佛陀曾经净身之所。

王玄策对众人说道："沿此恒河西去二日，便是曲女城了。那里是戒日王的都城，也就是我等此番出使的目的地。"

这曲女城听起来名字稍有点古怪，原来却有一个由来。

话说曲女城原名"拘苏磨补罗"，意为"花都"，在此建城者名梵授王①，其时国富民强，都城也自然繁华一时。这梵授王生有公主百人，是多名妻妾为他分别生下的，个个长得如花似玉，体美貌妍，诸国王族前来说婚者络绎

---

① 梵授王（Brahmadatta）：印度古代传说中的国王，生卒年月及在位年月均不可考。其所治国名记载不一，一作梨蹉尾国，一作迦尸国，一作波罗奈国（或译波罗疤斯、波斯匿、钵罗犀那时多），或以为波罗奈为迦尸国都市名。

不绝。

此时却有一个大树仙人也来求婚。传说有神鸟将菩提树的果实落在他肩上，后长出一株参天大树，故曰大树仙人。这大树仙人虽据称年龄已届数万岁，但凡心依旧，曾见公主们沐浴之姿，便情欲不能已，扭着古怪的姿势前来梵授王的王宫，强要梵授王将一名公主嫁与自己为妻。

"你有公主百名，我只想迎回一名为妻，应不为过。倘若你不肯答应，后果自当晓得。"

见对手是神力通天的仙人，梵授王甚是为难，既不敢拂其意，只得先敷衍答应下来，将仙人劝归仙庐，却又恐众公主不肯应允。果然，回到帐后说与众公主一听，从长公主一直到第九十九公主，个个把头摇得像拨浪鼓似的别过身子去："那样面目可憎的老骨头，女儿死不愿从。"梵授王还欲再以好言劝说，众公主竟一个个避而逃之。

此时，尚未满十岁的最小公主眼见父王百般无奈、一筹莫展，于是对父王说道："倘若可以，小女愿意前往，父王不必因此再为难。"

梵授王闻听此言是悲喜皆非，但除此以外亦无他计，只得携着幼小的公主前往大树仙人处。仙人眼睛扫了一下，愤愤地说道："老叟我得此稚子有何用处？你家妙龄公主多的是，为何却不肯携一名锦瑟年华的公主来耶？"

梵授王苦笑道："仙人且息怒，刚才所言恐为讹传，本王其他的公主并非妙龄之女，尽是因迟结丝萝而近大年者也。"

大树仙人阴阳怪气地笑道："原来是这样。既如此老叟也无可奈何了，佝颈曲背之老婆婆于我也毫无用处。你可携此稚子即刻回宫，照看那些老婆婆公主去吧。"

梵授王领着幼女回到宫里，竟见九十九名曼妙公主一个个都变得佝颈曲背，像患病的老婆婆一般，呻吟着在宫内蹒跚而行。梵授王脑子一片茫然，呆立无语，许久方知抱头痛悔，万念俱灰，可是为时已晚矣。自此以后，世人便呼拘苏磨补罗为曲女城。

曲女城的传说至此而终，不知皓首而伧俗的大树仙人与甘愿为国牺牲的年幼公主此后下落如何，不过却也道出了一个史实，即曲女城曾一度衰微不兴。不想如今，曲女城又作为天竺最大都市再度繁华起来了。

王玄策一行沿着缓缓流淌的恒河岸边，一直朝曲女城进发。一行人的容貌与装束与天竺人明显不同，加之又举着上面大书有一个"唐"字的旗帜，沿路引来许多天竺人好奇的目光。

终于前方看见一面城垣，不知是日色映照的缘故还是原本就是这样的，城垣看上去像是红色石墙。城头上矗立着好几座尖塔，城门高大且宽敞，足可容三头大象并肩出入。只不过现在虽非夜晚，却是城门紧闭，城门前也看不见一个来迎接大唐使者的朝廷官员模样的人。不只如此，更看不见一个百姓进出城门。

"与以前光景可是大不一样呢……"王玄策略微歪着头，纳闷地自言自语道。

就在此时，道路两旁的菩提树簌簌作响，一彪人马闪将出来。只见这彪人马个个手上刀枪挥舞，反射出一道道白刺刺的亮光。须臾工夫，这伙全副武装的兵士已将王玄策一行团团围住。

"来者何人？意欲何为？"王玄策立于马上厉声责问道，"尔等可知我等乃大唐遣来的国使，竟敢如此无礼！我等为了觐见贵国大王，不远万里来此，为何却如此相待？"

遇此种场合，说其他话也是毫无意义，何况要用并不谙熟的梵语来说，王玄策也只能依老一套的定例，将几句现成话拿出来说。

兵士们默然不语，只是前后左右把大唐使者一行围在圈里。王玄策迅即将对方人数点了一下，总共不下三四百人。

此时，一个天竺头目拨开众兵士，来到王玄策马前。只见他头上结一个大大的发髻，身穿一件红底黑边战袍，一脸凶相，看上去官阶并不高。这边的王玄策虽说也算不上是大官，但终归是大唐帝国派遣前来的正使，故而自应威严以对。

蒋师仁低声说道："这伙鸟人实在是无礼，倒是想做什么来着？"

王玄廓在一旁道："岂止是无礼，实在是危险得很呢。"他朝四下里看了看，数百支朱色的枪柄和银晃晃的枪头，像密林似的从四面直指而来，更有为数不少的兵士张开了黑黢黢的弓，箭已挂在弦上，怎么看都来意不善。

因为不晓得对方究竟什么来意，王玄策只得将心里困惑掩饰起来，继续责问道："我等乃大唐派遣来的国使，尔等若再无礼，难道就不知会陷贵国大王于不仁不义耶？"

站在马前的天竺小头目嘿嘿冷笑起来，笑里明显带有恶意。随后佯作不知反问道："国王？国王是何人？"

"国王……"

"你且把国王的名字道来听听！"

人所周知，中华的习俗是一般人不得直接称呼君主名字的，否则便是大不敬的罪过。来人却硬要王玄策说出天竺国王的名字，只见王玄策略一思索，马上答道："自然便是戒日王。"

对方听后却是大笑不止，然后收住笑，放肆地说道："戒日王？戒日王早死了！这世上已不再有戒日王了！"

这番话却像雷鸣一般直轰唐使一行的耳朵，个个目瞪口呆，一时间不晓得发生了什么事情。

话说这戒日王是堪与大唐太宗皇帝并提的旷世英雄。他原是天竺数十个小国中的一个王子，国王死后其兄罗贾伐弹那继父王位，后为邻国金耳国阴谋加害而亡，于是嗣位为国王，时年十六岁。

少年时代的戒日王便纵横天下，渐渐显出霸王之相，这一点也与唐太宗甚为相似。戒日王以曲女城为国都，自西向东，连年征战不绝，尽显其武勇和智略，国力日强，国势日盛，二十二岁时征灭杀兄仇敌金耳国，终于平定北天竺。这期间，戒日王真的是"兵不释甲、象不卸鞍"，征伐四方，才成就了一世英名。

彼时戒日王麾下集结了象军六万，骑军十万，步军不计其数，他亲率这支大军，与南天竺诸国联军大战于讷尔默达河①畔。南天竺诸国联军亦已一心决死，兵马总数不下于戒日王，并依地形之利摆开了阵势，将戒日王据以为傲的象军引入湿地，使象军在湿地中行动不便，顿失威力；再以弓箭从四面八方齐射，箭矢如雨般交错乱飞，可叹一时无敌的数万象军在此役中被射杀殆尽，戒日王平生第一次惨遭败北。南天竺诸国经此讷尔默达河畔一役，虽得胜却也兵马耗损甚重，无力追击戒日王，只得眼睁睁看着他仓皇退去。

戒日王雄图未展，天竺终于未能江山一统，不过天竺大半却都已归其统治之下，大小列王诸侯莫不面北而臣，仰其王威，戒日王成为事实上的天竺王。

倘若只是个矜兵尚武之人，戒日王自然算不得是名君了。他却不只征战南北，更晓得励精图治打点国家，兴水利，治耕地，整道路，颁律法，还修建了无数佛塔、伽蓝，供养佛教僧侣，使得国富民安，故而成其大国风范。

说起来，这戒日王本身却不是佛门弟子，而是婆罗门

---

① 讷尔默达河（Narmada River）：位于今印度德干半岛西北部，是印度注入阿拉伯湾的最大河流。发源于迈卡尔山北坡，流经平原、丘陵和峡谷，全长 1247 千米。上游建有讷尔默达河大坝，包括 30 座大坝和 3000 多座小坝。

的信徒，这也与唐太宗身为道教徒却敬佛护法如出一辙。

戒日王尤其笃信湿婆神和太阳神，每年邀全天竺僧人前来论议教义，每五年召开一次无遮大会。玄奘三藏法师便曾在一次无遮大会上于五千僧众面前鼓吹己说，历时十八日，竟无一人能破之。戒日王大喜，重赏了三藏法师。戒日王又是一名杰出诗人、戏剧家，其代表作《龙喜记》敷陈勇敢的王子与美丽的公主历经各式各样的困难与妨害，终喜结良缘，成百年秦晋之好的故事，颇有天竺巨制史诗《罗摩衍那》[①]之逸韵。另有《璎珞传》《妙容传》等亦一直流传至后世。文韬武略兼长的戒日王是以成为天竺史上屈指可数的名君。

天竺与中华文化一大不同之处在于，天竺人对历史时间和人物的年代记录似不十分热心，即便如被尊称为佛陀之大圣者释迦牟尼，究其生卒年月亦不得而知，更遑论一般人等了。天竺史上有名的君主如阿育王[②]，其何年何

---

① 《罗摩衍那》（Ramayana）：印度古代梵文叙事诗，意译为"罗摩游记"或"罗摩传"。共七卷约二万四千颂（一颂两行），叙述王子罗摩因受老王妃嫉妒被放逐，妻子悉多被魔王劫掳，后得群猴帮助，夫妻团聚，并恢复王位。与《摩诃婆罗多》（Mahabharata）并称为印度两大史诗，对印度文学影响巨大。

② 阿育王（Asoka，？—公元前232年）：一译阿输迦，意译无忧王、天爱喜见王，古印度摩揭陀国孔雀王朝国王（公元前268年—公元前232年在位），在位期间统一了除半岛南端以外的印度全境。热心宗教，立佛教为国教，并广建寺塔，颁布敕令、教谕，镌刻于摩崖、石柱，又亲自巡礼佛迹，立柱纪念。传说即位第十七年在华氏城（今印度巴特那）举行过佛教第三次结集，并派传道僧到印度各地和国外布教，远及波斯、希腊诸国，对发展佛教有重要影响。

月出生至今不详。尤有甚者如迦腻色迦王 [1]，其即位年代既有西历纪元前 80 年之说，亦有西历纪元后 278 年之说，诸说并存，前后竟相去三百六十年！

至于戒日王，其卒年丁一卯二记载于书的缘故，实赖王玄策翔实的报告。据史书记载，戒日王卒于西历 647 年，其逝去令天竺历史亦为之生变。

三

戒日王逝去的噩报竟是在这样的场面，以这样无礼且强暴的方式传来，唐使一行人茫然似呆鸡一般，立在那里半晌无话。王玄策算得是心细如针、万事思虑周全的人了，他算计到戒日王或许病卧床榻，却无论如何都不曾想到戒日王已经逝去。

"啊！如此说来，难道那个梦……"智岸情不自禁轻声脱口而出。"那个梦"自然指的是在长安时玄奘三藏法师惊觉的噩梦。因为太过紧张和震惊，智岸的双膝扑簌簌地

---

① 迦腻色迦王（Kaniska）：贵霜王国国王（约公元 1 世纪末—公元 2 世纪上半叶）。在位期间国势强盛，领有北起花剌子模（在今乌兹别克斯坦）、南达温德亚山（在今印度）的广大地区，首都布路沙布逻（即富楼沙，今巴基斯坦白沙瓦）。致力于发展经济，远与中国、罗马帝国互通贸易，崇尚佛教，遣僧人去国外传道，据说曾举行第四次佛教结集。贵霜王国是约公元 1 世纪上半叶兴起于中亚细亚的古国，领土包括中亚、阿富汗和印度半岛西北部，境内犍陀罗佛教雕刻艺术闻名遐迩。公元 3 世纪后王国分裂，公元 5 世纪为嚈哒人入侵所灭。

直打战,彼岸连忙在一旁将他身体扶住。自出长安以来,彼岸这样扶助别人,这却是头一遭。

"哪个梦?"王玄策问了一声,可眼下这关节却无暇去深究什么梦。他环视着四周直指胸前和咽喉的枪丛,怒目圆睁厉声喝道:"倘使戒日王果已逝去,我等大唐国使亦理应参列葬仪,于戒日王陵寝前行拜谒之礼,不然即是有违敕命。尔等为何却一意阻我遵行敕命,不顾礼法如斯耶?!"

"礼法?"天竺蛮头目嗤笑一声说道,"你等既非受我王所邀而至,还有何礼法不礼法?你可知自己现在什么境况?你等只不过是一伙虏囚而已,还不快求饶讨得一命,却在这里跟我说什么礼法!"

王玄策压住心头怒火,尽力希望用和平方法打开眼前这僵局。

"若是这般态度,你我实难说得通。敢问尔等所欲终究是什么?要我等如何做才好?"

"此话不问你便应该晓得,将你等行李财物兵器骡马全数交出,如若迟疑不交,即刻做个样子给你等看看,叫你等明白,你等的生命与地上一块石头无什么区别!"

若以为这蛮头目只是想吓唬吓唬王玄策就大错特错了。只见这家伙身子向旁边一闪,右手用力朝天一指,顿时天竺兵阵中发出一阵暴风般的声响,黑压压一片在空中如乌鸦般乱撞乱舞,原来是射出的飞矢。唐使一行来不及躲闪,只听见几声痛苦呻吟,早有一名兵士横倒在地,几支粗粗的飞矢直插入脖颈和胸膛，矢尾犹带着巨大惯性还在颤动。继而又一名兵士被自天而降的三支飞矢射中后背，匍地而亡，接着又有第三名、第四名兵士相继倒卧于地，各个淌出一股红殷殷的鲜血。

"这天竺蛮人，做什么这般无理！"智岸强忍住头晕目眩，一面愤愤自语，一面条件反射般将彼岸扶持住。彼岸已经被眼前的惨状惊得目瞪口呆，只觉天旋地转，险些便要跌倒了。

"畜生！想要晓得我的厉害吗?!"

这厢愤怒难抑的蒋师仁已经向腰间伸过手去，悄悄从鞘中抽出亮闪闪的长剑来，虎着脸就要跃马朝天竺兵阵中杀去。

"蒋将军休得轻动！"王玄策急忙按住蒋师仁手腕。

那边，天竺兵士也已经将好几条枪的枪尖指向了蒋师仁，就等他一有动静，便要齐齐地扎将过来。蒋师仁被王玄策按住，总算没冲出阵去，不然，只怕早已像四名兵士一样喋血而亡了。

唐使一行共三十六人，内有智岸、彼岸、医师、通译及庖人二名，计六人手无寸铁，其余三十人虽各执武器，然刚刚要进天竺曲女城便已有四人莫名被杀。余下二十六位兵士，对方天竺兵士却有三四百之众，数十倍于己，任是蒋师仁再勇猛无敌，也不足抵挡。

王玄策禁阻蒋师仁道："倘有鄂国公之勇或许还可杀敌突围，但凭你我之武力，势难冲出重围，若逞一时之勇，只有徒死而已。"

鄂国公乃大唐开国二十四功臣之一，复姓尉迟，单名恭，表字敬德，其时早已年高体衰，不理朝廷之事已久，眼见就快踏上仙途了。他早年号称豪勇古今无双，曾数度冲荡直入敌阵，以一当百，杀死敌兵就如同杀死群羊一般，救太宗于千钧一发之际。倘使王玄策、蒋师仁等有鄂国公之豪勇，只手也能击溃眼前的天竺兵。

王玄策对蒋师仁说道："暂且忍耐，而后再觅机会脱逃出去吧，表面却需做得顺从一些。"

"晓得了！"蒋师仁恨恨答道，手指慢慢离了剑柄。

王玄策视线转向匍地而亡的兵士，眼睛里露出痛苦神情。四名兵士一瞬间便已绝了气息，此刻倒在地上一动也不动。

"愚钝的中华人可看明白了？你等，于死去的戒日王或恐是客人，于新王就不是客人了。"天竺蛮头目嘲弄道。

"尔等所说的新王究竟是何人？"王玄策平息一下怒火，耐着性子问道。这可是一桩关系重大的事情，再说天竺蛮头目想来也无必要隐瞒。

果如王玄策所料，天竺蛮头目得意扬扬地答道："新王尊名阿罗那顺①。"

这却是王玄策不曾听说过的名字。前年来天竺时，王

---

① 阿罗那顺（Arunasra）：原书作"阿祖那"，查新旧《唐书》、《资治通鉴》等均作"阿罗那顺"，故译文从之。

玄策已将天竺重要人物的名字全部牢记于心。

"那位阿罗那顺可是戒日王之子嗣？"王玄策问道。

"不是。"

"可是戒日王之兄弟？"

"不是。"

"又或是戒日王之孙辈？"

"不是。够了，中华人！别想用这一套来拖延时间，快快叫你的手下弃了家伙！"

王玄策喝令众人快快丢下兵器，随后再次向天竺蛮头目抗议道："不管现在新王是何人，断无对我大唐国使刀枪相向之理。莫说是大唐，便是见了任何一国国使，哪有不顾礼法却反倒刀枪相逼，杀我从者的道理耶！"

"便是礼法也由我新王所定。"天竺蛮头目傲然答道。

王玄策将自己身上所佩之剑连同剑鞘掷在地上，双手叉腰，看着天竺蛮头目责问道："尔将如何处置我等？"

"统统捉回王宫去，交由新王处置。不过，你等如有人中途脱逃，我便即刻杀掉他！即使你等再愚钝，也应该晓得这绝不只是威吓。快些走了！"

王玄策面不露一丝表情，朝一行人点头示意，拔步随天竺兵士而行。随携行李及兵器等全部被掳去，幸好一行人手脚未被缚住，却是天竺兵士嫌花费动作和功夫，而非出于同情。

"想我等奉了太宗皇帝敕命出使天竺，自离了长安，一行三十六人一个不少一个不残平安得入天竺之地。不意才到天竺，却被这帮无法无道之辈平白无故射杀了四人！"王玄策心中好似一只煮开的炉子，滚滚翻腾不止，犹自气息难平。兵士们跟随着王玄策，脸色铁一般黑青，惊惧疑虑尽皆有之，然依旧对王玄策坚信不疑，并无一人抵抗。

"刚才那个蛮头目说天竺新王唤作阿罗那顺？无法无道的阿罗那顺，终有一日定要叫你尝到报应！"

王玄策暗自计算道："向阿罗那顺复仇，必须识得他的脸孔，如此说来，被捉进王宫去倒比直接投入牢狱稍胜一筹。"

离王玄策身后大约三步，智岸正在细声叮咛彼岸："切勿出声！倘使今番注定要死，死在神驰以往的天竺，不亦是你我佛门弟子渴仰而不得之事？"

"怪道说你胸浅志短，到得天竺便心满意足了，贫僧才不似你呢。贫僧要做的一大事情便是在天竺求法修行。若是被这帮邪教之徒所害，则于佛法发展是多么大的损失呢。"彼岸大言不惭地回答道。

近旁的天竺兵士朝着智岸、彼岸二人呵斥过来。这帮天竺兵不解唐语，只是从彼岸的语气上猜度二人说话的内容。彼岸也不知道他们呵斥什么，只是不想被天竺兵呵斥，故而收住口，不再言语。

来到一座巨大坚峻的城门前，押解唐使一行的兵士与守城兵士交互说了几句话，城门便缓缓打开。城门表面贴着厚厚一层青铜，走到近前一看，却见青铜上布满了晚近的枪孔刀痕，显见不久前这里发生过战乱。

王玄策一行入得城门，被引到市街上。再看曲女城内的市街景况，着实叫人吃惊。虽说与长安城不可相提并论，可毕竟是通衢大邑，居民少说也有数十万人。可是王玄策一路望去，只见路旁大宅小户尽皆门户紧闭，路上亦只见三三两两极少行人，见兵士通过亦连忙闪身门后，不肯照面。

倒是队队牛群一副舍我其谁的面孔，在路上横冲直撞，全不把兵士放在眼里。牛在天竺乃是圣兽，虽一样取其乳汁饮用，或牵引车辇行进，然而却是万万屠杀不得的。故此，天竺的牛见人毫不惧怕，只见其在路上时而怒目突进，时而悠然倒卧，不时甩动尾巴驱除苍蝇。

押解王玄策一行的天竺兵士，见牛群阻挡行路，并不驱赶，只是左右迂回，小心翼翼避过牛群。在唐人看来，这实在愚蠢得无以过之了。

王玄策朗声对一众人说道："那个唤作什么阿罗那顺的贼子，看来未得民心，如此必不长久。"

王玄策说的是唐语，即使被天竺兵士听见，谅也不会晓得其中什么意思。倒是智岸听见点了点头，说道："王大人所说极是，庶民望兵士而逃者，断不能说是得民心者也。"

俄顷便到了王宫。吐蕃王宫与其只怕是比也比不得，天竺王宫壮观奢豪令唐使一行人也不由称奇，然而却感觉不到些许活气。看来据有此王宫者，想必正被怯惧的梦魇压得透不过气来。

四

戒日王的王座，据称乃由千年黑檀巧制而成。王座上雕刻着天竺古代神话中登场的诸神以及各种圣兽，还镶嵌着万余颗宝玉，故又呼为玉座。倘若以金计算，真不知其价值几何也。

眼下，一个男子正坐在昔日戒日王的王座上。只见他，年纪有四十开外五十不到，头戴一顶镶珠宝的黄金冠，身披一袭嵌金丝的紫绢衣。"这贼子想必便是阿罗那顺了。"王玄策心中暗自叨念着，冷眼朝王座上看去。虽说只是一介正七品的中下级官员，毕竟是大唐敕命派遣的国使，自然有国使的气度和礼节。此刻王玄策仰首挺胸，气宇轩昂，就看阿罗那顺如何应对了。

再说阿罗那顺，坐在王座上根本不用正眼看王玄策的视线。只见他，长得是尖嘴猴腮，双颊凹陷，黑脸皮，高鼻梁。此刻坐在那里面露威严，似有帝王之相，可是在王玄策看来，却是缺少了一份泰然，不客气地讲，他仿佛是被突然之间落到手上的玉座的分量震得不知所措，困惑不已。

玉座旁边还放着一把花里胡哨艳俗不堪的朱漆椅子，一女子坐在上面，倒是生得脸颊丰满，面目还算端正，只是看上去不为上品罢了。这女子或许是阿罗那顺之妻。

阿罗那顺听罢手下喽啰奏报，方才朝王玄策乜斜上几眼，面露不悦之色，吩咐道："且送入牢中拘囚起来，暂与一般人同等处置便可。"说完，将左手拇指伸入口中吮咬起来。王玄策一眼便看穿其心头计算：如此紧要关节上，哪有旁心去处置什么中华使者，便是杀人也舍不得时间呢。且将这伙人押入牢狱，待我慢慢寻思处置之策吧。

天竺兵士得命，立即上前左肩右膀将王玄策扳住便欲带下。王玄策厉声喝道："且慢动手！听我有话问来！"口气早已不似在城外初遇天竺兵士时礼数彬彬了。本来天竺兵士无礼在先，王玄策等经此一番遭遇，也无必要再谨遵国交礼节了。

"你既无意善待我大唐国使一行，为何却要强夺我与戒日王修好之礼耶！"

"如此有何不妥？"

"不知在天竺是何说道，在我中华此乃盗贼之为，人所不齿矣，帝王所不为也。你等尚不知耻乎？！"

坐在阿罗那顺身旁的女子惊声叫道："此人胆敢如此无礼！"王玄策却对其丝毫不在意。

阿罗那顺脸上表情稍稍一变，冷笑而答："你等所携之礼是呈给戒日王的，可戒日王的全部所有都已尽归我承继，王座、领土和财宝等莫不如此，自然这些礼物也无可例外。"

"戒日王一生的声望亦是可承继的吗？"这一痛击深中阿罗那顺的要害，立时脸颊抽动几下，露出羞怒神色。王玄策却不管他，继续说道："未知你等如此恃力傲人究竟意欲何为？然我却有一言说与你等听仔细，遣我入使天竺的大唐有百万强兵勇将，绝不肯就此罢休。"

此话却略略有些夸张。太宗一统天下之后，致力民生，近百万大军已经精简不少，水陆并计方六十万许。虽然如此，依旧是傲视天下无可匹敌。

阿罗那顺勉强做出一丝笑意，傲慢地答道："既如此，就使百万大军尽临我曲女城无妨，天竺亦有精兵十万余，无论何时皆愿与大唐百万强兵勇将决一雌雄。"

王玄策当下心里拨动算盘计算起来：阿罗那顺自号精兵十万，实则顶多五万而已。若戒日王麾下的天竺军尽数归顺阿罗那顺，方十万上下，然尽数归顺几无可能。

此刻，天竺兵士已将王玄策等人硬生生扯向宫外，只听见彼岸发出阵阵悲鸣。于是王玄策挣脱扭捽，朝天竺兵士怒目横眉啐道："修行者在此，休得莽撞！"这一下竟挣得天竺兵士向后直打趔趄，险些跌倒在地。王玄策仄过身来，对着王座冷冷说道："阿罗那顺！你欲自比枭雄，可惜依我看来，你比之天竺枭雄月护王[1]何止相差十万八千

---

[1] 月护王：即旃陀罗笈多（Chandragupta），古印度孔雀王朝的创建者（约公元前321年—约公元前297年在位）。出身刹帝利（一说首陀罗）种姓，少年时遭放逐，后被婆罗门政治家憍底利耶收养，接受军事教育。约公元前324年推翻摩揭陀的难陀王朝，登上王位，约公元前321年赶走入侵的马其顿人，建立起孔雀王朝，定都华氏城。在位期间首次统一北印度，其势力达温德亚山以南地区。约公元前304年，与塞琉西国王塞琉古一世媾和，以五百头战象换取印度河以西之地。旃陀罗笈多帝国是印度历史上最大的帝国之一，共维持了六十余年。

里，只怕连他一个脚趾头还比不上呢！"

那边王玄策与阿罗那顺的唇枪舌剑暂且按下不表，这边却要问：月护王又是何许人？原来在天竺历史上，头一个大抵统一天竺全土的英主不是戒日王，正是早在戒日王千年之前的月护王。其青年时，曾得以会晤自西方来袭的双角王[①]，以征服全天竺进劝双角王，等双角王征服天竺全土后，再以自己所率军队斥逐之，取而代之成为天竺的统治者，这才是月护王的如意算盘。原来他是想巧借双角王之力为其所用而成就其霸业。可见月护王年纪虽轻，却早早便显出奸雄本色，也称得上是一个了不起的谋略家了。

双角王侵入天竺之后，遇到激烈抵抗，连年苦战不绝。双角王杀死领导抵抗的数万婆罗门，将其尸体抛陈于印度河畔，任猛鸢飞鹰啄食，期冀以此吓阻天竺人，令其内心恐怖并生出败北感来。然而事与愿违，如此并不能吓阻天竺人，反倒愈加激起天竺人的誓死抵抗。谁料双角王吃此败仗，加之兵士们水土不服，患瘴症而死者迭出，双角王无心苦战，只得拔寨退兵西返而去，彻底打消了征服天竺的念头。

---

① 双角王：即亚历山大大帝（Alexandros，公元前 356 年—公元前 323 年），古代马其顿帝国国王，马其顿国王腓力二世与伊庇鲁斯公主奥林匹亚之子，亚里士多德的弟子。亚历山大是历史上最伟大的军事统帅之一，即位后，先是镇压希腊各城邦的反马其顿运动，后大举远征东方，在西起希腊与巴尔干半岛、东至印度河的辽阔土地上，建立起庞大的亚历山大帝国，创下前无古人的辉煌业绩。"东征"所经造成很大破坏，但对东西方经济和文化的交流有促进作用，对人类社会发展产生了重大影响。双角王死后帝国迅速瓦解，随之形成一批"希腊化"国家。

月护王这厢如冷水浇头般大煞风景："做事半途而废，顾前虑后至此，岂是英雄大丈夫所为！"也难怪月护王朝天恨恨不已，只因双角王一旦引兵退去，他的计谋也便无果而终，眼见一统天竺的大志就此受挫了。

事情到了这般田地，月护王只得靠自力去打拼，指望不上巧借双角王之力了。于是，他先定计弑其主君难陀王①，篡位自立，此后东奔西走，征伐四方，日渐扩大其所领疆土。后承袭双角王的塞琉古②又率大军由西侵入，月护王驱使天竺象军大胜之，再迫使塞琉古订立于己有利之和约，顺势将天竺大部归于自己支配之下，其权势与名望一时无二。史上有名的阿育王便是月护王之孙。

不过月护王的晚年却甚是凄凉，为宫中阴谋与暗杀的恐惧所包围，死于孤寂索寞之中。曾留下如此名言："王子如蟹，啖父食母！"可见也曾遭其子谋害。又曾由衷叹

---

① 难陀王（Nanda）：难陀王朝的统治者。难陀王朝是约公元前343年—公元前324年由印度北部摩揭陀的统治家族建立的王朝，开祖为摩诃坡德摩，《往世书》记载他先后推翻了伊克希伐库、旁查拉、迦尸、海赫那、羯陵伽、阿斯摩卡、俱卢、迈蒂拉、苏罗森和毗蒂霍多等国家。大约在公元前324年，达那难陀被旃陀罗笈多推翻，难陀王朝至此结束。

② 塞琉古（Seleukos I Nicator，公元前358年至公元前354年之间—公元前281年）：塞琉西王朝和亚细亚塞琉西帝国的缔造者，安条克之子，生于马其顿的欧普罗斯，曾是亚历山大大帝的部将。亚历山大死后马其顿帝国分裂，塞琉古成为巴比伦总督，后投奔埃及在托勒密手下任职。公元前305年塞琉古称王，并逐步将国土扩展至伊朗东部，最远到达印度。塞琉古企图重建亚历山大的帝国，他创建的塞琉西大帝国拥有当时最广阔的领土，他还鼓励科学研究，支持勘察里海和恒河。在意大利海格立斯城曾发现一座塞琉古的青铜胸像，现藏那不勒斯。

息道："领土与财宝皆非我所需，只求一夜安睡也。"

月护王又是天竺历史上首位确知的英雄。此前所谓英雄大多如《摩诃婆罗多》《罗摩衍那》中登场的神或半神，其有无后嗣不得证实。然而月护王既与双角王、塞琉古等人相交接，其生存年代便大抵可知，自然也如戒日王一般，大多是借由别国史料判明。不过要说这月护王之死，却又令人丈二和尚摸不到头脑了，相传月护王后来皈依了耆那教，便将王位禅让给儿子频头娑罗，自己前往荒林中苦行，最终绝食而亡；又有说他是因为帝国发生大饥荒绝食而死的。终究如何，却又不得而知了。

以上都是闲话，再说王玄策那厢已经把阿罗那顺其人看了个十分分明，有如洞幽烛微，他有多少斤两早已肚里清清楚楚。倘使阿罗那顺有月护王与戒日王一般智慧，绝不似这般作为，必会如待宾客一般款待唐使一行，与大唐永世结好以获得实利。既然已杀死大唐国使的从者，又掳了使者、夺了财物，则索性面不改色，不声不响来个斩尽杀绝，勿留下活口。

"阿罗那顺左右都不为，其人器量已然洞悉，我王玄策足以与之对抗。倘使遇到月护王那样的枭雄，早将我一众人等沉入恒河泥沙之中了。"王玄策此时已经成竹在胸：天助我必有妙策，定能带领众人从牢狱脱出。

两旁的天竺兵士这时蜂拥而上，将王玄策等人一一扯下，押往牢狱去。王玄策等唐使一行性命如何，且听下回分解。

第四回
唐使者无端陷南牢
婆罗门幻戏惊众人

一

话说王玄策等一行人进入天竺第十一天，突然被一彪天竺兵士无理拘住，捉去王宫见新王阿罗那顺。王玄策横眉怒对，据理力争，一行人最后却统统被关入牢狱。

说起牢狱，不论中华的还是天竺的，大抵没有多少差别。王玄策一行人被关入一处，狱舍还算宽敞，天花板、墙壁和地上到处裸露着岩石。狱舍内没有寝具，只有一席席破旧肮脏的被衾胡乱堆在那里，当作寝具了。地上更是污浊不堪，还有几处闪着昏黑的光，原来是积水塘子。

王玄策头一桩事情便是察看狱门上的铁栅栏条，虽然已是相当陈旧，而且锈迹斑斑，不过甚是粗硬，仅凭人力显然弯它不折。墙上有两扇小窗，大小足够一个人钻出钻入，可恨窗上也嵌着粗硬的铁栅栏条。

所幸从牢狱内透过窗子看得到外面的景象。外面却是一片湿地，蚊子毫无忌惮地飞来飞去，湿地前面有道路通向左右两侧，再远些又是灰墙高耸，围着一座堂皇的宅府，越过高墙可见数座尖塔、屋脊还有菩提树的枝梢。沿围墙的路上有数名天竺兵士来往行走，看护着里面的宅府。王玄策揣测，那堂皇宅府恐就是王宫，而牢狱像是处在王宫背后的位置。

几只蚊子无情地叮在众人脸上。王玄策不是出家人，顾忌不到什么杀生不杀生的，一巴掌将它杀死。回过头来，叫住眼前的一个出家人："智岸师傅！"

"拙僧在此。"

"智岸师傅刚才说的一些话好生奇怪呢，好像是说什么梦不梦的，究竟是何事情？"

智岸面色苍白。事已至此，眼见再无必要隐匿了，便双手合十回答道："罢罢，拙僧如实道来就是了。"于是，将唐使一行长安出发前玄奘三藏法师所惊觉的噩梦，一五一十说与王玄策等人。王玄策、蒋师仁、王玄廓等听了皆说不出话，低头沉思起来，唯有彼岸反应迅捷，他一把攘住垂头丧气的智岸的衣襟，扯动着喝道："智岸！再无相瞒的了吧?!"

"已经和盘说出了。"

"这等重要的事情为何不早说与拙僧听?!"

"彼岸，对不住。"

彼岸恨恨说道："拙僧若是早知道此事，定会凭舍利弗^①之智慧，铲除这些灾厄了！"

---

① 舍利弗（Sariputra）：全名舍利弗多罗，意译为鹙子，从母得名。释迦牟尼十大弟子之一，古印度摩揭陀国王舍城人。相传初与目连同从六师之一删阇邪毗罗胝子出家学道，后遇马胜比丘，知有佛法，乃与目连改信佛教。因持戒多闻，敏捷智慧，故称"智慧第一"。传说大藏经中的《阿毗达磨集异门足论》为其所著。

舍利弗乃佛陀十大弟子之一，号称天下智慧第一的高僧，彼岸此时竟然大言不惭地自比为佛陀十大弟子。

王玄策连忙打圆场道："智岸师傅非有意隐匿，此事又不是智岸师傅所能预料的，责之也无济于事。况且，出使天竺之前，任何不祥的话本来也不容随便说的。加之我对泥婆罗国王的忠告根本没放心里去。只怪我们都想得太便当了。"

此时王玄策难禁自责自怨，心中伤痛不止：从泥婆罗边界入天竺之前，停顿数日，悄悄打探一下天竺的消息也不失为一策。

"大哥，此事并非谁的过失，戒日王逝去本就不是随便算计得出的，更何况天竺新王竟无理至此，对我大唐国使一行做出此暴行，天下谁人能逆料？"王玄廓在一旁劝慰道。

"不错。"蒋师仁也好言相劝道，"对一国国使竟以刀枪相逼，强夺财物且不说，更将国使投入牢狱，实在无法无天如盗贼一般。如此作为，岂是正人君子所能预料的？故王正使不必自责。"

身为正使，兵士们正眼巴巴看着他，期待他拿定主意，方可安下心来。王玄策也顾不得一味追悔前事，重重点了点头说道："我已洞悉阿罗那顺的器量，他不是能说得通道理的对手。可我等不能在此一筹莫展，不然早晚被这帮说不通道理的蛮贼收拾了。"

王玄策将眼下所处境况同全部随行人员说了个明白透

彻，各个不作声，只默默咽下几口唾沫。唯独彼岸听后面色顿失，结结巴巴问道："会……会杀死……我们吗？"

"会杀死呢。"

"岂……岂有此理！"

"虽说岂有此理，可我等一行人中已经有四人被杀死了，阿罗那顺没有任何理由放我等一条生路。"

王玄策等唐使一行，既是阿罗那顺一伙暴行的受害者，又是其篡夺王权、暴戾恣睢的见证人。因为众人都目睹了阿罗那顺所犯杀人、掠夺、胁迫等暴行，切肤感受到这一段惨痛的经历。

倘若阿罗那顺将王玄策一行人全部杀尽，尸首都处理个干干净净，则日后一张嘴怎么说都可以了。如果数年后大唐另遣使者入天竺，纠问起王玄策一行人的下落，只消理直气壮地回答："唐使并未入得我天竺。想必是在入竺路上因困坷艰难全员不幸途毙，又或半路上唐使们见财物而眼开，平分财物，逃之夭夭了。总之，所问使者下落之事本王并不知也。"至于阿罗那顺何时意识到这一点，那便是最最危险的时刻。

"杀……杀死我们后，尸首如何处置呢？"彼岸又问道。

"杀死我们后，只消投入恒河便可以了，鳄鱼自会将尸首吃个精光，连一根骨头都不剩余。"

"啊！鳄鱼……"

"倘使嫌耗费时间，索性将我等弃于猛狮面前饲之

076

也可……"

"噢！天竺当真还有狮子呢！"

王玄廓和蒋师仁在旁起哄，吓唬彼岸。他们明知处于极度危急的节骨眼上，所以偏拿彼岸来逗闷子，以便稍稍缓和一下紧张气氛。就连智岸也看出了其中理由，故而只在旁不作声。

"罢了罢了！你们休要再唬他了。"王玄策止住王玄廓和蒋师仁说道，"把话说回来，眼下阿罗那顺也无特别理由非即刻杀死我等不可。"

彼岸一听立即附和道："是呢是呢。"

"我等虽无舍利弗之大智慧，也须寻思一个妥帖的对策才是……"王玄策说道，脸上尽力浮出弛缓的神情，给众人打气，"倘若阿罗那顺无意今明数日内即杀死我等，则有的是时间寻思，我等众人一同商量着，必能寻思出一个妙策来。"

正如王玄策所言，一众人思索的时间十分从容。无端被囚入牢狱固然是天大的不幸，却得免去做那些繁重苛酷的劳役，况且可以众人聚在一处筹商对策，倒又是不幸中的大幸了。

佛门弟子智岸、彼岸二人也不曾置身一隅，一心诵经，倒是热心地和众人一道计议脱狱之策。

王玄策倚在墙壁上，双手抱于胸前，闭目苦思良策。假使寻思不出一个妙策使一行人平安脱出，即使临危不惧处之泰然，也枉了他正使的责任。

王玄策心中交错起各种思虑，加之数年来掌管西域事务积累的识闻，不由对眼前事情做更深密的思量。

戒日王逝去，天竺将会如何？英雄也罢圣者也罢，人皆未免一死，这是谁也无力逆转的事情。倘使一心追求长生不老，甚或滥用皇权以求旁术，如秦始皇、汉武帝之惑于方士，则不只无济于事，更徒使天下人笑话也。贤明之君乃整备官制与法制，遴选并培育后继者，以保经国济民之策永世相续。不过说起来容易，做起来其实不易。就如唐太宗这样的圣者，也不免因后继者的事情而头痛心烦不已，好在太宗仍健在，尚能约束住皇太子等一干人，即令有什么变故，也止于朝廷内部便可收拾，而绝不至于天下大乱。

说到戒日王，在他一代便令江山一色，统一了天竺的大半，自然也称得上是个英雄与圣者了。天竺也是文明古国，与中华本不差斤两，只可惜在官制与法制的整备上却远不及中华。天竺也是因为戒日王的权谋与声望，才得以统合为一作为国家而存在。

"可恨阿罗那顺那个逆贼，既非戒日王的子嗣，也非王族，一个小小的野心家竟然得以篡国夺权，天竺的廷臣将军们究竟在做什么？着实令人难以想象……"王玄策将半句话吞了下去，没有说出来，"横是成天只晓得跪佛拜经了？"

正思量着，狱门铁栅栏外传来杂沓的声响，一股调料的味道随之飘进狱舍，原来是狱卒拿来了饭食，看来并未想要饿死王玄策一行人。一只钵里放着一些天竺饼，另一只钵里则盛着褐色黏糊糊的羹样东西，散发着刺鼻的调料味道。天竺人用膳不使筷子，而以手盛之送入口中，且只能以右手，万万不可以左手。

"这般龌龊东西，实在吃不下呢。"

蒋师仁一句话，道出了一众人的感触。

二

要说王玄策是个了不起的英雄豪杰，这厢蒋师仁也是一个顶天立地的伟丈夫，并不在王玄策之下。二人身长不相上下，不过蒋师仁却生得虎背熊腰，比王玄策魁梧多了。

此番朝廷选派蒋师仁为出使天竺之副使，其实正是王玄策的推举。蒋师仁不只膂力过人，勇猛出众，更有一副堂堂的威仪，声若洪钟，胆识非常，且颇通梵语，堪称文武双全之才。万一出使途中王玄策有什么不测，则由蒋师仁取而代之作为大唐国使，统领余部继续天竺之行，这才是朝廷及王玄策本人的筹算。至于王玄策的从弟王玄廓也非寻常人物，王玄策自小便知其志向不凡，但碍于一族的关系，却总是屡不内举以避嫌。此番一同出使天竺，即有令其积累起经验及西域知识之意，以后也好堂而皇之出任公职以奉侍朝廷。

一众人正皱起眉头要勉强去吃那饭食，一名兵士冷一眼朝窗外望去，随即轻声招呼王玄策过去。王玄策立起身，来到窗户前，隔着铁栅栏向外望去。只见尘土飞扬，一队队天竺兵沿着那座堂皇宅府外的围墙，在赤土路上滚滚行进，从王玄策这边看出去，却是自右而左的移动。队中既有荷枪在肩的步军，也有着赤色及紫色战袍的骑军，更有赫赫有名的天竺象军。或恐是因为土路道幅不宽的缘故，象军摆不开队形，庞大的天竺象只能一头一头衔尾而行。

　　"王正使，如何？"

　　"步骑军并象军总共约有三万人马。"

　　"天竺军究竟要去哪里作战？"智岸情不自禁自言自语道。

　　王玄策没有即时回答，却轻锁双眉，再朝周围细心观察起来。迄今为止，王玄策也见识过不少骁勇善战的军队，中华史上留下不灭传说的名将的英姿也曾亲见过，虽一介文官，却也分得清楚队伍编阵的疏密以及士气高昂与否，进而大致可判断出军势如何。

　　"依我之见，这恐不是去作战，像是演习，又或纯属宣示军威罢了。"

　　随着王玄策的话音，蒋师仁也立起身朝窗户外望去。可是窗户不大，又被王玄策的头颅遮住了大半，看不分明什么。

　　"宣示军威？不晓得阿罗那顺那个鸟人玩这套却是做

什么？"

"只恐是为了威吓民众以保全自己地位。以一见百，可见阿罗那顺未得民心，所以凡事只能倚靠权力才能摆平。"

趁戒日王逝去前后之乱，篡夺了天竺国权柄的阿罗那顺想必会使出这等招数。然杀害唐使随员、掠夺修好之礼、拘押大唐国使等种种行径，却是有百害而无一益，又以为天竺与大唐相隔遥远，其后竟一无对策，放之任之。由此却又可见，阿罗那顺称不上是什么深谋远虑的枭雄。

"逆贼也只能逞一时骄横，其数必不会长。以我等的遭遇来看，须做的事情他一样都不做，不须做的事情他却做起来毫无顾忌。"

王玄廓在一旁道："小弟倒有一问。依大哥之见，阿罗那顺那逆贼究竟须如何做才合乎道理？"

"我等自大唐远道而来，对天竺的事情知之不详，他只须假作是戒日王的正统继位者，表面对我等热情款待，继续使大唐与天竺两国修好就是了。"

"原来如此。"

"逆贼只须从我等手上接过圣上亲笔国书，不就等于大唐天子承认其地位了？稍后再设法将国内政敌一一剪除，此时却是天竺的内政事务，大唐及诸国都不便指手画脚说什么了。"

"诚如大哥之言。可是，这桩事情与眼下我等的境遇又有何关系呢？"

王玄策晓得王玄廓所问极是，况且不止他一人，兵士们怕是全都想问呢。于是王玄策斩钉截铁地说道："我意已决，十日之内必能从此牢狱脱出，且领一支兵来讨伐阿罗那顺那个逆贼，以雪今日之辱，以报被杀弟兄之仇！"

王玄廓目不转睛盯住王玄策，问："然兵马从何而来？不远万里自大唐率兵前来？又或在天竺招募兵马？我等在此乃异邦人，天竺人必不肯从我讨伐阿罗那顺。"

"近处即有兵马。"

"近处？究竟是何处？"

"泥婆罗。"

王玄策毫不含糊答道，一副自信满满、胸有成竹的样子。一行人全都屏住声息，眼睛齐刷刷盯向正使。

于是王玄策将在泥婆罗时与泥婆罗国王之间的对话说与众人听。"国王已与我相约，赴天竺途中万一有不时之需，泥婆罗定会鼎力相助。故我可径往泥婆罗借兵来讨伐阿罗那顺。"

"充其量不过嘴上许诺，究竟可信不可信？"王玄廓显得甚为谨慎。蒋师仁则双手紧抱，沉思不语。

"依我看，不妨信之。"

"凭何而信之？"

"泥婆罗国王施恩图报，要与我大唐结好。我与国王二人说话之时曾察言观色，对其自然深信不疑。倘若我亲自前往泥婆罗借兵，国王定不会辜负我意。"

王玄廓又追问道："假使泥婆罗国王又欲转向别国施

恩则如何？大哥前往泥婆罗借兵，他却将你等擒下，献给阿罗那顺，从逆贼那里获得些个好处也未可知。"

王玄策笑道："二弟，倘若你身为泥婆罗国王又会如何做？究竟会选择何人施恩以图他日返报？是无声名威望的篡权者，抑或是英名满天下的大唐天子？"

"不错，我晓得了。"王玄廓总算一扫疑虑，如释重负般以手轻抚心口，松了一大口气。

"计策既定，我等尽可安心填饱肚皮了。如今吃什么都会觉得是人间美食了。"

众人这才开始伸手用饭。

一行人中有二名庖人，他们的责任便是每日宿营之际为一行人起烟火烧煮饭食。可自来到天竺，尤其无端陷入牢狱之后，似乎无事可做了，其实不然。这二人另负有唐太宗重大使命在身，那便是学习天竺膳食之术，并从天竺带回精糖制法。即使这会儿面对难以下咽的狱中粗食，也不敢怠慢，二人在舌上细细辨析品味，探赜索隐，并不时交相切磋，全无庖人之卑下，俨然是正儿八经的使者呢。

真正无所事事的倒是那些兵士们。虽说狱舍内还算宽敞，但毕竟不可能在里面演武操拳的。为预备从狱中脱出时的需要，兵士们变换着各种架势活动身体。

不过这也只是最初一二日的事情，狱中每天只有一餐饭食，活动多了不久肚皮便叫唤起来，很快手垂脚软顶不住了。百般无奈，兵士们只得坐下来静听智岸、彼岸二人说法论道。智岸为人太过一本正经，说话让人颇觉乏味，而彼岸讲起佛法来却是绘声绘影，难怪此前也能使文成公主喜形于色呢。入得牢狱，彼岸倒成了兵士们散闷驱愁的活宝。

此时若是农历四五月间，天竺最酷热、湿气最重的季节，一行人拥挤一团被置于牢狱中的话，一个晚上就足以因溽暑难挨而使人毙命。所幸眼下已是九月，天气渐凉且甚干燥，虽只是在天竺来说，比起长安来还是闷热许多，但终究还能够安然入睡。

自决意十日之内从狱中脱出以来，王玄策等人日夜谋算。机会竟在三日后不期而至，况且是以无人意料的方式突如其来的。

三

或恐是顾忌到与其他囚犯押于一处多有不妥，王玄策等唐使一行被单独囚于一间还算宽敞的狱舍，并无与其他囚犯混杂一室。不意这一日的午后，狱卒押着什么东西朝这厢走过来。

"进去吧！"

狱门移开一道窄窄的缝隙，一团污秽不堪的茶色物体滚进狱舍，细看却是一个活人。看他匍匐于地的模样，直令人怀疑像只巨型蜘蛛。天气尚暖，此人却身着皱巴巴的长衫，从袖口与裾下偷眼而觑，手足浑如枯木一般。茶褐色的肌肤也好似刮脱了毛与脂肪的熟皮，软趴趴的，毫无生气，唯有双目闪动，发出金黄色的光。

见来人是一名老者，王玄策立即命兵士们扶起他来。二名兵士上前左右架住老者，不想兵士顿时双眉紧蹙，连一张面孔也歪斜了，原来是老者身上散发出一股浓烈的臭味。王玄策一行自入狱来一次也没有洗漱，可老者身上的臭气与之比较起来，却何止百十倍。老者模样怪异，倘若肩上生出一株树来的话，俨然就是传说中的大树仙人了。

王玄策虽对他并无什么好感，仍命兵士将他扶至墙边，倚墙而靠，使他稍许舒适一些，然后问其姓名。

"那逻迩娑婆寐^①是也。"

天竺人的姓名对异邦人来说实在是难读难记，于是王玄策干脆化繁为简接着道："原来是那逻老先生。"自说自话将他人姓名掐去一半来读也是实出无奈。王玄策心想：只须将来向朝廷上折或记入公文时写上全名便可，眼下却管他什么。

老者态度高傲地说道："不管汝等是异邦人也罢是异教徒也罢，却有敬爱老者之心，殊可嘉许也。"

"敢问老先生贵庚？"

"老夫今年已二百岁矣。"

"啊呀，倒是看着不像呢。"

---

① 那逻迩娑婆寐：原文作"那罗延娑婆寐"，查新旧《唐书》、《资治通鉴》皆作"那逻迩娑婆寐"，故译文从之。又《全唐书》209卷李德裕《方士论》作"那罗延娑婆寐"，《酉阳杂俎》7卷作"那罗迩娑婆"。

"可是看着年纪还要轻些。"

"不错，看上去最多只一百八十岁而已。"

王玄策才说罢，众人便一同哄笑起来。智岸还顾忌着些，未敢放肆笑出来，彼岸却捧着肚皮哈哈大笑不止，竟坐倒在地。

老者将两条白虫似的眉毛向上扬起，朗声说道："吾身怀神通之力，汝等若是轻薄无礼，莫要后悔。"

"倘若真的身怀神通之力，还不快快从这里脱逃出去，为何却与我等同拘一室？"王玄策揶揄道。

蒋师仁也立刻附和道："是呢是呢。不光你自己脱逃出去，将我等也一并救出去如何？我等子子孙孙都奉你为再生的大恩人！"

老者咄嗟叹诧道："不信神者实在可怜也。老夫乃天竺第一婆罗门，精通圣典神髓的尊者。汝等不识尊者倒也罢了，为何却辞语悖慢，如此无礼耶？"

原来这婆罗门在天竺是阇提[①]最高的圣职阶级，又是天竺自古以来的多神教婆罗门教的信者，世代以祭祀、诵经、传教为业，掌握神权，垄断知识，即使落魄到清贫如洗的地步，依然受士族与平民尊敬。不过从狱卒对他的态

---

① 阇提（Jati）：意译为"种姓"，是印度封建社会中按世袭职业划分的排他性身份等级，分为婆罗门、刹帝利、吠舍和首陀罗四个等级。依印度教习俗，人一生下来就属于某一特定的种姓，子继父业，代代相传。种姓之间界限森严，不得交往、通婚，甚至不能共食和并坐。随着社会生产和分工的发展，阇提制度日趋复杂，在种姓之外又出现了大批"不可接触者"即"贱民"。

度中，却实在看不出一丁点尊敬之意。莫非是在扯大旗作虎皮，其实是只土龙刍狗的玩意儿？

老婆罗门转向彼岸问道："你是沙门①吗？"

"是的。"

"呜呼！原来是受了那个叫什么佛陀的诓骗，堕入魔界的异教徒？秽种小儿，去去去！"

"你这天杀的！什么缘由却在这里辱没我祖佛陀！"彼岸竖起两条眉毛，恶狠狠说道，"你这婆罗门的异教徒竟敢毁谤佛门正道，便是我佛不共戴天的敌人，与叛离我祖佛陀的提婆达多②如一丘之貉，拙僧今天就替我祖教训教训你！"

彼岸怒得发上冲冠，恨得气冲牛斗，扯起胳膊便欲上去打老婆罗门，智岸连忙从背后绞住他双手，将他按下。

王玄策则在一旁冷眼觑着，倒不是觉得宗门之争不便加入其中，而是觉得事情来得太荒唐，故而并不出手按住，也不动口说什么。

老婆罗门也随彼岸收住手，却犹自气咻咻喘个不停。王玄策这才瞅了空隙问老婆罗门道："究竟因为何事被囚于此地？"

① 沙门：梵语 Sramana 音译"沙门那"，略称"沙门"，意为"息心""勤息""修道"等，表示勤修善法、息火恶法之意，原为古印度各教派修道者的通称，佛教盛行后专指依照戒律出家修道的僧侣。
② 提婆达多（Devadatta）：释迦牟尼的堂兄弟，曾为释迦弟子，后背叛释迦，并与佛教为敌。一说他曾数次穷凶极恶想杀害释迦牟尼。

"汝等为何会在此地？想必是做了什么恶事，被官兵拿住了吧？"

"哪里有做过什么恶事！我等毫无过错，却无端被投入牢狱！"未等王玄策答话，蒋师仁怒气冲冲地抢先说道。

老婆罗门从鼻子里发出一声冷笑道："老夫也是一样。说得明白一点，老夫因才华超众，智慧卓荦，而被凡夫俗子妒恶，那些既无神通又无声望的自称长老之辈，亦视吾为目中钉也。"

智岸听老婆罗门一席豪语，情不自禁望向彼岸的面孔。

"智岸，你为何望着我？"

"啊呀呀，原来天竺也有像你那样大言不惭的人呢……"

"智岸！我虽修行尚浅，有一句话却须说与你听仔细：我誓与这个旁门左道的异教徒不共戴天！"

此时老婆罗门不再理会这二人，转头却与王玄策攀谈起来。王玄策被老婆罗门问起，遂将一行人出使天竺，刚至曲女城却被阿罗那顺手下拿住，囚入牢狱的来龙去脉，挑要紧的部分简单说与他听。

老婆罗门点头道："戒日王倒不愧是一代名君，不过天竺这数年来盗贼猖獗，治安大不如前，于是戒日王下定决心严惩不贷，刑政愈加严厉，佛门慈悲也不晓得跑哪里去了，领受死刑之人数倍于从前。恐是神们觉得人间前世的善恶业因都要在今世现报耶？"

王玄策打断老婆罗门的话，问道："这些且不去说吧，倒是那个叫作阿罗那顺的是什么来历，你可愿将所知事情说与我来听听？"

"对他倒是一无所知，一直到戒日王逝去为止，从未听说过他的名字。"老婆罗门冷冷答道。说话中看得出他对阿罗那顺似也无甚好感，不过这对王玄策一行人来说却是毫无用处。

王玄策怅然无语，双手抱臂沉思起来。

此时，狱外传来脚步声响，铁栅栏上映出一个人影来，却不是先前送来饭食的那个狱卒。那人影一面朝身后望两眼，一面急急向老婆罗门说道："哒，你要的东西照例取了来，快快把礼钱拿过来！"

"哦！"老婆罗门应道，"礼钱自然是有的。"

老婆罗门趾高气扬说着，将枯枝一般的手插入污浊的发髻，从那里夹出暗藏的一枚银币来，"铮"的一声朝狱卒弹去。银币在空中飞出一道虹样弧线，钻过栅栏格子，正好被狱卒捏在手心中。银币看上去相当古旧，戒日王在位时银币铸的不是很多，一直以前代的古币流通坊间。

狱卒手里捏了银币，稍一点头，另一只手将东西透过铁栅栏塞进狱舍来，便匆匆闪身而去。老婆罗门接了东西，却是一只同样污浊的麻口袋。

"呵咿，中华人！"老婆罗门眼睛盯住王玄策道，"见了狱卒这般贪财光景做什么念想？可惜呀可惜，事情并不似汝等所愿，若是从外面拿东西进狱中来即如汝等刚才所见，若是从狱中往外脱逃却绝无可能。"

王玄策被他这样一说，沉默了片刻，俄顷才似忽而想起来般附和说道："原来还有这路招数，我却未曾想到。"

老婆罗门提高声音说道："真是一群不可救药之众生，早晚会遭神谴。对汝等不信神者，任是吾说法说到嘴皮子破也无济于事，且将吾身怀之神通之力让汝等见识见识，汝等休要后悔也。"老婆罗门也不管别人赞不赞同，竟堂堂宣言起来，说毕就于狱中变演起他的幻术来。

四

俗语道："幻化无穷的地狱也胜过无聊至极的天堂。"无端身陷南牢的唐使一行，除了王玄策、蒋师仁、王玄廓等数人在商量脱出之策以外，其余兵士实在无聊难挨，这时情不自禁都用眼光围视老婆罗门，心想这古怪老儿兴许会带来些意想不到的变化，也好散散闷打发一些时间。

老婆罗门将干枯的手指伸进麻口袋，在里面划拉一圈，夹出些什么东西来，却都是些杂七杂八的什物，有衣纽、铜币、笔、碎布条等。老婆罗门只将铜币和笔捏在手里，其余什物又塞入麻袋。

众人一看，见是一枚又大又厚的天竺铜币，笔却是中华的细管毛笔。老婆罗门将其分握于左右两手中，在众人面前展示几遭，又故弄玄虚神神秘秘地道："可惜汝等既非王侯贵族又非窈窕淑女，尽是些个低贱的异教徒，本不值得见识吾神通之力。罢了罢了，就算与汝等特别开恩吧，只当作吾广积功德好了。好歹汝等也去不成天堂，在下地狱之前也让汝等多一些说鬼谈禅的话题。"

"快些闭上你的臭嘴巴，要做的话做起来便是吧，何来恁些废话！"蒋师仁毫不客气地催促道，对他全无一丝敬意。

"汝等不畏天谴的异邦人！吾且让汝等开一回眼，见识了吾之神通之力后，定叫汝等魂飞魄散也。"

只见老婆罗门用左手大拇指和食指捏住铜币，右手持笔，以笔锋一点一点戳向铜币。狱中众人不由默然无声，有数瞬工夫连气息也不敢出，屏息静气盯住了老婆罗门。

老婆罗门用力运气，忽地从嘴里发出一阵激越的铿然声音，狱舍的墙壁也随之轰然回响。众人正在似泥塑木雕般直眉瞪眼的当口，见老婆罗门使劲挥舞两手，神情傲然，口中朗朗有词道："如何？汝等可看仔细了？这便是天竺流传有五千年之久的神通之力。便是汝等秽目浊眼的中华异教徒，也应看得明明白白、真真切切的吧。"

老婆罗门满面得意之色，将羸弱的身板挺起。

王玄策在稍远处紧锁浓眉，默不作声地看着刚才幻戏般的蹊跷事情。就是蒋师仁，也被眼前的光景惊得张口结舌。原来纤细的毛笔竟然直透过铜币中央，笔锋从另一面穿出来！

"来来来，汝等只管拿去验明不妨。"老婆罗门将笔和铜币伸到蒋师仁眼前。

蒋师仁踌躇不定地拿将过来，举至与眼睛齐平处，细细打量。果然没有妄言，柔软的细管毛笔笔锋竟真的穿透了铜币的中央。众人愣怔片刻后，连声发出一叠惊叹。

恰在此时，人群中却有一个声音冷冰冰说道："大胆老儿，道是什么神通之力，原来却是恁般撮弄人的唬人把戏，也敢在此卖弄！"

循声看去，却是彼岸。老婆罗门、王玄策，还有蒋师仁等人齐齐将目光投向彼岸。

"呵咿，适才说什么来着，沙门？"

"我说只不过是撮弄人的唬人把戏。"

"何来唬人之说？"

"恁般蹩脚的把戏也敢说什么魔法，自诩有什么神通之力，不过是妇孺童叟皆知皆会的奇术而已。有何难哉。"彼岸一面搔着被蚊虫叮咬的左臂，一脸不屑地笑道。

老婆罗门怒道："汝等该遭天谴的异教徒！既然汝口出狂言，且做一套来看看！究竟吾有无唬人来着？"

"既如此，拙僧且做一套让你看看，也好让天下众人晓得婆罗门的魔法究竟是何等样的把戏。拙僧赖我佛加护，身怀超凡智慧，就是舍利弗恐怕也须敬我几分呢……"

彼岸慷慨激昂地说着，这边智岸却在一旁皱着眉头暗暗叫苦不迭："彼岸这家伙，性命无虞时便如此好胜强气，也不管这会儿有无必要，只叫人难做。事情到了这般地步，我就是拦也拦他不住，他定不会听我劝的。也罢，就让他在老婆罗门面前出一回丑，羞羞他也好……"

彼岸却全然不晓得智岸心里滋味，好似满脸都写着"自信满满"四个字，稳稳踱步走近老婆罗门身边。老婆罗门似乎觉到什么，急急朝身旁蒋师仁伸出手去。说时迟那时快，彼岸动作竟比他快了一瞬，早从蒋师仁的大手上夺过笔与铜币，随即后退两步，与老婆罗门站开一些距离。

彼岸面露得意之色与嘲讽之笑，伴随迅疾又夸张的动作，口中煞有其事地念叨着谁也听不明白的咒语。俄顷，慢慢展开双手朝众人演示，众人定睛看去，只见跟刚才老婆罗门所做竟一模一样，彼岸将那支纤细毛笔的柔软笔锋穿过铜币，从另一面透出来。众人又是一番惊叹。

"智岸，你也看清楚了吗？"

"看……看清楚了。这究竟是何道理，横是你也身怀神通之力？"

"嘿嘿，智岸，只须虚心坦怀、心无旁骛地冷静观察万事万物，切勿被对手的一言一行所迷惑，真相自然就会大白。你且来看看这个，这便是此天竺老儿所谓的神通之力！"

智岸依言仔细查看了彼岸手中的铜币，不由高声惊叫起来："原……原来竟是这样！铜币中央凿有一穴孔，还有一根细巧弹簧控制穴孔开闭自如！果不其然是唬人的把戏。"

"不错。我这只手上拿的才是普通的铜币，这老儿用怪异声音吸引众人心神，趁人不留意时，却以迅捷之势一瞬将普通铜币调换成一枚有穴孔的铜币，再柔软的毛笔自然也能穿透过去，如此而已。说是奇术，也只不过是下等之下等的粗滥之术。老儿，你还有什么好说的？你这个天杀的！"

不等老婆罗门反驳，狱门外传来一阵急匆匆的脚步声，刚才从外面递给老婆罗门什物的狱卒来到狱舍栅栏前。

"老儿！这是什么?!"狱卒将刚才拿去的银币狠命朝老婆罗门丢过来，"你竟敢用假银币来糊弄人?!这是什么银币？不过是普通的铜币涂上银色而已，你个老儿竟敢蒙骗我！"

"不敢不敢，老夫怎敢蒙骗你呢？"

老婆罗门刚才得意扬扬的神情早不晓得到哪里去了，左挪右移，抽开身子做出随时准备逃走的样子，一面抽身，一面用斜眼觑着狱卒。明明身在牢狱中，又是如此逼仄的地方，能逃到哪里去？王玄策等一行人看了不由哑然失笑。

"呵咿，中华人，把那老儿与我捉了过来！"

狱卒朝唐使唤了几声，自己却不敢往牢内来。万一被囚犯们捉了起来当作人质可不是好玩的。

老婆罗门拼命解释："老夫真的以为那是一枚银币呢。如要说起来，老夫也是被奸人所蒙骗的。"

"你无须再辩解，快快把真正的银币拿过来，我便饶了你这一遭。"

"再没有银币了，老夫也只有那一枚而已。"

"嗯，是吗?!"

狱卒顿时露出一脸恶狠狠的表情，隔着铁栅栏猛一把扯住了老婆罗门的手腕。

"那好，既然如此我也没办法，只好报告狱监去，由他来拷问你老儿吧。你且上前来!"

"老……老夫乃婆罗门是也! 与你等身份有别，岂可对老夫如此粗野……"

"呵呵，一派胡言! 明明是被各处修行寺庙逐出宗门，臭名昭彰的无耻之徒，比之我等又有何高贵? 快快过来! 若是叫我多费了手脚，只会自己多受鞭挞而已。"

"这位兄弟且慢!"

说话者却是王玄策。只见王玄策强忍住笑走上一步，拿出一件什么东西递向狱卒。仔细看去，手掌里握的原来是一枚从长安带来的中华银币，这才是真正的银币。王玄策对狱卒说道:"这个送与你，只求你放过这个老婆罗门吧，不晓得行也不行?"

狱卒眼里露出一丝古怪神情，有两种目光同时从眼睛射出来:物欲与猜疑。

"中华人，你送银币与我却是为何?"狱卒不解地问道。

"中华向来以尊老为传统，即令是不相识的异国之人，又即令是戴罪之人。眼见老先生将受难遭苦，我也是于心不忍。想你如此，心下也是为了不让老先生受难遭苦吧？"

"……也好。且不管是谁拿将出来的，银币却还是银币。"

狱卒说罢，从王玄策手掌里拿过银币，又朝老婆罗门做一记姿势吓唬两下，方才背过身子离去。狱舍中的紧张空气也随之消散。

"中华人！虽是汝送他一枚银币解吾窘境，吾却不会谢汝。吾没有求汝，是汝自说自话送他的……"老婆罗门虚张声势地说道。

王玄策对老婆罗门只有苦笑，心里在想：就当作散财施舍别人罢了，又或权当是花钱买回一件并不需要的什物罢了。嘴上却道："小事一桩，本不值得老先生礼谢。不过却有一样：老先生似乎与金钱无甚机缘呢，因你连真假银币尚且分辨不出。"

众人拊掌大笑。老婆罗门却低头不语，浊白的眼里射出两道狡黠的目光来，似是在计谋什么，待复开口已是接近日暮时分。

五

"中华人！"老婆罗门忽地朝王玄策搭话说道。

"有什么事情？"

"汝等若是平安无恙回到中华，可有机会谒见大唐皇帝？"

"这个是自然的，我等还须向圣上复命呢。"

"可是当面向皇帝复命？"老婆罗门郑重其事地问道。看到王玄策点头称是，便越发敛容正色地说道："若是如此，便与汝订一个君子协议如何？"

"倒是什么样的君子协议？"

"汝等携老夫一道去中华都城长安，在朝廷上下打通关节，使老夫得以在大唐皇帝身边走动。老夫愿以吾身侍奉大唐皇帝。"

王玄策不作声看着老婆罗门，心下却在想：这个行为怪异的修行老者究竟想说什么？实在是想他不出。

"老夫在天竺已经生活了二百年，早就厌烦透顶了。听说长安数倍于天竺的曲女城，繁华天下无双。老夫有生之年必欲亲往一视，将吾身怀之神通之力在更大范围内发扬光大。"

王玄策闪一闪讥讽的眼神斜着老婆罗门道："对尔来说倒是不错的协议，可是携尔一道返还长安，对我等又有何益处？"

"老夫保证可使汝等从这里脱逃出去。"

老婆罗门竭力说得一本正经，只可惜却无一人认真去理会他，众人眼神里都写着同样的话：这个吹牛夸口的老异教徒！

王玄策依旧与他一答一问，声音却是毫无热情："究竟如何可使我等从这里脱逃出去？"

"老夫一直受小人迫害，已经是数次进出牢狱了，不似汝等第一回被押入这里来……"

"这个又有何神气活现的？"

"且听老夫说下去。故此老夫略施工夫，使得老夫可在任何时候自由走出这座牢狱，此乃托众神之眷顾方才得以做到。"

王玄策等一行人面面相觑，一时却不知如何接他的话茬。见此光景，老婆罗门越发显出得意之色，趾高气扬地朝身边兵士呼喝道："汝等几个，且去铁窗子面前站住，待狱卒近前来时即刻做个手势招呼一下。快去，愚钝的中华人！"

王玄策立即吩咐五名兵士到铁窗子面前，或站或坐，既遮人耳目，又兼作探子。

只见老婆罗门蹑手蹑脚走向狱舍的一隅。那里紧靠墙壁，地面连着狱舍外面的湿地，潮湿阴冷，且散发出刺鼻的异臭，间或还可看见几条黏糊糊的蛞蝓蜿蜒其间，故而狱中囚人谁也不愿意走近那里。

老婆罗门用衣袖将地上污浊的积水拂一把，把那手指关节打一个响，对兵士们喝道："还不来助我一臂之力，且叫老夫一人做这般粗活，汝等所谓敬爱老者的感情只是嘴巴上讲讲而已？"

王玄策觉到湿地下面多半有机关，于是命兵士们上前同老婆罗门一起动手。到了这样的关节眼上，兵士们谁也不敢再对其有揶揄之词，你一下我一下齐齐动起手来。智岸站在后面，握紧双拳，彼岸也只管注视着老婆罗门举动，不知不觉间竟双手合十，下意识地念起佛来。

刨去表面约半尺湿土，将下面的石块一一搬开，露出一个约一尺见方的穴洞。阵阵潮湿的阴风从暗黑的穴洞底下吹拂上来，令人感觉十分不爽。

"不得出声！"

王玄策低喝一声，制止住众人骚动，彼岸慌忙以手掩住半张的口。王玄策眼睛凶狠狠地盯住老婆罗门，似乎老婆罗门只须说什么谎，便立刻要上前将他扼死。

"此穴洞通向何处？"王玄策问道。

"从这里便可直至狱外的湿地，假使没有这层墙壁，走将过去也不过三步。穴洞的出口在湿土之下，草木之中，从外面是不得而知的。"

王玄廓看着窗外动静，向王玄策报告："大哥，湿地对面道路两旁大约有天竺兵士十来名，且不时朝这边张望，现在万万不可贸然行动。"

"嗯，晓得了。"王玄策点头应道，"一行人全部脱逃出去恐无可能，顶多就一二人罢了。"随后问老婆罗门道，"既有如此逃出之门路，为何你自身不从此地脱狱而出呢？"

"老夫所犯乃微过，罪不当刑，顶多便是在这个牢狱中待上个十天八天，届时必定将吾放出。倘若老夫从这里脱狱而出，下回被捉进来时绝无饶恕，必成死罪无疑。故而倘不是到了走投无路的地步，老夫不想走此绝路，况且一旦从此穴洞脱出，湿土陷入，下回便不可再用。今日老夫将此脱狱之门路让与汝等，尽显老夫慷慨之至矣。"

蒋师仁毫不掩饰对老婆罗门的猜疑，转向他不信地诘问道："横是你设计了一个圈套叫我等去钻吧？"

"老夫设计这个圈套让汝等钻了又有何益处？那些关押汝等进来的人根本不须做任何事情，只管将汝等弃之于不顾，汝等中华人必定挨不过狱中的日子，结果唯有身体羸弱者开始——病死。汝等若是不欲等死，倒不如使出全部勇气赌一把，试试自己的命运又如何？"

王玄策这边紧蹙双眉，脑里飞快地算计起来。诚如蒋师仁所言，这里面容或真有一个设计好了的圈套也是可能的。不过老婆罗门所说也有几分道理，即令唐使一行人钻了他的圈套，究竟谁得益？他后来就是向狱卒密告唐使脱狱之事，自己暗中掘了这个脱逃密路的事情岂不是也大白于天下了？就算老婆罗门原来是天竺人派进来查看唐使一行人动静的探子，可王玄策从一开始便清楚，这样做对任何人都并无益处。

机不可失。王玄策只片刻工夫便做出了决意：若是错过了这样的机会，只怕再无可能从这里脱逃出去，一行人便真的全部要在狱中因病而死了，到那时候可就悔之晚矣。

拿好主意，王玄策开言道："也好，倘若万事顺利，我等不辱圣上使命得返长安，自然会将尔举荐给大唐皇帝。"

老婆罗门听了王玄策这样说，脸上浮出满意的神情。蒋师仁与王玄廓虽面露吃惊之色，却也道不出异议，因二人心里也十分清楚，事到如今，再无任何其他的选择了。智岸、彼岸二人也一时心烦意乱，哪里还想得出什么计谋，只好任凭王玄策拿主意了。

众兵士听了王玄策等人的说明，相互计较了一番，齐声说道："我等在此地话语不通，道路也不识，只有仰仗王大人搬来奇兵驰救。不然我等无法生还中华，此生便不能再与家人团聚了。"

"还盼王大人一路安妥，速速率援兵重返天竺，惩击逆贼，我等才好脱出牢狱。若是晓得这个老婆罗门设计出卖我等，定不饶他活着离开这里的。"

虽然这些兵士在史上都不曾留下姓名，可自出了长安直到进入天竺，一个不曾脱落，一个不曾违命，历经困坷艰险随王玄策一路行来，可谓个个忠勇异常，对王玄策亦深信不疑，唯马首是瞻。

脱狱之事既定，王玄策旋即考虑挑选何人随自己一同脱出。若是自己独自行事，万一天竺兵从后追至被擒获，或是被杀或是复投入狱中，则一切皆休矣，脱狱之路径也算彻底泡了汤。又或是自己中途倒毙，也须另一人踏破险途，前往泥婆罗说服泥婆罗国王，率援兵回来救出余下的众人。更加之此番脱出之行比不得从长安一路入竺，实在还要危险数倍，故此同行人还须身怀武艺，勇猛过人才行。如此考虑，则只有蒋师仁、王玄廓二人中的一人了。

"蒋副使随我一同脱出，二弟统率狱中余下的众人。"

王玄策没有时间去多想，决断已定。

若论武勇和忠心，蒋师仁与王玄廓二人不相上下，不过王玄策绝对不会挑选王玄廓一同脱出。只因王玄廓乃是自己的从弟，再怎样说终归是族亲，倘若王玄策与王玄廓一同脱出，留在狱中的众人又会作何想法？"王大人横是撇了我等一众人，只顾自己逃脱了吧？"虽说一直到眼下为止，兵士们皆对王玄策深信不疑，可人心难测，只要有一个人丧失对王玄策、王玄廓等人的信赖，一众人就有可能四分五裂，在牢狱中交相嫌恶，甚或内部起抗争。若是那样，全员平安无事返回长安的目标就无论如何也完不成了。

王玄廓朗声答应。他也深知从兄此刻心中所想之事，虽留在狱中实是一件苦差事，不过却十分清楚自己的境况，因而对王玄策的决意绝无丝毫不满。

"二弟，狱中的兄弟们就托付与你了。"

"大哥不必担心，这会儿在此地的所有兄弟，一个都不会少。"王玄廓点头应道，"不过，恐一个月已是最大限度，时日更多的话，我也不敢保证了。故还望大哥与蒋副使二位尽早返回，哪怕早一日也好。"

"这是自然的了。"

其实王玄策心里已在计算：从此地去泥婆罗约十日，说服泥婆罗国王，并打点起所需兵马粮草之类又须十日，重回天竺再花去十日，一去一回少算要整一个月。自然，王玄策也切盼能早一日赶回天竺，好救出狱中的众兵士兄弟。

于是，到了夜阑人静之后，王玄策等一面审察狱卒的动静，一面开始脱出行动。兵士们六七人贴近牢狱铁门栅栏，阻挡住夜间前来巡查的狱卒的视线，其余人等眼睛适应了黑暗后，悄无声息地搬开墙角边石块，露出密洞，等王玄策与蒋师仁缩起身子先后钻入穴洞，随后再将穴洞塞住，接着王玄廓往上面一躺，遮住了穴洞。

究竟王玄策与蒋师仁能否从牢狱脱出，平安到达泥婆罗并讨来救兵呢？欲知后事如何，且听下回分解。

第五回
王正使越狱奔北地
蒋副使乘象渡赤水

一

天空风清云散，热带的月光照洒在地面，一草一木的影子隐约可见。王玄策、蒋师仁二人从狱舍外面的草丛中探出，便往牢狱对面的道路匍匐而去。

浑身早已是泥泞不堪，又被热带的蚊虫蜇咬了数口，可二人却是从未感觉夜风似今夜这般清爽。王玄策深深吸入一大口气，忽地一个喷嚏冲鼻欲出，赶紧用两手捂住，不让声音出来。

"从现在起才是正儿八经地脱出呢。"王玄策对自己说道。

眼下还只不过是从牢狱中脱出，还未脱出曲女城，心中石头要放下来为时尚早，前方到处是石头筑成的壁垒，还有天竺兵士围成的壁障。

高高的灰墙在月光的照射下投出深沉的影子，王玄策与蒋师仁借着高墙的影子藏身，快步移动。忽然，二人不由自主停下了脚步，原来前面有一大群悠悠然横卧于道路的牛群，数目大约有五十余头，在灰蒙蒙的月光中好似海中浮出水面的巨型礁石一般。牛群对面则聚集着与牛的数目大致相等的天竺兵士，不知是在此放哨检视还是沿路巡逻至此。兵士手中林立的刀枪被月光一照，发出闪闪的白光，寒气逼人。

王玄策、蒋师仁二人看在眼里，即刻计上心来。于是二人悄悄在地上摸索着寻找石头。二人都不是天竺人，不似天竺人般对牛怀着天大的崇拜，只因那牛原本在中华也仅是用来耕地或是食用的。故而二人丝毫没有什么犹豫，拾起石头便朝牛掷去。只见手起石落，两颗石头正命中牛的额面。

不意遭到突袭的牛顿时睡意全消，痛苦地悲鸣一声，扭动巨大身躯站立起来。瞬时间好似火烧连营一般，其余的牛也仰首悲鸣起来，且挤挤攘攘胡乱蹿动。一头牛终于抑制不住愤怒，狂奔起来。这下其余的牛便也奋蹄狂奔，也不管脚下是地还是人，只管践踏过去，乱哄哄也不晓得究竟要往哪里去。

天竺兵士们张皇失措，不晓得做什么才好，因为即令他们手中都握有刀枪，却绝对不可朝神圣的牛刺去，但又怕被狂暴的牛伤了自己的身子，只得左挪右闪避开牛群，四散逃开去。尽管牛平常看似钝重无比，可真的奔跑起来却还是比人迅疾许多。转眼间一个天竺兵士就被掀翻倒地，一个身体被牛角刺中撕出一条血口，还有一个早被践踏在牛蹄下了，场面煞是混乱。

王玄策觑准机会一跃而出。正慌忙逃命的一个天竺兵士认出了王玄策，口中嗷嗷叫着，挺枪朝这边刺过来。王玄策身体一侧躲过一枪，或恐是囚牢中饿了几日，感觉脚下软绵绵的，连忙左手向下一沉抓住天竺兵士刺过来的枪，右手使出全身力气顺势朝天竺兵士颚下猛击。天竺兵士上面刚刚躲闪开，下面王玄策早已抬起脚来，朝其腹部狠狠踢去，踢了他个仰面朝天。恰在此时，一头牛口吐白沫猛突直冲而来，正好将他踏在蹄下。天竺兵士哀号一声，顿时便没了气息。

虽说是敌方，王玄策依旧不忍去听那悲鸣声。他夺过枪来，正欲走开，只听见一声怒喝，从旁边又跃出一个人来，捏一把长剑直刺过来。王玄策急忙闪过，定睛打量来人，不由得大喝一声道："蛮贼，原来是你！"

王玄策死也不会忘记这张面孔，他正是拘拿唐使一行、抢夺马匹物品、杀死四名随行兵士的天竺蛮头目。今日既然遇上，王玄策说什么也不肯放过他的，不光是为死去的弟兄讨命报仇，血债血偿，假使让他活着回去，二人脱狱的事情便会败露，留在狱中的众弟兄处境必然越发危险，这从他的怒喝中已然明白无误地显示出来。

"中华人！你如何从牢狱逃出来的？"

"全凭佛祖保佑。"

"休要戏弄我。你若是不肯说出，我自会去问你的同伙。"

"只可惜，我却不会给你如此机会！"

说时迟那时快，王玄策奋力舞动长枪，猛地腾身朝天竺头目刺去。天竺头目挥剑隔开王玄策的枪，王玄策也不管什么枪法剑法的，借助枪头隔出去的反弹力，将枪身狠命向他胸前打过去，这一下正中他的左胸。天竺头目一瞬间感觉呼吸促急，顾不上反击，王玄策借此机会，收回枪身，左挑右拨把个枪头直往他脸上胸前连连突刺。

有道是间不容发，当时的情景端的是间不容发，一刻也来不得松弛。倘使王玄策稍稍一松劲，形势即刻便会被那个天竺蛮头目逆转过去。只见他挥舞手中长剑左右来回抵挡，原本一味紧防慢守着倒也罢了，谁晓得他偏偏还想伺机反击，抵挡了一阵子竟猛地往后跳一大步，这厢王玄策正在等着这一步呢，可谓正中下怀。

二人贴得紧了，近身相搏，王玄策手中的长枪倒使不出威力来，只能在他身体左右蹭来蹭去，不想他往后一跳，这杆长枪正好派上用场。王玄策觑准机会长枪一挺，不等天竺头目站稳，枪头早已重重刺入他的胸膛，连枪身也扎进去了一大截。一阵强烈的冲击从手上传至肩头，王玄策自己也震得趔趄几步。再看枪头，从天竺蛮头目的胴体穿过，枪头上的穗子在他背后抖动着，一股暗红的血分流两路，从胸前背后"扑哧"迸出来。

王玄策撒下枪，那天竺蛮头目握剑的手也松开来。即使在夜里看过去，也清晰可见那张脸难看得吓人，简直惨不忍睹。只见他双手握住枪身，想将它拔出来，却气息尽绝，身体七歪八扭着倒伏于地。

王玄策吐了一大口气，皱着眉头将长枪从天竺蛮头目胴体内拔出，就势在他身上擦拭掉血迹，并将尸首拖得远些，尽力摆布得像是被牛角撕扯而死的一般。王玄策随后从地上拾起剑来。

"王大人，无事否？"

蒋师仁移步靠近过来问道。只见他手提一根又粗又长的棍棒，棒上黑乎乎的，染满了敌兵的污血。

"快走！"

王玄策急促地说完，便抖擞起精神继续朝城外方向走去，蒋师仁紧随其后。牛与人造成的喧嚣猥杂声渐渐远离身后，月亮重又仄入云中。黑暗中二人高一脚低一脚步履匆匆，不多时便隐没在黑暗里。

凭借着记忆，王玄策与蒋师仁一路朝城墙方向走去。因为是在夜间，街角的模样与白天所见到的略有不同。此时，二人已来到一座宅第的围墙旁边。

"咦，这里是谁家的宅第？"

王玄策正犹疑着放缓了脚步，前方却传来一阵喧响，人的脚步声与金属的碰击声混杂在一起。看来此处也有天竺兵士。才要返身，迎面又有马蹄声渐行渐近，王玄策稍感困惑，不过很快便做出了决断。他朝蒋师仁点头示意，二人即将手中的剑和棍棒隔墙丢过去，随即双手向上一搭，身子便已腾上围墙。刚刚上得围墙，数骑天竺骑军便从脚下拍马而过。王玄策与蒋师仁在墙上对视一眼，轻轻呼出一口气。

"看来这座宅第四周都是天竺兵。"王玄策自言自语道。

蒋师仁接着道："横是守护着什么富贵人家？"

"与其说是守护着富贵人家……"王玄策一面思索一面朝围墙内跳下去，蒋师仁也随着跃身下去。二人摸索着将剑和棍棒拾在手里，瞪大眼睛朝黑暗中望去。只见院内有白石砌就的水池，一座天竺的石狮子张着大口，吐出水来。黑黢黢的庭院一角是廊房，有熹微的灯光透过窗户照出来。

"围墙里面似是无人把守，倒觉得更像是幽禁着什么人呢。"王玄策说。

"说不准是戒日王的亲族。"

"这倒是有可能。"

倘使是被阿罗那顺所构陷的戒日王亲族，倒或可成为王玄策等人的同道人，即便只有一丝的可能性，对此刻的王玄策、蒋师仁二人来说，毕竟是救命的稻草。加之眼下也无其他计策可施，王玄策与蒋师仁便趁黑穿过庭院，向廊房摸去。

房子地基筑得高高的，下面可容风穿空而过。自下而上有八级台阶至露台，王玄策蒋师仁二人蹑手蹑脚拾级而上，见有一硕大的窗户，几可容人进出，一袭隔阻蚊虫用的薄纱窗帷半开。房内一隅，放置着数支高脚烛台，形似后腿直立的天竺大象。黄白色的灯火中，有一少女在房内拾掇什物。

少女看上去约莫十五六岁的年纪，肤色浅黑，五官轮廓分明，深目高鼻，身体却甚是瘦削，不见一点丰膏腴脂。而在天竺，自古以来丰满的胴体是俊男美女的第一标准。

中华数千年中，美女的标准随时而变。南北朝时以蜂腰细肢为美，至唐代则推崇丰腴，流行一时，距离王玄策约百年以后的贵妃杨玉环便体态雍容，被誉为唐代的绝世美女。且不说杨贵妃，即便是阿罗那顺身旁的女子，倘若再年轻几岁，也可称得上是个天竺美女了。

少女的身份看来不甚高贵，绝不似这座宅第主人家的千金小姐。只见她动作爽快麻利，忙忙碌碌拾掇个不停，不只轻盈，更令人感觉轻快。

天竺有地名曰"鹿野苑"，传说乃佛陀得道之后的说法之地，自然也是佛教一大圣地。智岸、彼岸二人若是从狱中脱逃出来，少不得要去那里巡礼一番的。话说回来，即如地名"鹿野苑"所示，天竺确实是有鹿生息的。王玄策、蒋师仁此刻所见少女宛若一头翩然的鹿儿。

王玄策、蒋师仁二人去就未定之时，事态却有了急遽变化。少女朝房内环视一周后，径直往露台方向走来，二人连忙屏息静气。

恰在此时，传来一声招呼："耶须密那！"是个老妇人的声音。

"是，夫人！我在这里。这就过去。"

少女应了一声，忙不迭朝房内返身回去，依旧步履轻盈。

王玄策与蒋师仁从露台朝房内复又仔细张望，俄而对视一眼，交相打量身上的样子。蒋师仁笑着道："怎么瞧你我都像是盗贼呢。"

"盗贼……"

王玄策却是笑不起来。从此地前往泥婆罗国，要么是马匹，要么是置办马匹的银子，两样东西终需一样。以眼下二人的情形，向任何人说明事情原委，然后借马匹或借点银子实在是极难，故此或是不声不响地"借"，或是强取豪夺地"借"，总之是无法像个正人君子般去做的。待到日后自己活着重返曲女城之时，再行谢罪与赔偿以求宽赦就是了。

"尽量不要伤了任何人，趁着房内无人，赶快动手吧！"

王玄策说罢，与蒋师仁踏步进入房内。

房内宽敞开阔，地板上铺着呈有白色光泽的石子，中央是一大张像是产自波斯的绒毯，绒毯上面散放着约十来床天竺花样的方形褥子，沿一面墙壁有一只黑色檀木制衣橱。王玄策一个箭步蹿向衣橱，拉开抽屉翻寻起来。他依着盗贼的一贯做法从下至上拉开，如此则不必一一推入便可再翻寻下一个目标了。

丝绸类的衣物不断被翻出来，有锦缎绫罗等，似是中华的东西，偶尔还有西洋产的玻璃器皿。这些什物带着实在不便，王玄策正思量着，忽然背后响起一声尖叫：

"何人在这里?! 你们究竟想做什么？"

二

原来却是刚才那少女回转来了，只见她瞪起眼睛盯视着二人，王玄策、蒋师仁一时进也不是退也不是，如若情势不妙，便只好以剑相逼，迫她闷声不语了。却不料少女无意逃开，反倒张开双手，拦住二人的去路，并且连声说着奇怪的话："有两个汉子从窗户侵入房中来了！"

一瞬间王玄策与蒋师仁面面相觑，不晓得她究竟要做什么。

少女看着二人，犹自说道："右面的汉子手握一柄剑，左面的汉子手里提一根棍棒，浑身泥泞不堪，装束甚是异样，不似天竺的装束，或恐是异国人。两人皆胡须不整，年纪看不甚分明，却不像是上了年纪的。行迹似盗贼，但手脚不甚利落。耶须密那在此守护，老夫人请快快离开此地吧！"

蒋师仁一时间竟忘记了自己的境况，歪起头犹豫地说道："这个小娘们说恁些做什么？横是有些痴呢？"

"且慢！"

王玄策这会儿注意到少女背后站立着一个人，像是老夫人模样。看了几眼，老夫人气宇不凡，似是出身高贵人家，双目却一直紧闭。王玄策于是对蒋师仁道："蒋副使，那个老夫人双目失明，看不见人和物，故此这个小女子将她所见一一转告老夫人听呢。是了，让我想想……"

王玄策说着停顿下来，少女背后站立的老夫人似曾相识，于是询问道："这位老夫人，莫非是戒日王之妹拉迦室利公主殿下？"

老夫人虽然眼睛看不见，但还是瞑目以视，似乎竭力想辨清对方是何许人。至于少女却一下子跳了起来。

"你们竟然认识公主殿下，究竟是什么人?! 啊呀，难不成果真是那个卑劣的篡权者派来的刺客？耶须密那即使搭上性命，也绝不容许你们得逞的!"

"不不! 我等乃……"

"事情到了这般田地还要狡辩，可见卑劣之极。你们的所作所为，一切尽在佛祖法眼睽睽之中!"

少女一面说，一面又将双臂张开，护住身后的老夫人。

王玄策见再怎的解释也无济于事，于是便右手掷剑于地，单膝着地跪下来。蒋师仁见状踌躇了一阵，也学王玄策一样将棍棒掷开，单膝跪地。见少女视线疑惑不解，王玄策一字一顿缓缓道来："卑职姓王名玄策，乃大唐王朝派遣至天竺谒见戒日王的国使，约三年前亦曾有幸谒见过拉迦室利公主殿下。今夜多有莽撞，万望公主殿下宽恕……"

接着，王玄策将入天竺之后被阿罗那顺手下杀死随从，抢走马匹财物，一行人无端被投入牢狱，一直到今夜二人冒险脱狱的事情简略叙述一遍，随后再次低头请公主殿下宽恕二人的莽撞无礼，自己二人的性命一任公主处置。说罢，垂手静听公主的回复。

"倒是老身这厢失敬了，中华国使。"老夫人声音沉稳地回道，顺势拨开少女双臂，走上前来道，"只可惜老身已不能再看见你的面孔，不过老身着实还记得你的声音。三年前，你似是以副使身份来天竺的吧？"

"公主殿下终于想起来了，卑职实在是诚惶诚恐。"

"二位快快请起。老身这厢有些个不便，不得堂而皇之庇护二位在宅内，不过助你二位一臂之力倒不是什么难事情。"

王玄策、蒋师仁二人这才收膝站立起来。少女垂下双臂，老夫人即刻命令道："耶须密那，快给二位尊客备好沐浴和膳食。"

"晓得了。"

"不可让外面的兵士们觉察到什么异常。"

"晓得。"

被唤作耶须密那的少女似山谷间腾跃的小鹿般离去。老夫人让王玄策、蒋师仁二人入房内坐定，自己也在王玄策的扶将下落座。

却说这位拉迦室利公主究竟是何人？正如王玄策所言，她乃是戒日王的胞妹，早年丧夫，以后便皈依了佛教，精通教义，好周济贫困、恤助病患，据说对其兄长的政事也有不小影响。她还曾与玄奘三藏法师促膝谈经，其为人与识见深为法师所赞赏。王玄策遇到异国人好将其名字缩略来记，不过对于拉迦室利公主却一点儿也不敢如法炮制。

三人坐定后，王玄策将事情的来龙去脉及此后的打算等细细说与公主听："……卑职此番作为正使率三十五名随从同行，自长安出发来至天竺，如今却弄得属僚性命难保，连累他们与我一同陷入牢狱，卑职实在是颜面尽失。"

公主殿下听后连连叹息，说道："无端的却被投入牢狱确是天理不容，老身一定会竭尽全力令你的属僚尽早出狱。不过，老身自己也被幽禁在此宅第内有近半年了，早晚都被监视，行动十分不便，恐对你二位也无多大的力可出。"

说话间，耶须密那像阵风似的轻快地走来走去，一会儿端来大桶水，一会儿烧起水，一会儿取来洁净的衣服。王玄策、蒋师仁二人沐浴过身体，换上衣服，又将须发修理了一番，再度入座的时候，面前已经排列起几个大碟子。

"老身已经遁入佛门，故此只有素食……不过量却颇多，管保你二位吃个撑肠挂肚。请先用膳吧。"老夫人情意真切地招呼道。

只见一个个碟子中盛着加番红花煮就的米饭、大豆和着各色野菜煮就的褐色羹汁、形形色色的果实、喷香的天竺烤馕饼、牛奶、蜂蜜……王玄策、蒋师仁二人顾不得多礼，早已急急伸出了右手。天竺人以手当箸来吃饭，不过只能使右手，左手被视为不洁，断不可以左手去碰食物。一时间，房内只听见二人咀嚼和吞咽的声音。

"总算缓过气来，实在不晓得如何谢公主才好。"吃毕，王玄策客气地说道。倘使不是在公主面前，恐怕二人会忍不住抚着凸起的肚皮。这晌儿想起狱中饥渴难耐的众弟兄，二人倒似有点愧疚。

拉迦室利公主轻轻点头，皱起眉说道："不过，阿罗那顺竟对大唐国使做出那样的事情来，实在难以想象……"

耶须密那闪动乌黑眸子插话道："早觉着阿罗那顺是个卑劣男人，果不其然，瞧他对公主殿下竟做了什么事情。听说王族中有多人已被他杀死，只可惜无从证实……"

"说的极是。卑职一行被其手下喽啰杀死数人，余下众人也尽被投入狱中，然我等至今却不晓得阿罗那顺究竟是什么样的人。那阿罗那顺到底是何方何人呢？"

听王玄策这样问来，拉迦室利公主的慈颜温容顿时掠过一丝困惑不解的神情，回答道："据老身所闻知，他只是帝那伏帝的一个王……"

"帝那伏帝……"

王玄策歪头想了片刻，却实在是一点记忆也无，只因为戒日王所击败或向其臣服的天竺诸国共有七十余名国主，至于诸侯、邦主就更是不计其数了。故此听到"帝那伏帝"这个名字，即是熟晓天竺事情的王玄策也不得不生疑：究竟有这样的诸侯国吗？由此可见其国之小。自然，亦不乏从小国起家终而一统天下的英雄豪杰，如古来的月护王、戒日王等即是极好例子。出自帝那伏帝的小国之君今后也有可能终成大器，做出如戒日王一般的丰功伟业。

"此等未知名字的小国之主，竟是如何能够僭冒戒日王后继者之名的？"王玄策又问道。

"说起来惭愧，老身实在是知之不详，即是兄王究竟何时因何病而亡故的，老身也无从查实。"公主答。

"啊呀，原来如此……"

王玄策不曾想到戒日王死后竟会混乱到如此地步，倒不由得替天竺感到心痛。从少年时候起，自己便从家学，学习佛教与西域的知识，及至熟识之后又数度亲临天竺，用后来的话来讲，这里便是王玄策的第二故乡。在戒日王治世的时候，天竺四十余年来和平繁盛，而今他竟这样撒手去了，天竺又将会如何？

　　"老身因双眼失明，已不常往访王宫。闻知兄王有疾卧床不起，曾往王宫探视，却被典医所阻而不得见，自那以后便再无缘得见，而老身这里也无人前来走动了，除了在外把守的阿罗那顺手下的兵士……"

　　公主讲着便情不自禁地潸然欲泪，王玄策却不晓得怎么劝说她好。

三

　　说话间便渐渐临近二鼓时分，曲女城内灯火尽灭，南国的夜空中唯见星宿在闪闪烁烁，透着明晰淡黄的光亮。在长安见惯的星光皆是银白色，而天竺的却是淡黄色，或恐是夜间雾气浓密的缘故吧。

　　王玄策心中有件事情想与拉迦室利公主说，但憋了好些时辰还未说出，眼看到非说不可的时候了，只得硬着头皮对公主说道："实在是没皮没脸羞愧难当，不晓得可否向公主殿下借一些银子来作盘缠，如今我二人不要说买马或是买象赶路，身上就连买一粒米的钱两也没有。"

"哦，这件事情倒是老身疏忽了。耶须密那，快将家中银钱拿出来与这二位客人。"

"晓得了！"耶须密那倏地站起身来，与其说是站起来，说她腾身跃起倒更恰当。"嗯，备多少才够？"

"只管这二位客人背得动便是。"

"晓得了，这就去。"

耶须密那好像不晓得疲惫似的，急急朝后面房里跑了去。

侍女耶须密那正式的身份是拉迦室利公主的家仆，虽为侍候主人之身，却又像是这家族一员，日常便在主人身边照顾起居，更兼有跟脚与管事的差，有时候主人的财产土地等也一并交与她去处理。

王玄策目送耶须密那身影消失后，对公主说道："看来公主殿下对她十分信得过呢。"

"是的，这丫头聪明伶俐，胆量过人，还十分忠心。"公主用失明的双眼朝耶须密那跑去的方向看过去，"老身如今落入这般境遇，她侍候还是一如从前，真叫人心有所动。"

不多时耶须密那转回来了，手里托一方白布，布里包着好些细软样的东西，依旧是一路碎步地快走，原来她天性便是这般。一面稍稍喘息，一面在公主面前打开布包，一件件露出里面的金银什物。除了银币、铜币，还有天竺历代王朝所铸金币、波斯金币及大秦金币等，外加许多宝石，也有金刚石、翠玉、青玉、红玉、珍珠，还有黄金镯子、白银簪子等等。公主毫不吝惜地将一大堆金银珠宝推到王玄策面前，说道："全部带了去吧。"

"公主殿下，这却也太……"

"休要辞让了，你二人但带走无妨。老身身为王族一员，原来也是要将身边财物施舍给穷苦人的。这些只是老身想当作这个丫头的嫁妆才留下的，也是将来的事情，眼下就只管拿去作盘缠好了。"

耶须密那在一旁叫起来："多谢公主殿下。只是耶须密那是公主殿下的奴仆，不该从公主殿下那里得这许多嫁妆的，再说若是只晓得见钱眼开的男人，耶须密那便是死也不嫁！"

"这倒也是，似你这般乖巧伶俐的人儿，倒是想娶你为妻的男人家，不拿出堆成山一般的聘礼前来才怪呢。"

"公主殿下休要取笑我了。"

耶须密那说毕，却用眼睛看向王玄策道："要想从曲女城脱出，须得思量一个计谋才是。这就包在耶须密那身上好了，包管二位平安脱出。"

见耶须密那泼辣爽直如此，王玄策一瞬间犹豫不定了。眼前这个少女莫不是见到他人陷入困境却觉得好玩有意思？又一想便发觉不对，耶须密那原本对眼前之事毫无干系，不须尽任何责任的，倒是从一开始起就被牵连进来。她既无义务保护王玄策、蒋师仁二人，又无义务救他二人出去，却如此自告奋勇甘冒性命的危险，万一被阿罗那顺手下捉拿到，自身性命定将有虞，怎好再怀疑她不谙事理。

要说忠勇侠气，并非中华男儿专有，天竺女子亦不让须眉。原来是上天生就的，有者自然有之，无者自然无之，原无分男女，也不论是中华还是天竺的。

"真是难得呢。"王玄策不知不觉吐出一句没什么头绪的话。

"什么？"耶须密那愣愣怔怔有点不知所以，忙问道。

"我说承蒙你诸多照顾，只是不晓得如何谢你呢。"

"若要谢就谢公主殿下吧。"耶须密那快言快语答道，"耶须密那本来就已经极不喜欢阿罗那顺那个逆贼，今夜听了二位客人的故事，更加瞧他不起了。"

"这却是为何？"

耶须密那正色道："这话说起来怕是对公主殿下有所不敬。假使阿罗那顺在戒日王健在之时，便树立反旗，公然抢篡王位，倒也是一个敢作敢为的枭雄。他却趁着戒日王逝去、宫廷混乱之际，像个盗贼似的偷占了玉座，毕竟是卑劣者的作为！"

耶须密那说来愈发激奋昂扬起来，还捏紧了拳头朝空中重重一击。"似这等卑劣小人，耶须密那莫说痛恶他，实在是令人鄙薄瞧他不起。况且他还对曲女城内百姓滥施威吓，何等骄横，耶须密那只恨不得亲手讨杀他！"

"原来如此。"

身为家仆的一介少女，这会儿却让王玄策感叹佩服不已。天下者争之可也，篡之不可也。出自拉迦室利公主家仆之口的这番话，叫王玄策深觉，这个少女不只才能非凡，而且气度直逼一帮乱世英雄，比之阿罗那顺不晓得要强出多少倍。

不意间视线觑向公主殿下，只见公主面容上挂着盈盈笑意，默然不语。须知眼前这位老夫人在戒日王治世的时候，也有着左右一国的无上权威呢。

王玄策忽地想起一件事情：前阵子不只被当作虏囚，简直就是被当作流犯一般，身陷刀丛枪林之中，在与阿罗那顺面对面时，那逆贼身旁坐着的女人，从态度来推测，或恐是其妻子。"如此说来，阿罗那顺只是一个毫无定见的卑劣之徒，横是被其妻煽风点火，才激起满心欲火的？"

王玄策凭感觉这样想，不过仅是直观的推测，并无确凿的证据。

"我这厢想那么多又有何用呢？且与阿罗那顺那逆贼大战一场，擒了那厮便知分晓。"

王玄策性格煞是开朗，眼下手中还未有一兵一卒，却已胜算在胸，压根儿没有想过将会输与阿罗那顺的可能。古来建立奇功伟业的英雄，多是乐天之人，绝非常人所能想象。

"实在是搅扰公主殿下了，我二人就趁此夜深人静往城外去了，失礼失礼。"

"且勿性急，不如等天亮了再行倒好。"公主轻轻抬手，按下两个性急的中华人。"现在虽夜深人静，却不是更加戒备森严？再说城门未曾打开，如何神不知鬼不觉出得城去？等天亮之后，出入城门的百姓多了，混入其中倒容易脱出。谅他阿罗那顺手下兵士也不敢擅闯老身府内，二位尽管放胆睡个囫囵觉到天亮，好生歇息，滋养些体力才可完成大事情呢。"

王玄策明白公主殿下所言极是，且思虑周至，并无半分客套。于是与蒋师仁二人诚惶诚恐地再次谢过公主殿下，听从其建议，安心睡下。

四

"天亮了，城门已开，快快请起吧！"

一声精神奕奕的声音在头上响起，王玄策立时惊醒过来。

王玄策、蒋师仁二人连忙一跃而起。虽只是和衣而睡在铺有一席薄棉的地上，不过地上干爽，与牢狱中大不一样，因此二人躺下竟一觉睡到天亮。二人急急用冷水洗过一把脸，又匆匆用过早膳，便过来与公主殿下道别。

拉迦室利公主双手合掌祈祷二人平安无事，又再三叮咛道："这一路上多加小心。"

"卑职等真的不晓得如何感谢才好。"王玄策俯首垂手，恭敬地谢道。

公主却叹息一声道："二位此去，相信定能马到成功。日后老身容或被人诬诟为勾通异国引兵来灭天竺，不过今番之事老身再三思考，你等原为修好，不远万里自大唐而来，阿罗那顺所为实是于情于理都不见容。为正道理，有时候却不得以兵戎相对，真乃俗世令人可悲之处。愿我佛保佑你二位一路平安。"

"以兵相伐，原不是我等本意，实乃不得已而为之。卑职等从心底切盼篡权谋国者得到正当之报应，戒日王的亲族承继尊位，天竺重现和平与安宁。今番之事倘使结果却令公主殿下更加心痛，还望公主殿下宽恕卑职的罪过。"

王玄策小心翼翼尽量说得婉转，不去触及公主的感伤，拉迦室利公主却淡淡一笑，慈祥地答道："圣上之命难违，这原是你的本分，自然要全力以赴尽责复命。耶须密那，二位尊贵的客人便交付与你了。"

"公主殿下尽管放心。"

王玄策、蒋师仁二人将脸上和手上都涂了薄薄一层褐色染料，伪装成天竺人一般的肤色，头上覆一方布巾。耶须密那在前面导引，二人随之从后门走出去。虽说有阿罗那顺手下兵士把守，出去却意外容易，只因兵士们将王玄策、蒋师仁二人当作公主宅第里的杂役，并不作细细检问，只要公主出不得这座宅第便万事大吉了。

不过要出得城门去，却不是那么容易了。

城门附近有一群闲荡的男女小童，耶须密那朝他们招一招手，一个个便蜂拥过来，尽是穷困模样的小童。

耶须密那与小童之间的会话，王玄策并不能完全听分明。天竺话原就比中华的繁杂无序，加之王玄策所学梵语都是官话，而耶须密那与小童们的会话全是下层人间的俚语，故此王玄策听来十分吃力。王玄策尚且如此，初次来天竺的蒋师仁就更是丈二和尚摸不着头脑了，只能凭推测理解十之一二。

一番热闹的会话之后，耶须密那拿出几枚铜币递与小童，嘱咐一声道："那就交托了。"

"不在话下，把头！"小童们得了铜币后一哄而散。

王玄策暗自点头，耶须密那果然是小童们的把头，看起来她在小童心目中颇有威望呢。

或恐是见到王玄策面露担忧之色，便道："请不必担心，他们全都信得过。万一失信了他们会不得立足，不得生存的，越是贫困的小童越晓得这个道理。只有那些身份高贵的人，才会无所顾忌地背叛别人。"

"说得不错。"

王玄策正在暗暗赞许耶须密那所言极是，只见路上行人纷纷散开，急急立到道路两旁去。

原来有五六骑天竺兵士飞驰而来，一面飞奔一面呼喝着路上行人闪出一条路。自古有言：将暴兵骄乃亡国之兆也。由此来看，阿罗那顺的权势快要到头了。

"呵咻！这两个人为什么不让人见识面容？"兵士见到王玄策、蒋师仁二人紧紧以布遮面，盯住这里，忽然怒声喝道。

耶须密那凛凛作答："这二人患了不治之疾，正要随我往城外的施疗院^①去。"

"施疗院？"

"是的。戒日王的妹妹拉迦室利公主十年前在城外西面兴建，曲女城的百姓有谁个不晓得？"

兵士们踌躇片刻后，脸上露出厌嫌的神情。

"患不治之疾的人，就是去到施疗院又有何用？不管如何，且露一露面孔叫我等看看！"

嘴上说着，却生怕是可怕的疬疫染上自己，只以枪尖来挑覆在王玄策头上的布巾。

就在此时，兵士忽地发一声惨叫，急忙以手去掩护颜面。只见其手上颜面已尽是污泥样的东西，且发着一股恶臭，旁边小童们却哄笑起来。

原来却是耶须密那的那伙小童，将泥巴和着牛粪掷向兵士们。兵士们恼羞成怒，咆哮着追向小童。

"趁乱快走吧！"耶须密那急促地催道。

"公主殿下那厢还请代我等致谢。"

"晓得了，我会代为转告的。赶快走吧！"耶须密那半劝说半呼喝地将王玄策、蒋师仁二人赶出城门。

曲女城因建在一处高丘上，出得城门便是一路平缓的下坡，十分好走。王玄策与蒋师仁起先还装模作样病人似的拄杖而行，到后来便脚步愈来愈快。曲女城高高的城墙

---

① 施疗院：一种免费为穷人治病的设施，由政府兴建或富人捐资兴建。

慢慢变小，待下到坡路尽头，来到平坦地面时，二人差不多已是一路小跑了。

跑了一阵，二人才将脚步放缓下来。"这一难关总算顺利过了过来。"蒋师仁扯下头上覆的布巾，搭到肩膀上，王玄策见状也如法仿效。或恐是颜面上涂了褐色染料的缘故，路上行人对他们并无特别关注。

所幸王玄策二人的脱出阿罗那顺似乎还未知晓，一旦知晓了，定将穷追不舍，而狱中余下三十人更会遭到严酷拷打，甚或为了剪除后患而急急杀害也有可能。

"但愿不要露出任何马脚来。"

王玄策一心祷告，不只是向佛陀，即令是天竺的诸神也顾不得许多了，只要能保佑狱中众弟兄就好。

二人手中拄的杖并未丢弃，若是遇上个什么事，还可权当武器抵上一阵。此时晴空万里，烈日当头，二人却顾不得，一心朝着西北方向，直奔泥婆罗国而去。

此时若各人有匹马跑起来还好，只可惜一路上竟连买马的机会也没有，一直到天色将暗，二人只得以脚行路。中午用膳是耶须密那备好让王玄策带上路的水果与天竺馕饼，二人一路行一路吃，也顾不到礼仪之类的了。至于宿营的地方，只得在路旁的树林中权且栖身，二人轮流作夜岗，以防不测，天一亮便又起身行路了。

这天，一条大河却挡住二人的去路。这是恒河的一条支流，虽说是支流，却甚是宽阔，目测下来宽幅至少有三百步。河水赤浊，水流湍急，水量丰沛，岸边芦苇丛生。

"看不见有渡桥呢。"二人左右张望，在河流上下游找寻了好半晌，却连个渡桥的模样也寻不见。无奈，只好使船过河了，可半叶船影都没有看到。

二人沿着河边徒步，行了约莫半个时辰，总算看到一个小村落，有数个村民模样的人在岸边。王玄策尽量挑一位面相看着还慈眉善目的老汉靠近过去，招呼一声后，便问可有船借来过河，回答却十分冷淡："自戒日王逝去，官府便张贴出告示，说是这河要封航一段日子，不许人家将船撑出去，若是撑出去了，便要吃罚。故此老夫不敢渡二位过河去。"

"你渡我等过去，我这里有银子作酬谢。"

王玄策掌心里握了几枚银币，在太阳光照耀下熠熠闪亮。老汉眯缝眼睛打量着银币，飞快地在脑中打起算盘来。王玄策看在眼里早就一目了然了。

"是呢，见人有难便当出手相助，吉祥天女①也是如此说的。看你等确是情急，老夫就渡你二人过河去吧。"

"船在何处？"

"不是用船渡，是用那个渡。"

顺着老汉褐色手指头所指的方向看去，见一只满身灰色皮肤的巨兽巍然立在那里，长长的鼻子突入河中汲水，

---

① 吉祥天女（Laksmi）：印度神话中主神毗湿奴的妻子，掌管幸运、美和财富，被奉为佛教的护法天王。据说她美丽丰满，慈眉善目，多手拈莲花坐于大莲花上出现。

一副悠然自得的样子。

"你的意思是叫我等乘大象渡河？"

"正是如此。这样便是遇着官兵也好虚与委蛇，只说撑出去的不是船，他也奈何我不得。"

中华和天竺大概有同样的事情，号令既出，怎可不遵行。只是官府的有些号令倘使太认真去做，百姓便无法生存了。

蒋师仁将两只粗壮的胳膊交叉于胸前，望着王玄策道："这倒是为难了，我还是头一回乘象呢……王正使可有过乘象的经验？"

"有过，只是不多。"

入得天竺来，不乘大象几无可能。在天竺，不论是赶恶路还是渡大河，皆使大象来乘人、载运什物等。再说，眼下也不是"非船不乘"的时候。

"倘若游过去使得使不得？"

"万万使不得。河中必定有鳄鱼出没，即使不被鳄鱼袭击，只怕不小心饮了此水，不消片刻定会腹痛。"

王玄策正说话间，河中恰好有一个黑黢黢的影子游动过来，搅起一团团泥浆。

蒋师仁不由得惊出来一身冷汗。自长安出发以来，翻越雪山，直到脱出牢狱，天竺之行一路上几番出生入死，蒋师仁皆毫无惧色，跟随王玄策共赴艰险，即是这样的一个勇武男儿，面对天竺的大象却踌躇不移，不敢靠前。

王玄策与老汉讨价还价起来，老汉晓得二人必是情急无奈，此时不多捞点银子更待何时，王玄策被捏着短处也无可奈何，只得多出几个银币。

老汉手里拿着几枚银币仔细打量后，乐滋滋地伸出手，招呼王玄策道："尊贵的客人，请随我过来这边。"

欲知王玄策、蒋师仁二人能否乘大象平安渡过河去，且听下回分解。

第六回
两国主发兵援唐使
番将士出师讨天竺

一

　　俗话说十人十面，千人千心，各人有各人的性格。岂知大象也如人一样，个个性格不同，王玄策所乘大象与蒋师仁所乘的大象便性格迥然有异。

　　二人分乘两头大象。两头因须尽力将这一路上的危险分散开来，万一两人中有一个溺水而亡或是被鳄鱼吞噬，另一个还有机会生存下去，继续往泥婆罗国，请来援兵讨伐逆贼。

　　王玄策所乘大象在驱象人的指示下缓步踏入河中。驱象人对如此巨兽不只是呼喝，更有各色招数：时而吹起口哨，时而转动舌头发出鸣响，时而以手轻拍大象颈部，通过各种各样的招数将主人意图传达给大象。大象顺从地听从驱象人的意思，慎重地走入赤褐色的河水中，缓步横涉过去。

　　虽骑下有大象可乘，一路上还是须小心选择浅滩而涉，加之水流的冲带作用，横渡至对岸，应是略略往下游处了。王玄策坐在以木枝与布条扎结而成的轿座上，忽听得身后传来阵阵怪异的声响，不禁心中吃惊，忙回身去看，想莫不是曲女城的天竺兵追来了。

只见身后另一头大象的背上，蒋师仁不晓得为了什么事情，正愤愤然舞动双手，大声叱咤，上半身亮闪闪地泛着光。细细看了半晌，方才得知：原来却是身上的水滴在日光照耀下粼粼发光呢。再看蒋师仁，不光是上半身，从头到脚都已是湿淋淋一片。俄顷，王玄策便明白了其中原委：原来是蒋师仁身下大象用长长的鼻子突入水中，吸了满满一鼻子河水，高高越过头顶，泼了背上的人一身。

看来大象并非有意欺辱人，只因天气太热，故此想以河水替背上客人消消暑气，不晓得却惹恼了蒋师仁。往好里说，这是大象待人亲切热情；往坏里说，简直就是六个指头挠痒——多此一举。

虽有蒋师仁此段趣事，二人还是平安无事地到达了对岸，时间只不过四分之一时辰。大象结实无比的四足缓步踏上河岸，弯下腿，放低了身体。蒋师仁正高高兴兴准备从象背上落地，驱象人忽然止住他，冷冷地说道："客人稍等，现在还不可以下来呢。"

"你说什么，怎可对客人如此无礼？"

"嘿嘿，你须付了乘象的钱，才是尊敬的客人。"

"我等不是已经付了乘象的钱吗？"蒋师仁不由提高了嗓门，愤然责问道。

驱象人谄笑一声，不慌不忙竖起一根手指头，左右晃动，理直气壮说出理由来。虽说的尽是粗口俚语，却是说得慢条斯理，蒋师仁倒也能听懂大半。

"客人先前付的是乘象的钱，现在还须付落地的钱。客人若是不肯付，就不可以从象背上落下来。"

"什……什么？你这样贪婪，生儿子没屁眼！"

蒋师仁忍不住暴怒起来，一旁的王玄策连忙止住他。眼下，倘若出手将驱象人殴倒在地，只怕忠心的大象发起怒来，二人加起来都绝不是它的对手，反而生出不必要的事情来，况且这一路上还是尽力避开此等节外生枝的事情为好。于是，王玄策不声不响地拿出一枚银币，递了过去，心里却在想：这天竺的商人实在是不好对付，看来能够与他们一较高下的只有恶名贯满西域的粟特①商人了。

总算从象背上落得地来，二人试着问附近可有贩卖马匹和马具的人家，驱象人伸出手指，朝远处一个大大的村落方向指去。这时却不再问王玄策和蒋师仁讨要指路钱，想来已经心满意足了。"归来之时，一定率领大军人马再渡此河！"

王玄策望着北方远远的雪山，昂然吐出一句壮语。蒋师仁在旁使劲点点头，又用恨恨的眼神盯视着驱象人。驱

---

① 粟特（Soghda，古希腊语作 Sogdiana）：又有"粟弋""属繇""窣利""速利"等异译，中亚细亚古地区名，唐代指热海以西、波斯以东、楚河以南、铁门关以北，以锡尔河和阿姆河为中心的地区。粟特地处中国、印度、波斯、拂菻（即拜占庭）等古典文明交汇之地，由于特殊的地理位置和民族文化传统，粟特人很早就以经商为业，《旧唐书·西戎传》称其"善商贾，争分铢之利。男子年二十，即远之旁国，来适中夏，利之所在，无所不到"，"生子必以石蜜纳口中，明胶置掌内，欲其成长口常甘言，掌持钱如胶之黏物"。

象人毫不在意，口中吹着哨子，撇开二人踱步而去。

依照驱象人的指点，二人在红土道路上走了小半个时辰，果然见前面有一个规模颇大的村落。进得村落，见有不少商旅模样的人往来，还有牛车以及骆驼、马、骡等，好一派热闹景象，在一条道路旁还发现了贩卖马匹和马具的铺子。

王玄策、蒋师仁二人买了六匹马，从拉迦室利公主处借拿的金银财宝一下子便花去了大半。

策马全力疾驰，待马累了，再换乘另一匹马接力驰走，这原本是以突厥为代表的北方骑马民族的传统，故能以惊人的速度连续不断地驰骋千里。名垂千古的卫国公李靖及英国公李勣等名将，正是在一望无际的大草原上迎击突厥铁骑，将之击灭。即便不是卫国公、英国公等武将，大唐时候的普通妇女也能跨马驱驰，更不要说王玄策、蒋师仁二人了。只要不是性情特别暴烈的马，二人驾驭起来皆不在话下。

座下有了马儿纵横驰骋，王玄策二人一气加快了行程，较之徒步行走，速度不止加快了三五倍。

恒河流域的平原地带，田野风景大致无二：村落的中心是一片集会用的空地，四周三五十户住家错落排列，住家外面是用木栅、田域或水渠隔开的开阔农田，农田外面则是灌木地带，再外面便是浓密的树林。

穿过密林又是下一个村落。其实密林中间或也有人烟，若是只有猎户、樵夫倒还好，却不时还有盗贼出没，甚而形成数个集落，这才是危险处。

即便没有密林中的盗贼，王玄策与蒋师仁二人也一刻不愿停息，快马加鞭直奔北方。穿过密林时，速度也不见缓，心里算计着倘若遇见盗贼，二人便不管三七二十一，用棍棒一路击倒过去，根本没心思花费时间与盗贼理论什么。

一路策马前行着，王玄策心里如恒河水般翻滚不止。现在已不单是为了狱中三十名弟兄，还有拉迦室利公主及其女仆耶须密那之恩也不可不报。现在二人必须去做的事情，便是率援兵击败阿罗那顺。任怎生想来想去，王玄策都不觉得戒日王昔日所拥有的威望与权力会全部由阿罗那顺承袭下来，故此在这一点上便已有了几分胜算。

天色渐晚，王玄策、蒋师仁二人来到一个村落，敲开一户人家，请借一宿。二人被一村中长老让进家中，四下打量，只见木墙加泥壁，正是典型的天竺民家。王玄策从所剩无多的金币中取出一枚，谢了长老。见是三百多年前的古钱，上刻着手抚七弦琴的三谟陀罗崛多王①，长老喜不自禁，不光拿出被褥，又张罗了饭菜给二人吃。

---

① 三谟陀罗崛多王（Samudra Gupta，？—约公元380年）：又译沙摩陀罗笈多，意为海护王，古代印度笈多王朝（公元320年—公元540年）的第二代国王（在位约公元330年—公元380年），能征善战，曾击败帕那瓦国王毗湿奴戈培，迫使南方诸王向他进贡，最强盛时几乎控制了整个恒河流域。在历次战役中他共杀死9个国王，征服了12个君主，号称"武勇王"；兼容婆罗门教和佛教，奖掖文学艺术，有"诗人国王"之称。笈多王朝创建者旃陀罗笈多一世之子，超日王旃陀罗笈多二世之父。

已经有好多天尽是和衣席地而睡，不曾沾到枕头被褥了，今夜总算可以美美睡上一觉。越是这样想，倒越是睡不着了，王玄策与睡在身旁的蒋师仁轻声说着话，回想起连日来种种事情，二人俱是感慨万千。

大约十年前，戒日王险些被婆罗门僧人刺杀。起因却是戒日王笃信佛教，而轻薄了婆罗门教，婆罗门僧人们便觉得天竺五千年的传统被丢弃。幸好刺杀不果，参与僧人尽数被拿捕归案。戒日王大怒，呵斥道："汝等倘若对佛教有何不满，只管以教义修行两相比试争衡，看看谁家优谁家劣。孰料汝等非但不知研习教义，也不知钩深致远淬砺修行，竟然因妒生恨，做此杀人勾当。用此等卑劣手法来扩大自己的势力，还算什么修行僧人，简直是村野俗夫都不如！"

那戒日王本是一个用勇猛和奇略将天竺数十个小国统一起来的武人，对于谋反者的处置，非但果断，更是苛烈无比。一怒之下竟将百余名婆罗门僧人全部处刑杀死了，婆罗门教也一时尽失其势。

戒日王杀死谋反僧人之后，表面上无人敢指责，但是没有参与谋反的婆罗门僧人却从此对其恨之入骨，纠为一伙，加上暗中支持者和同情者，其势力一时竟达数万人之多。这伙婆罗门势力此番虽不曾介入阿罗那顺篡位之事，但喜见戒日王逝去，并趁此机会扩张己派势力却是事实。

"如此说来，婆罗门僧人们会不会拥立阿罗那顺？"

"若是婆罗门僧人们拥立阿罗那顺那逆贼，则天竺全境的佛教僧人势将遭受一场大劫难了。"

要知道佛教正是中华、天竺相与联结的纽带之一，倘使失了这个纽带，中华、天竺两国关系又将如何？恐怕超出了王玄策所能想象的范围。

如若佛教僧人真的遭受迫害，皈依佛门的拉迦室利公主或许也难逃一劫，这却是王玄策此刻心下担忧的事情。

二

自古以来，军事的要谛总不外乎天时、地利、人和三者，王玄策虽是一介文官，却因身逢从乱世进而统一，从百废待举走向太平治世的大时代，多所经历，自然明白这些道理。

念想到眼前二人的处境，王玄策不由苦笑道："可惜，我等如今却是天时、地利、人和三者全无呢。"

蒋师仁点头同意："正是哪。"

论天时，目下正是素来与大唐修好的戒日王逝去，时机实在不巧得很；论地利，如今二人远离大唐孤身拒敌，毫无地利可言；论人和，也是往后的事情。即使泥婆罗与吐蕃肯发兵施援，但其究竟有几分真意，其战力究竟如何，却不得知。王玄策、蒋师仁二人虽叱咤勇猛，一旦战况不利，两国兵士也保不准会撒腿便逃呢。

身处遥远的他乡，却率领异国兵士与数倍于己的敌人作战，这等苦境就是亘古的名将乐毅、韩信也未曾直面过。况且王玄策只不过是一名文官，专司外交及宗教事务而已，还不曾有过领兵打仗的实战经验。

尽管如此，此番王玄策却是不得不战，不战就无以解去心头的大恨，不战也无以捍卫中华的尊严。

倘若不战，狱中三十名弟兄将如何？一日只有一餐饭食，既不能更衣换袜，又要受那恼人的湿气及蚊虫之苦，身体自然日复一日羸弱。可即便病倒，也不会得到任何疗治，只能靠自己的身体和意志硬挨下去，但终是有界限的。

"假使一月后重返曲女城，而狱中弟兄半数死去，岂不是我的大罪过？我有何面目再回长安去？务必使得一行人平平安安地重见长安，我方可安心下来。"王玄策心下烦乱不已，却有一桩事情是十分清楚的，便是尽早救出狱中三十名弟兄。

直至深更半夜，二人方才渐渐睡去，翌日便早早地出发上路。

如今已是阴历十月的下半月，若是在长安城内，一入冬便整日北风呼号，有时候还早早地下起雪来。而天竺此地的恒河平原，却依旧是毒日朗照，人影落在地上影荫深浓，与长安的夏日相差无几。

唯一可庆幸的是雨季已过，进入了干季。雨季时常豪雨连绵不绝，河水泛滥成灾，致使道路寸断，前行不得，任是心急如焚也莫奈何。

道路左右两旁尽是肥沃田园，稻米、大麦、甘蔗、棉花之类，各个结出沉沉的实籽。天竺之富庶与国力之源泉，正是来自这恒河平原。原本作为大唐遣竺正使，农、耕、桑、麻诸般事情王玄策也当视察一番的，不过那却是后来的事情了，眼下只知道一心往北疾驰而去。

田野中升腾起一簇白烟，直直地指向天空，却是焚烧死者的烟火。中华习以土葬埋没死者，天竺却是习以火葬焚烧死者，焚后即将遗下的灰抛入河中，任由河水夹带而下。说起来天竺原本没有坟墓，除了像佛陀那样的伟人是极个别的特例之外，一般人死后皆葬身无处。就是历史上最早统一了天竺的月护王，死于何时，葬于何地，至今也还是不明。所以天竺人不似中华人一样，每年清明时节必定往城外扫墓，祭奠死者，因为根本就无墓可扫。

不过，墓虽没有，但家家户户必定在堂前供奉先祖，这倒与中华有很大的不同。

"王正使，你往那里看！"

蒋师仁一声急喝，王玄策忙随声音向后面看去，只见后面路上赤尘飞扬，又听得阵阵蹄声震天价响，一彪人马正朝这里飞奔而来。

一时间，王玄策也不晓得这拨人马究竟是不是奔他和蒋师仁而来，若果是奔自己而来，则二人当疾驰避开他们才是。可如若不是，大白天里二人紧跑慢逃的样子反倒会引起对方注意，岂不是反将天竺兵士招引过来？

踌躇了只片刻，王玄策朝蒋师仁招呼一声，二人便若无其事地策马离开大路，走上旁边草地，马的步调却不加快，依旧前行。行出一段路，再回头看那拨人马，赤尘离二人越来越近，离大路也越来越远，正朝着干爽的草地急急驰来。

"这伙鸟人，朝你我二人方向过来了。"

"果然是奔我等而来。快快走！"

说时迟那时快，二人扬鞭向马背上轻轻一策，座下的马儿立时使出全力，疾驰而去，余下四匹空马也紧随在后，腾身跃进。眼前一片空空的旷野，毫无遮拦，二人加快速度向前奔去，后面的那拨人马早已看见，个个快马加鞭，也急追而来。

身后尘土被当头风一吹略略散开，天竺兵士的身影看得清清楚楚了，总共大约有十人左右，半数人手中持着长枪。

蒋师仁在马上问了一句："莫非是脱狱的事情败露了？"

"嗯，看来不像呢。"

依王玄策的判断，倘若脱狱的事情败露，阿罗那顺必定会遣派更多人马，全副武装前来追截。想必是二人一路驱马直奔北方，且容装俱是异国人模样，于是附近农民或是旅行者向巡逻的天竺兵士告发的。无论如何，面相异样的二人牵着六匹马，如此行脚，怎不令人觉得怪异？

忽见眼前密林一片，隔着密林，后面清晰可见山脉的轮廓，竟是如此之近。在旷野上驰骋，不利的自然是被追之人，只怕不晓得什么时候一支飞箭射来，故随时有性命之虞。但不知为何，至今却是一支箭也没有射过来，看来天竺兵身上没有备着弓箭。据此也可以得知，天竺兵士似是还不晓得王玄策二人的身份。

王玄策虽说是一介文官，却也勇武异常，不过若是与鄂国公尉迟敬德等青史留名的神勇名将相比，自然是十分之一也不及，就连天竺兵士当中比他强者也不乏其人。

眼下，身后的天竺兵士来势汹汹，将弯刀在头顶上舞得呼呼有声，向前逼来。

"前面两个行迹怪异之人，立即停下！"天竺兵士高声怒喝道，"若将马停住，尚可给你等一个申明的机会，如若不停的话……"

王玄策根本不听喊话。到此时已无须遵从什么礼节了，二人一语不发，只是一门心思地策马疾驰。四匹空马忽左忽右，紧随不舍，恰似一道移动的屏障，使得天竺兵士无法靠近。这一招虽早在王玄策的算计当中，实际上却远比想象的更加有效。

"往林子里去！"

王玄策与蒋师仁二人拍马闪入密林中。

密林的后面，看得见淡红色与褐色的岩石山峦，侧面则是一座纵长的穹门，一如天竺北部与西部寻常可见的石窟寺院。这是用来奉祀山神之女帕尔瓦蒂 ① 的寺院，是深

---

① 帕尔瓦蒂（Parvati）：印度教女神之一，主神湿婆神的妻子，是喜马拉雅山神喜马瓦特的女儿，与恒河之神甘伽（Ganga）为姊妹。

受喜马拉雅山麓住民们尊崇的去处。如此说来，二人已然驰近喜马拉雅山麓，来到天竺与泥婆罗国的边境了。

不过此刻王玄策二人却无心去想这许多了，因根本无暇容他们去细想。

只见一骑天竺兵士策马斜向往王玄策二人这边而来，右手执一杆长枪，握住了枪柄端儿，呼呼地在空中抡着响声，却并不想刺过来，横是想用枪柄将二人扫落下地的样子。

说时迟那时快，就听得"嗖"的一声呼啸，王玄策、蒋师仁二人纹丝未动，天竺兵士却应声跌下马来，双脚腾空，还在空中乱蹬一气，头早已栽到地上，只一滚两滚的，便再也不动弹了。二人惊讶地往后看去，只见一支黑羽铜箭正扎在天竺兵士的胸口，箭尾犹在微微颤动。

箭落声起，听得有人大声喝道："何处来遭天杀的，此地已经是泥婆罗国主的领土，你等不只是侵入我境界，还敢在我寺院前杀生，你等就不怕天罚吗？"

说话的原来是从穹门内闪身出来的一个武士，年纪不大，手中执一弯弓弩，从其装束看，当是泥婆罗人无疑。虽是说话间早已经将一人射落马下，口中还振振有词，嗔怪天竺兵士欲在寺院前做杀生的勾当。王玄策、蒋师仁二人则暗暗庆幸自己于千钧一发之际得救了。

年轻武士身后，又闪出一群兵士，总共有四五十人，各个手执刀枪和弓箭。天竺兵士见对方人数甚众，又仗着有弓箭，而自己却尽是短家伙，还未及交手，便注定是要吃亏的了，于是慌忙拨转马头，呼啦啦一声，卷起一股尘土向南而逃。看来这伙天竺兵士原本也未打算一心拼死追赶。

一箭将天竺兵士毙命的泥婆罗武士，手按箭袋，正要说话，王玄策赶快抢先施礼说道："我等乃大唐正副国使王玄策、蒋师仁是也，正欲前往觐见泥婆罗国王，请速速带我等前去。倘有迟滞，只恐日后国王怪罪下来，却不好看。"

这种场合，亦须摆出大国国使应有的威严。所幸这位年轻士官名叫罗吐那，此前曾见过王玄策一面，认得他。此番见二人这副模样，不免吃惊，向王玄策还过礼后，赶快领着二人朝国都疾驰而去。

按照王玄策先前的计算，自曲女城脱出，一直到泥婆罗国都加德满都，一路上须十日。幸好得佛祖保佑，七日便走到了，先是已经赚得了三天时间。

"在下这就去禀告国王。"罗吐那向王玄策说道。

天竺的平野还是略有些暑热，而步步登高，站在加德满都的山坡上，吐出的气息却已经呈白色。喜马拉雅雪山从山腰以上尽是被灰色雪云所遮盖，迎面吹拂而来的风好似穿透肌肤，直觉得一直冻到内心。

"不胜感激。"

到得这里，王玄策才略略从容了一些，郑重地朝罗吐那鞠身行礼。虽然如此，王玄策心中仍难以笃定，更要紧的事情是此后如何去说服泥婆罗国王出兵救出狱中弟兄。

三

泥婆罗国主光胄王在宫中迎了王玄策、蒋师仁二人，开口便说道："看起来天竺果然是有异变。卿二人一路上定是受尽劳苦，事情的来龙去脉且说来听听如何？"

王玄策顾不得歇息，尽速将唐使一行行至曲女城附近，却遭天竺兵士围住，随从被杀，其余众人被掳入狱，自己与蒋师仁破狱而出，又得戒日王之妹拉迦室利公主相助，脱出曲女城，来到泥婆罗王宫的事情始末一五一十告诉了光胄王。

"原来如此，这倒是件棘手的事情呢。"

光胄王叹息一声，随即将王玄策、蒋师仁二人赞赏一番。

"不过，本王还是有一件事情不甚明了：那个叫作阿罗那顺的人物，究竟出于何种盘算将卿等大唐国使投入狱中？如此对天竺究竟有何益处？本王实在难以想象。"

光胄王有此疑问也是理所当然，就是王玄策也一直想不明白。

"王正使，可想到什么缘由吗？"

"阿罗那顺的心思卑职也实在不敢妄加推测，不过倒是想到有一件事情或许与此有关，那便是戒日王与婆罗门教的关系。"

"戒日王一向尊崇佛教，且以之为纽带，与我泥婆罗、吐蕃甚而大中华皆诚意修好，莫非婆罗门教徒对此心存忌惮……"

光胄王停住不语，暗自思忖起来，心中浮起各式各样的思绪和算计，俄顷方才如梦初醒般，问王玄策道："卿二人往下有何打算？"

光胄王双眼微闭，小心地不露出任何表情。王玄策却毫不掩饰，朗声回答道："回大王，卑职若不能救出在狱中受苦的同行众弟兄，又有何颜面回长安？为此，卑职恳请大王恩准，借大王麾下兵士一同前往天竺……"

"是要与阿罗那顺作战吗？"

光胄王双眼熠熠发光。作为泥婆罗史上声名远扬的国主，他自然懂得与天竺作战的必要性与重大意义，非但如此，毋宁说王玄策的回答正在他料想之中。

"我大唐向来愿与他国修好，不好战事，只是今番事出无奈，欲救我随行弟兄别无他策。可惜卑职手上并无一兵一卒……"

"王正使需多少兵士一同前往？"

"恕卑职无礼，越多越好。"

"若是作战，自然兵员越多越善，只是我泥婆罗比不得大唐，乃一弹丸小国，只恐难以满足王正使要求。本王就发三千骑军与你一同前往天竺营救唐使一行吧……"

"如此已经感激不尽了。"王玄策深鞠一躬，赶紧谢了。却不料光胄王稍感意外，说出一句令王玄策始料不及的话："王正使，三千骑军便足了吗？本王还觉得三千人马根本派不上什么用处呢。与你五千如何？"

"如此实在是望外之喜，卑职万分感激。"

"我泥婆罗虽属小国，却也不想被人耻笑说我临此大事只发兵五千。罢罢，王正使，本王就集合七千骑军随你发落，不过再多却一兵一卒也不能与你了。"

原来泥婆罗国主思量着尽可能施恩于大唐，往后两国的关系即会愈加紧密，故此原本只想将发兵人数说得少些，等王玄策来交涉了再增多，趁机向他卖个人情。却不想王玄策并不交涉，一任吩咐，他倒不好说话了，只得自己将话绕回来。

事实上，七千骑军对于泥婆罗来说，已经是举全国之人力所能集合起来的大军了。王玄策感激再三，向光胄王施礼道别。

"如此就烦劳大王了，卑职即刻还要出发，就此告辞了。"

光胄王哑然而笑："王正使要往何处？七千骑军须五日才得集合起来，王正使不至于只身前往天竺与阿罗那顺作战吧？"

"自然不是。"

"不是则欲往何处去？"

"卑职还想即刻赶往逻些去。"

光胄王凝视着王玄策，默然无语。

"卑职断不敢轻薄大王的厚意，只是想再多借些兵力。

倘若以少数兵力与敌方大军相遇，岂不是白白折损了大王的兵士吗？故此前往吐蕃，再向吐蕃国主请借些许兵力。"

王玄策说完，就想施礼离开，却被光胄王举手止住。

"王正使少安毋躁。此地前往吐蕃道路甚远，况且须翻过喜马拉雅雪山，如今毫无准备即刻出发前往，只怕途中发生什么不虑之事，倘使那样，岂不是所有事情尽皆泡了汤？"

"大王所虑极是，卑职心里也明白。只是事情万分紧急，想到狱中三十名弟兄正遭受难挨的苦难，王玄策即使舍出性命也是理所应当的。"

光胄王再次摆手，说道："王正使心情急迫，本王自然理解。即便如此也无须以疲惫之身再往逻些，其实……"光胄王缓缓道出原委，"眼下泥婆罗境内便有一千二百名吐蕃兵，只须将这些兵借了一同前往便是，本王自会与吐蕃国主斡旋。"

原来吐蕃赞普松赞干布为领土安定，正开拨兵员欲往西方国境开战。第一拨人马一千二百人此前已经进入泥婆罗国都加德满都，其后第二拨、第三拨人马也即将到达，只等光胄王阅兵之后即准备出征。

光胄王道："王正使，倘若用兵自然是人马越多越好。不过这一千二百名步军却是吐蕃的精锐，定能助卿等一臂之力，也可节省卿等往返吐蕃的时间。兵贵神速也。王正使以为如何？"

王玄策暗自思忖：本来计算着想从泥婆罗、吐蕃共借得一万五千名上下的兵士。若是还能更多些自然更好。不论古今东西，胜利之第一要因在于兵力优势。眼下泥婆罗七千兵士加上吐蕃一千二百名兵士，总共才只八千二百名，而阿罗那顺兵力少则五万，多则十万，兵少将寡之不利一目了然。可二度翻过喜马拉雅雪山前往吐蕃，即便借得一万人马，自加德满都往返逻些少说也须二十日，这二十日却实在珍贵无比。倘使在加德满都将兵力补给等整备齐当了，急行驰往曲女城，或可自牢狱脱出之后二十日左右抵达曲女城。

王玄策回身朝蒋师仁看了看，见蒋师仁未露出反对之意，于是点点头，向光胄王鞠身行礼说道："既如此就照大王的贤虑去做好了，卑职二人在此谢过大王。"

"罢了罢了，卿等不必多礼。"光胄王总算放心下来，不住地点头，一面说道，"本王也知道，即使令卿二人只管好好休息几日，集合兵马的事情交与本王，卿等也不会答应。索性本王叫吐蕃将军即刻前来与二人见面，卿等稍等片刻。"

吐蕃将军名叫论仲赞，此人也非拘执顽梗之辈，却是会用自己的脑子思量、将利害打算得十分明白之人。当下听了光胄王一席话，立即慨然应允道："既有泥婆罗国主相邀，加之大唐国使相请，自无推却之理。此番得随王正使调遣，前去天竺营救大唐使者一众人，倒是末将求之不得的事情呢。"

"卿愿意助王正使一臂之力吗？"

"听大王并王正使所言，阿罗那顺所作所为实在是无法无道，任谁也不能容忍。末将愿随王正使一同前往天竺，惩治阿罗那顺这个贼人。"说毕，论仲赞又显出其文韬武略兼备的一面，朗声道，"不过，吐蕃这一千二百兵士并非只凭末将一念便可随意差遣，还须向我国主禀告一声才可。"

"这是自然的。本王并大唐国使这就修书一封，向吐蕃赞普通报。"

光胄王说着视线朝王玄策看去，王玄策自然不会回绝。当下书信修成，王玄策以汉文，光胄王以梵文，各个署名完毕，交付给论仲赞。

论仲赞叫来一名士官，命令其疾速驰往逻些，将事情向国主禀告。士官将光胄王并王玄策二人一同写就的书信插入怀中，带领十名护卫士兵立刻出发，翻越喜马拉雅雪山赶往逻些去了。

四

再说光胄王这边，当下在泥婆罗全境内发布告示，召集人马。虽说是国都，加德满都当时也不过是个仅有万余人口的城邑，因要即刻召集七千兵士并相同数量的马匹，第二日市曹街头间便立时热闹起来，一派人群马群熙熙攘攘的景象。

王玄策从王宫一室向外面眺望着，不禁回想起自长安出发以来的每一日，思及瞬息万千的变故，自己也觉得难以置信。

所幸当时唐、吐蕃、泥婆罗三国关系甚好，泥婆罗才敢将国中大半兵力借与王玄策。倘若稍稍虑及万一吐蕃趁机侵入，国中空虚又将如何，则泥婆罗无论如何不肯如此放心借兵，王玄策也就无从觅得援兵了。

泥婆罗这厢暂且按下不表，却说论仲赞手下吐蕃士官率领一干人马离了加德满都，翻过喜马拉雅雪山，返回逻些觐见松赞干布赞普，已是十日后的事情。即使是惯于高山之旅的吐蕃人，一路上也须这些时日。

松赞干布拆开书信，读后思忖起来：倘若拒绝唐使的请求，不肯发援兵入天竺，会是如何？唐使一定会记恨在心，大唐也会对王妃文成公主大失所望，非但日后与大唐的外交会变得异常艰涩困难，甚或大唐伺机以大军压境对我吐蕃虎视眈眈也未可知。天竺的戒日王逝去，国内纷乱，吐蕃正应全力应对南方的威胁才是，岂可与强大的大唐为敌？再说若是眼见泥婆罗发兵相助，吐蕃按兵不动，吐蕃在大唐面前势必信言薄轻……

不论从哪一方面来考量，都无法拒绝王玄策的请求，发兵驰援对吐蕃更加有利。于是松赞干布定下心来，将应诺发兵的旨意告诉来人，急令其重返加德满都。此时，七千泥婆罗骑军与一千二百名吐蕃步军已经出发往天竺而去了。

泥婆罗领兵的将领名罗吐那，正是在国境喝阻天竺兵、危急中救下王玄策与蒋师仁二人的年轻武士。罗吐那乃是光胄王的亲族，一说他是光胄王的王妃之弟，又一说他是光胄王母后之兄的孙儿。这且不去管他，对王玄策来说，最可喜的莫过于姓名短，称呼起来上口。

这支军队号称三国联军，可唐人却只有王玄策、蒋师仁二人，若以兵员数论，自然统帅非泥婆罗人莫属，不过眼下却是由王玄策担任主将。无论吐蕃也好泥婆罗也好，皆不是因为对天竺抱有侵略野心而发兵，入天竺的初衷乃是为了救出无端身陷狱中的大唐使者一行人，纯属正义之举。

在加德满都的五日间，王玄策一心思虑着如何与阿罗那顺作战。

吐蕃兵虽是步军，泥婆罗兵却尽是骑军，若论山岳作战，可以说是举世无双的精强人马了。王玄策所能够期待的，便是以此精锐的骑军去冲荡阿罗那顺的象军，令其无法施展威力。

"倘使万事俱备，定可以击溃五倍于己的敌人，只是这胜负攸关的东风如何借得，却是紧要。"

决战的战场当是在天竺北部恒河流域的平野一带。若是与战象大军正面相搏，则毫无疑问会被巨象碾得粉身碎骨。加之习惯于高山气候与地形的泥婆罗兵士与吐蕃兵士，在平野能否施展出十分的战斗力，着实令王玄策忧虑，思量起来竟烦恼个不停。

倘若兵书上有战例记载，熟读之下应可立即运用。只可惜身边无书，王玄策只得凭借过去的记忆，加上自己的智慧去苦思冥想，其间也与蒋师仁一同计谋一番。

古来远征南方与象军作战，且建立武功的名将仅后汉马援①、南朝檀和之②及隋朝的刘方③几人。刘方乃前朝人，距离眼前不过四五十年，王玄策的祖父、父亲或曾目睹其人，至少听到过其事迹。据说刘方曾直捣黄龙，攻陷林邑国④之都城，俘虏甚多而归。然将兵皆为北方之人，不习

----

① 马援（公元前 14 年—公元 49 年）：东汉人，新莽末时任汉中太守，后依附割据陇西的隗嚣，继归刘秀，参加攻灭隗嚣的战争。建武十一年（公元 35 年），任陇西太守，安定西羌；十七年任伏波将军，镇压交趾徵侧、徵贰起义，封新息侯。曾以男儿当"死于边野""马革裹尸"自誓，出征匈奴、乌桓。后在进击武陵五溪蛮时病死。

② 檀和之（？—公元 456 年）：南朝宋将领，曾任交州刺史。元嘉二十三年（公元 446 年）奉命征伐林邑，在象浦与林邑国主范阳迈决战，击破令人生畏的大象军，林邑从此归顺中国。孝建三年（公元 456 年）于南兖州刺史任上获罪遭罢官并禁锢，同年殁。

③ 刘方（？—公元 605 年）：隋朝名将，京兆长安（今陕西省长安区）出身。一开始仕于北周，大定元年（公元 581 年）二月，大丞相杨坚废周立隋，刘方进爵为公，先后任甘州、瓜州刺史。仁寿二年（公元 602 年），交趾俚人首领李佛子叛乱，占据越王故城，刘方率隋军前去平叛，俘李佛子执送长安。大业元年（公元 605 年），炀帝委任刘方为驩州道行军总管，经略林邑。刘方设陷林邑军巨象于坑，并以弩射大象，象返走逃窜，林邑军溃乱不可收拾，被俘万人，刘方率部队一直追到马援铜柱南，攻占林邑国都。在班师还朝途中，刘方染疾，病死于军中。

④ 林邑：中国古代对占城的称呼。一作摩诃瞻波、瞻波、占婆、占波、占不劳等，为梵语 Champa 的音译，故地在今越南中部横山至藩朗一带。秦汉时为象郡象林县地，东汉末，象林功曹之子自立为王，中国史籍称林邑，为象林之邑的省称。公元 9 世纪后期改称占城，公元 1697 年亡于安南阮朝。其都城一作佔，在今越南广南—岘港省维川县的茶荞，后南迁至今义平省安仁的阇盘，公元 15 世纪末后又迁至今藩朗。

南方暑热，凯旋途中竟染病而死。

王玄策的命运与刘方相较，又会如何？

泥婆罗国主光胄王努力行事，按照应允王玄策的，五日间便召集起七千人马，武器并粮秣也都备齐。又依照王玄策所请，特意备了两样东西：一是专为王玄策、蒋师仁着用的中华式甲胄二副，一是上面大书一个"唐"字的锦旗一面。毕竟泥婆罗乃一边陲小国，备齐这些东西已经很不易了。

于是，王玄策率领八千二百名步骑兵，浩浩荡荡起兵离开加德满都。

从吐蕃及泥婆罗两国成功借得援兵的王玄策，究竟能不能击溃篡国逆贼阿罗那顺，救出狱中众弟兄？欲知后事如何，请听下回分解。

第七回
摩揭陀国风云告急
赫罗赫达战尘蔽天

一

却说王玄策率八千二百名异国兵士，即将与阿罗那顺激战一场。这里先不表三国联军如何激战天竺兵，却将天竺的事情作个交代。

说起来这"天竺"原非指一个国家，而是无数小国所组成的一大文明世界的总称。戒日王也好，再往前的月护王、阿育王也好，没有一人自称"天竺王"或是"天竺皇帝"的。

广大的天竺世界之中，却有一个历史最悠久、国力最强盛的国家，这便是位于恒河流域的摩揭陀国。摩揭陀的国王经数度交替，自月护王称霸全天竺之时始，摩揭陀国王便成为事实上的天竺皇帝。其后的阿育王、戒日王亦莫不如此。换言之，摩揭陀即是中华的中原，只须支配了恒河流域的这一地域，便得以向四方扩展势力，统治全天竺。

眼下支配摩揭陀的便是自称国王的阿罗那顺。若是自称"帝那伏帝国王"，只怕无人知晓他。故此便以摩揭陀国王自居，一来为天下人知晓，二来则可以堂而皇之成为戒日王的后继者，甚或至少在形式上得与往古的月护王、阿育王同样地位。

"阿罗那顺这个白日升天的小人，明明是篡国窃权的贼子。今日僭冒名分，定叫你明日就变成一场黄粱梦。"

王玄策决意已定，越过泥婆罗与天竺国境。这时已进入十一月，距离二人脱出曲女城，已经是第十五日了。

雄壮的进击开始了。三军前头是三骑先锋，各扛一面大旗，中间一面上书"唐"，左书"泥婆罗"，右书"吐蕃"。三面大旗迎风招展，马蹄声也笃笃震响，好一支威风凛凛的军队。

果然如王玄策所虑，从高山刚行到低地，队伍中便骚动起来。吐蕃兵开始感觉头痛、晕眩、心悸并呕吐不止，东歪西倒，痛苦不堪，一个个面色苍白却硬撑着，一旦倒下恐怕就再也起不来了。

"王使者放心，这等小事不值得多虑。我等吐蕃武士英勇无敌，不灭掉最后一个敌人，人与旗皆不会倒下的。"吐蕃将领论仲赞宽慰王玄策道。

话是这么说，精悍彪勇的脸上早已血色全无，气息也乱了，表情因头痛而变得怪模怪样。

"断断不可再往前行。传令军中，立刻原地歇息。"

王玄策命令人马停止前行。如此状况，倘若遇敌军来袭，非但无力抵御，只恐一个个只能坐以待毙。泥婆罗兵虽不似吐蕃兵这般，却也是人马疲顿，无精打采的。

"人并马在此歇息两日。全都往密林里去，小心避开路人耳目，不过切勿进入过深。"王玄策吩咐道。

论仲赞咬牙切齿应道："实在是丢人现眼。我等只有日后多多杀敌，以雪今日之耻。"

好不容易安顿兵士歇息下，论仲赞自己也横倒在一棵大树旁。王玄策此刻无心思量什么，倒地而卧，抓紧时间歇息歇息。

八千二百名兵士，说多也多说少也少，只是相对的。若是与十万之众的敌军厮杀起来，不须说人数自然是太少了。可眼下要将这八千多兵士隐蔽在密林中，却又实在太多了。

密林中常有盗贼出没，甚至还有盗贼之村落，皆户数不满五十、人口三百人以下的小村落。这厢猛地冒出来八千多号人马，除了长安之外，横是可以匹敌一个城邑了。况且不仅有人，更有马匹等，故此若要人不见其影，马不闻其声，端的是难上加难。

翌日，异常情况便已被报告至曲女城王宫阿罗那顺的耳朵里。最初还以为是何方军队来侵，继而又报说看见三面旗帜，各书"唐""泥婆罗""吐蕃"几个大字，于是阿罗那顺自然想起了狱中的唐使一行。

"中华来人不是已全员皆关入牢狱了吗？且慢且慢，莫非他们脱狱逃走了？"

想到可能发生这样的疏失，阿罗那顺顿时心慌意乱，即刻遣身边侍者二名前往狱中探看虚实。侍者未及回复前，阿罗那顺不敢笃定，从戒日王的豪奢玉座上立起，忧心惙惙地在地上来回绕圈子。

"大王，为什么事情如此忧烦呢？"

一面说话一面步入王宫来的是王玄策猜测是王妃的那

个妇人。其实正是阿罗那顺的王后。她听夫王将事情原委说罢，丝毫不为之动容。

"何其愚钝的中华人！"王后朗声笑了一声，又肆无忌惮地说道，"倘若脱狱而出，逃回中华去，或可留得一条性命。如今再返回曲女城来，岂不是蠢得要死的笨伯吗？"

"现今尚未断定就是从狱中脱逃的中华人，王后休得胡言乱语！"

"大王所惧者何也？中华人断不会从长安发兵百万前来天竺，即令泥婆罗兵或是吐蕃兵入天竺前来曲女城，充其量不过万人，何足忧烦。且不管他是哪里前来的兵，以我天竺十万大军尽皆杀之便是了。大王为何迟疑不决？还不赶快召集军队！"

阿罗那顺缩着头不言语，也不即刻应答。见夫王如此优柔寡断，王后正想再厉声呵斥，只听得旁边响起一声唤。

"父王！母后！"

来人是一位年约十一二岁的少年，身着朱红与金黄镶嵌织就的高贵华服，耳坠黄金饰物，似是阿罗那顺夫妇的王子，其聪慧高贵的神态却怎么看都不像阿罗那顺夫妇二人。

"我儿，来看望父王和母后吗？快快上前来。"王后顿时心花怒放地笑作一团，用肉滚滚的双臂恰似猛禽抱雏鹰般一把将王子揽入怀里，"有事情禀告父王吗？是侍从们犯了什么疏失？若有对你不敬之处，只须带来这里，母后将他们统统杖杀！"

"并无这样的事情，母后。"

"那么想必是看上了谁家的女儿？你如今乃摩揭陀国的王太子，将来必定要成为天竺的皇帝，挑选后妃须慎重呢。若只是耍来玩，则曲女城内所有女子，不论身份高贵或是低贱，只要你欢喜，只管随心去做好了。或者母后命令兵士们去将那个女子掳了来？"

少年神色悲戚地摇摇头，对母亲道："也不是这般事情。父王、母后，孩儿只是想回帝那伏帝，故此特来向双亲恳请，准许孩儿回去。

"这是为何？"阿罗那顺不解地问道。

"父王，摩揭陀国也罢，曲女城也罢，都是属于逝去的戒日王与他的遗族的，并不属于父王，也不属于母后，更不属于孩儿。如今我等以强势占据这里，终归不是长久之计。城内平民皆厌憎父王及母后，父王母后或恐还不知晓吧？故此请父王母后今明两日内赶紧离了曲女城，一同回我等故乡去吧。"

"我儿真是既聪慧过人又仁慈无量，既身怀大才又胸有气度，横是理应作为戒日王的后嗣统治全天竺。我等有你这样的好孩儿，实在是大幸。"王后一面说，一面将王子揽得愈发紧了。

眼前的王子不只容貌全不似阿罗那顺夫妇，就是德行人品亦与之大相径庭。对于王子所说，王后既未发怒，也明显无听从之意。她似是猛然想起了什么事情。

"大王！"

"做什么？"

"适才所说的都听到了吧？我儿正是最适合做天竺之王不过的。大王以为如何？"

阿罗那顺点头应允道："正是正是。"

"正是吧？大王与妾身身为父母，务须尽最大努力，使其得承继天竺的王位才是。"

"本王也正有此打算。"

"为了我儿的幸福前程，我等当不辞辛劳甚或牺牲。说什么奸雄什么篡权者，即使蒙受一时的污名蔑称，也只当它无事一般。为了孩儿的幸福牺牲一己之身，也是为父母的义务，乃父母之幸也。"

"是呢……"

"我儿，快快随我来这边，母后有些甜食与你吃。"王后说罢，也不管王子老大不情愿的样子，扯住王子的手便朝旁边的别室走去。

见王后与王子的身影离去后，阿罗那顺这才重重地吐出一口气来。

二

牢狱内漂浮着湿湿的暑气。隔着铁栅栏，狱外面的风也不过只能吹进来二三步的距离，一众人都感觉暑热难耐。

自王玄策、蒋师仁脱狱而出，迄今已经过去了半月，所幸天竺兵士似乎尚未觉察二人脱狱之事。虽说狱卒每日的看管甚是懒散，但余下的三十人一齐脱狱逃走却是毫无可能，只有一心等待援兵前来相助。

微暗的狱中，一排人影或蹲或坐于地，说话之间传来一声无力的问话："王正使可会真的重返此地救我等出去吗？"

"自然会领兵来相救的，脱狱之前不是与众弟兄立下誓言了嘛！"不晓得谁在一旁应答道。

"大凡人都是弃苦求乐、舍死求生的，一旦脱出牢狱，何苦又冒生死之危回来这里呢？"

这厢应答的声音有些许发怒了："彼岸！你身为佛门弟子，竟如此诽谤他人一片诚心。"

"什么诽谤？拙僧只是说大凡人皆有弱处，即使被王正使二人弃下不顾，也并无怨言。这也算是我等的修行吧。是不是，智岸？"

"拙僧何须你来教训！拙僧从来不曾对王正使二人有过半点猜疑。"

"这正是你修行未到之处。即便猜疑仍当按捺，强令自己去笃信之，方才能够顿悟出佛经之大义。若从最初便笃信无疑，只是你迂拙，不具拙僧的智慧罢了。智岸，可有点叹羡拙僧否？"

"休要来烦我！"

二人的对话引得四下众人一片哄笑，却是笑得有气无力。入狱半月来，个个空腹难饱，又兼身上污浊不堪，即便发怒也罢好笑也罢，哪有气力大声笑骂。须发早已添长寸把，沐浴也好更衣浣衣也好，全都连想也不敢想，好一副凄惨相。

饭食每日只有一餐，虽王玄策、蒋师仁二人已经脱狱，然余下众人所得也未见略有增加。只因饭食的量并不依照人数分配，只是给个大概，由狱中囚人自行分食，故此王玄策、蒋师仁二人早已不见人影，也不得知晓。狱卒并不尽心于自己所司之职，倒是唐使一众人的幸运。

王玄廓每日在壁上刻印为记，计算着时日。因手上刻具之类全无，只得以手指蘸着汤汁往壁上画一道线，算作为一日。腹中空空时，些许的汤汁也变得金贵起来，便以指甲标记，如此每日不辍。

狱中三十人免不得都要关照，不过王玄廓最放心不得的却是智岸、彼岸二人。

二人身为佛门弟子，自然肉食是断断入不得口的，间或有鱼肉等送进来，二人便侧过身子去，不吃也不看一眼。即使将鱼肉等挑在一边，余下的也绝不肯去碰一碰。

时不时彼岸还自圆其说道："拙僧乃修行之人，口舌挑眼得很呢，这等腌臜东西哪里会合拙僧之口。"一面说一面将送过去的食皿推回。

王玄廓也晓得他是想让兵士们多吃一点。不过，有时候彼岸却也说出不着边际的话："呜呼，拙僧想吃放凉后蘸着蜜糖的莲子呢。"

投入狱中的第十七日，众人忽听得一阵重重的脚步声近来。牢狱门打开，闯入五六个天竺兵士来。

"大唐国使可在?!"

众人都吃了一惊，或坐或躺，屏息静气，无人理睬。唯独有一人气息平静地答道："大唐国使王玄策在此。不懂礼数的天竺蛮人，有什么说的?"

王玄廓本就是王玄策的族弟，容貌大致差不了几分。倘使关系相近的友人，倒是分辨得出来，不过将唐使一行投入牢狱的天竺兵士，却并未细细察看过，自然是不认得了。更何况入狱半月有余，个个须发乱生，身体癯瘦，颜面龌龊难辨，哪里还分得出王玄策或是王玄廓呢?

"你倒活得好好的，横是命不小呢。不过，从此可没这般舒服了!"

天竺兵士怪声怪气地说罢，上前来一把扯住王玄廓的左右双腕。智岸想要止住他，怎奈大声说不出话，又浑身疲软无力，只是眼睁睁看着天竺兵士将王玄廓拥出牢门。

再说从头至尾对事情知晓得一清二楚的老婆罗门那逻迩娑婆寐此刻又在何处?

天竺史籍中有记载，凡轻罪可以财物交释，也即是轻罪只须处以罚金便放过了。不过老婆罗门因是惯犯，所以才入了狱，倘若是盗窃之类重犯，依律当斩其只手以示诚告。而欺诈在当时只能算是轻罪，故此只处了投狱，便不再追究，且只入狱五日便又得出了，王玄廓等人再不曾见过他。

王玄廓因身子羸弱，行不得长路，便被放在槛车内，牵了往王宫而去。一路上槛车摇摇荡荡已令王玄廓痛苦不堪，及到了宫内自槛车里扯出来时，横是费了全身的气力，努力站立住，稍稍停息片刻才踉跄举步，无视四下里嘲弄的眼光，朝玉座走上前去。

阿罗那顺这边从头至脚将王玄廓打量一番，心下说道："嗯，原来是他。"

不过阿罗那顺却丝毫未怀疑他究竟是不是王玄策，只因他也不曾细细端详过王玄策的容貌。

"投入狱中半月多，竟会变成这般模样，不只癯瘦且浑身奇臭……"这样想着，阿罗那顺狞笑数声，朝王玄廓揶揄道："为何如此憔悴落魄耶，中华人？狱中待遇尚好吧？"

王玄廓好不容易提高声音，反问道："今日有何见教？"

"吐蕃与泥婆罗对我大天竺不逊，竟敢派兵入侵我天竺。本王只须一声令下，即刻将这群无用之徒通通击溃。只是有一件事情倒叫本王不得其解：为首的统帅竟自称是唐的国使，岂不是滑稽？"

王玄廓闻听此言，心中大喜，晓得是族兄不违誓言领兵来救狱中众兄弟了，只是脸上并不露出半点欢喜的颜色来。"果然是滑稽，大唐国使王玄策分明在此，何人敢僭冒我唐使来头？"王玄廓平静地答。

"如此，则现下指挥吐蕃与泥婆罗兵的又是何人？倘

162

若不是你王玄策，究竟是谁?! "

王玄廓做出一副全知全能的模样，转过话锋来说道："这等事情本国使自然无由得知，不过理由却想象得出一二来。你这个篡国贼子，践踏戒日王的遗德，恶逆无道，以至天竺内外群情激愤，义士蜂起。其所以举我大唐旗帜以我大唐之名，分明是因大唐乃仁义之国，天下万民尽知之故也。"

"说什么胡话! "

"无知的蛮人，教你一句中华名言，《司马法》①曾说过：'国虽大，好战必亡；天下虽安，忘战必危。'②"王玄廓逼视着阿罗那顺，凛凛然说道，脸上全无半点怯色，"更何况什么帝那伏帝蚁巢小国，不自量力，夸示武威，唯自取灭亡而已! "

"左右兵士，将他拿下去斩了! "阿罗那顺一声怒喝，

---

① 《司马法》：中国古代著名兵书，《武经七书》之一，相传为春秋末齐国司马穰苴撰。《史记·司马穰苴列传》记载："齐威王使大夫追论古者《司马兵法》，而附穰苴于其中，因号曰《司马穰苴兵法》。"司马穰苴，生卒年不详，春秋末期齐国人，本姓田，精通兵法，曾领兵战胜晋、燕，被齐景公封为掌管军事的大司马，后人尊称为司马穰苴。后受谗被景公解职，发病而死。《司马法》最早著录于《汉书·艺文志》礼类，称《军礼司马法》，计155篇，后在长期流传过程中多有散佚，至唐代编《隋书·经籍志》时录为3卷5篇，列入子部兵家类，称为《司马法》。历代统治者及兵家、学者均极为推崇此书，汉武帝曾"置尚武之官，以《司马兵法》选位，秩比博士"。司马迁称该书"闳廓深远，虽三代征伐，未能竟其义，如其文也"。北宋元丰年间，《司马法》被列为《武经七书》之一，作为考试武臣、选拔将领、钻研军事的必读之书。
② 语出《司马法·仁本》。

163

两旁兵士手执刀枪一拥而上，过来就要扯王玄廓。

"且慢！"

"呵，死期将至方知道乞求生路耶？若是匍地上前来，朝我足下施以吻礼，则饶你不死。"阿罗那顺奸笑一声道。

"啐！我死不足惜，唯有一言相告：狱中所有大唐兵士并沙门二名都是无辜受牵连之人，既然你阿罗那顺以王者自居，则赦免他们理应是王者所具的度量吧。"

阿罗那顺却道："扫除前面一切罪人，也是王者的义务所在。再说，你已死期将至，身后的事情何需管他去呢。"说毕，向身旁兵士喝道，"还不快将他拉去行刑场斩首！"

左右兵士正待强扯住王玄廓，将他绑赴行刑场，旁边却有一人止住阿罗那顺道："大王性急不得！"

这厢王玄廓不由得大吃一惊，愕然无语。轻踱方步走到阿罗那顺面前的，不是别人，正是在牢狱内被彼岸识破所谓神通之力的老婆罗门那逻迩娑婆寐。

王玄廓一语不发地注视着他，老婆罗门亦只朝王玄廓横目一瞥而已，装作识不得，只顾对阿罗那顺双手合掌，毕恭毕敬的样子。先前污浊不堪的长袍，不知什么时候已经换作一袭黄衣，倒显得几分光鲜。

"大王，性急不得。自古王者应权衡正邪利害之后方才有所为。大王愿否听老夫一言？"

"且说来听听。"

"老夫以为，此唐使及其所部一众人等，大王随时可杀之。其实，像这般癯瘦羸弱之辈，已经大半如同死去一样，根本不劳玷污大王之手去杀他。"

"你是说置之牢内，随他一个个死去吗？"

"嗯，自然让其活着的好。只要留其尚存一命，大王便可以将其作为人质，日后自会有用处。再者，大王还须体察曲女城内黎民百姓之民心……"

"本王何须去体察愚民所想？"

见阿罗那顺如此说，老婆罗门意味深长地笑道："非也。大王，民心者须为我所用也。与其处死眼前这个毫无反抗之力的中华人，倒不如发兵迎击来袭之敌军，如此，黎民百姓自会将大王视作戒日王之再世，心悦诚服，从顺王威。故当此之时，还应速速发兵，凡敢于睨视大王王威之敌，不管他是泥婆罗军还是吐蕃军，一扫而灭之，则其余之事还不是易如反掌耶？"

老婆罗门之语虽是谄媚，却也正击中阿罗那顺的痛处。纵然自称戒日王的后继者，曲女城内黎民百姓的民心并不在阿罗那顺掌握之中，更不消说摩揭陀甚而全天竺了，只因实在拿不出令人诚服的点滴武功文勋。阿罗那顺心下想：既然如此，倒不如照老婆罗门所说，发兵将来袭之敌一扫而灭，正是一扬自己武威的好时机。

"也罢，就照你所说，将其押回牢里。"

阿罗那顺命令道。于是兵士们扭过王玄廓的臂膀，扯住双腕便要向外走去，却不想老婆罗门又进言道："大王，如蒙不弃，可否将这个中华人暂交由老夫带回去？"

阿罗那顺盯视着老婆罗门，眼里不光是有几分厌烦，更有几分狐疑。

"你如此说究竟有什么打算？"

"大王，老夫只不过替这个中华人向大王乞保一命而已，此后一应责任尽在老夫身上。倘若他有什么不轨之举，任大王处罚老夫，老夫绝无半句怨言。"

老婆罗门还欲再说什么，不想阿罗那顺早已经听不耐烦，挥挥手道："罢罢，就交由你带回去，不过，须由兵士着实看管。倘使有任何不轨的作为，小心本王砍了你的两手，斩去你的头颅！"

阿罗那顺此时已经无心去多想，只顾思量着如何与泥婆罗及吐蕃军大战一场，甚而已经梦见自己取得华丽辉煌的战果了。

老婆罗门颔首躬身唯唯诺诺，做出一副极恐惧的样子。随后转身向王玄廓吩咐一声，便从阿罗那顺眼前退下去。王玄廓虽性命得救，心中疑云未解，却也早已无气力再争辩，只得蹒跚地随老婆罗门而去。

再说阿罗那顺点齐人马，又叫人继续前往打探来袭敌军的军情。返回探子相继来报。

"吐蕃兵不适低地气候，病倒者多数，已经不战而乱，溃不成军。"

"泥婆罗兵轻侮吐蕃兵，两军不愿一起编队作战。而泥婆罗兵自恃勇猛有功，不听主将调遣，妄自行动，军队散漫不成阵。"

"敌兵数在约八千上下，实际战力尚存的仅半数而已，只恐一战便四散而逃。"

……

阿罗那顺心下暗自好笑，如此看来根本不须自己出阵，于是将五千骑军与二万五千步军编成一队，命即日出阵。自己则放心坐在曲女城内，只等前方的捷报。

大凡骄兵必看不见表象后面的事实，只相信于己有利的消息，却避而不信于己不利的消息，想象着空幻的胜利。

王玄策不断地将天竺兵士乐意相信的消息传出去，麻痹阿罗那顺。

如此，天竺军三万人马上下满溢着嚣浮之气：泥婆罗及吐蕃军毫无胜算却敢唐突发兵，来犯我天竺，真是不知死活。只消一战便可击溃，倒给我等一个建立武功的好机会呢。

再说王玄策只派出少数泥婆罗骑军作探子，打探天竺军的虚实，其余大队人马就地修整。吐蕃兵士早已经复元，主将论仲赞也重又生龙活虎，做好了决胜准备，且自信满满。

此时王玄策胸中谋划的却是一个令兵家闻之哑然的战阵——率兵渡过恒河，在恒河畔的平野之地上背水而战，去击破数倍于己的天竺军，也即是古之所谓"背水之阵"。

此地名为赫罗赫达，北临恒河支流，河岸低平，一无遮蔽，向南则是略略高起的缓坡。此时王玄策所率人马已经渡过恒河，且将兵士在河岸向南一字排开，布下阵来。

此阵形却为天竺军哂笑不止。

"呵呵，可笑那帮轻狂之辈，竟布下如此蹩脚的阵来，若是再进半里向南据高处向下布阵岂不是更好？如此紧靠大河畔，只须以我天竺骑军从高处朝下冲荡，定叫其退无可退，只消片刻尽成蹄下肉泥。"

"布阵于低处以抗击高处敌军，显处不利，此乃兵家之大忌，足见那帮轻狂之辈对兵法一无所知。我天竺骑军居高临下一齐出击，管叫他前有迫兵，后有大河，若不想即死，唯有落入河中的份儿，到时候自然会有凶残的大鳄来收拾他们。"

天竺诸将听得来报说王玄策的人马已经渡过恒河，稍许有些焦灼不安。不过此刻那份不安早就云飞雾走，却变成恣意的嘲笑。

天竺军登上高处勒马而立。山坡虽不甚高，位于低处的王玄策军阵势却可尽收眼底。只见其兵员不足万人，因河岸一无遮拦的缘故，更不须防备伏兵。一部兵士正急急在阵前放置绊马栅栏，却只有中央与左翼已经完成，右翼阵前尚稀疏不齐，留下偌大的空隙。而中央与左翼所部却是骑军，右翼不及完成的后面大半都是步军。

"怎料那帮呆子竟然愚蠢至此！既要放置绊马栅栏，也当置于步军阵前。骑军阵前放置栅栏，岂不是反使自己不得出击了吗？"

"我军出击战法已了然于胸：先是冲入敌军右翼，随后右折猛冲敌军中央与左翼，胜负只在瞬间。"

"如此便轻获大胜，实在是再简单不过了，只恐大王毫无嘉赏。"

天竺诸将仰天大笑不止，己方人马三万，对手不足一万，互搏起来断无负于对手的道理。

于是驱军放步前行，也无须顾及什么阵形不阵形了，只遣出数名先锋打头查看地形。须臾，先锋来报："我军左翼前方杂草丛中埋有数十根木桩，木桩间互以绳索相连，想来是用来阻止我骑军前行的勾当。"

天竺诸将又是一阵大笑，似这般小儿伎俩实在算不得计谋，只消稍许留意前行，断不会上他当。不过，倘若不查看地形便贸然放马前行，倒要吃他亏呢。

天竺军左翼即与王玄策军的右翼相对，先前已商定己方左翼先发，从正面冲入敌阵右翼，再右折长驱直入敌阵中央与左翼。眼下则只须略略做一修正即可。

"既如此，则我军从中央堂堂地出击，驱至低地后往左前方突进，直攻敌军右翼便是。不管如何，胜利已如我天竺军掌中之物。"

"各位将军且看，敌军右翼阵前绊马栅栏既无，兵数又少，且半数席地而坐。简直可叹可怜，丧魂落魄至此，唯有坐以待毙了。"

"早知如此，何苦远行千里曝尸于异国他乡？只有怨你等无能之将，可怨不得我天竺大军呢。"

未及开战，天竺诸将似早已胜券在握。却说王玄策这厢又如何？

全军八千二百余人马中，右翼为吐蕃步军一千二百人，中央则是泥婆罗骑军四千，左翼为骑军三千。

一如天竺军诸将嘲笑的，看上去确是古里古怪的阵形，加之背后便是恒河，人马周旋不开，骑军全员都下得马来，蹲在绊马栅栏后面。

左翼的指挥将领是罗吐那，此刻正紧一句慢一句与王玄策说着话。

"迄今所见，天竺象军似并未出动，只有骑军与步军，兵员数约莫在三万上下吧。"

"料想天竺军不会全部人马一齐出击吧。"

"不过敌军人数三倍于我，恐未能正面相搏。"罗吐那气息平静地说着话，仿佛在作壁上观，评述他人的事情一般。

王玄策则一本正经地说道："阿罗那顺的主力乃象军。此番象军未出动，只恐不是一战便可以收拾的。"

"或恐一战便见分晓呢。"

"何以见得？"

"今日出战，若我军溃败，岂不是一战便见分晓？"罗吐那倒也爽直得可以，竟说出这样一番话来。

蒋师仁在旁锁起眉头，甚是不快。王玄策却坦然不以为意："那样的事情不见得有呢。我等有中华自古传下来的战法，有何惧之？"

"中华战法？是什么样的玩意儿？"

"此战法名为'朱雀展翅阵'，乃是我中华南朝宋将檀

170

道济^①在黄河畔击溃十万敌军时所用阵形。其时宋军却只有一万人马。"

"呜呼，真不愧是中华名将。"罗吐那叹服道。

这回却是蒋师仁不以为意了，因王玄策一本正经所说实则是唬人的牛皮而已。檀道济乃勇武与计谋兼备的名将倒是不假，历史上却并不曾有过什么叫作"朱雀展翅阵"的阵法。

此时自天竺军阵中传来牛角号声。水牛角制成的号角所发声音钝实而厚浊，声震林木，沸天响地。随着号角声起，天竺军骑兵队冲向阵前，横向呈一字队形散开，黑压压冲荡过来。只因两军人数相去悬殊，故而天竺军也顾不及什么战法，只管从正面冲荡过来。及至猛然冲至近前，方才发觉，原来泥婆罗军阵前的绊马栅栏是二重机关的，轻易越他不过。

于是天竺骑军弃难求易，与其突破二重栅栏，倒不如转而从斜刺里奔袭毫无防备的吐蕃步军来得划算。先头人马将马首一拨转向左翼突击，后面全队人马便也随之而去。只见天竺骑军沿恒河浊水溯流而上，密密集集在泥婆

---

① 檀道济（？—公元436年）：南朝时宋名将。高平金乡（今山东金乡北）人，世居京口（今江苏镇江）。东晋末从刘裕攻后秦，为前锋入洛阳，西进长安，屡立战功，历任江州刺史、征北将军、征南大将军。元嘉十八年（公元431年）攻北魏，粮尽退兵，却设计让兵士在营寨里大燃灯火，"唱筹量沙"——以竹筹计数盘点"粮食"，实则盘点的是沙子，使魏军不敢追击。不久进司空，镇寻阳（今江西九江）。宋文帝刘义隆病重时以其功名赫赫，诸子及左右心腹皆善战，恐死后檀道济反叛，忌而杀之。

罗军眼前自左向右移动。天竺骑兵左手牵住缰辔,右手高高扬起战刀,呼叫着直冲向前,不意却将自己的右侧腋腹部在泥婆罗军面前暴露无遗。

这正是王玄策求之不得的好机会。为何独独将兵员稀少的吐蕃步军置于右翼,露出一处软肋,其实是有意卖个破绽,用来做诱饵的。

只见王玄策回身朝蒋师仁点头示意,蒋师仁朗声号令。

"放箭!"

刹那之间,半蹲在地的泥婆罗骑兵齐齐张弓,从绊马栅栏后面千箭齐射。数千支箭似银色激流横地泻去一般,箭声呼啸又似猛禽聚集一起所发出的巨响。

两军相距不过数十步,如此近距离下泥婆罗军所发之箭百发百中,无一漏过。天竺军马仰人翻,中箭的兵士和马匹在空中手舞足蹈,乱作一团。前头马匹中箭匍地,后面的已经冲上来,竖跌横倒地挤成一堆,加之烟尘飞扬不辨方向,稀里糊涂撞下马来,滚入草丛中。好一个混乱不堪的场面。泥婆罗军手下却毫不留情,万千飞矢又至,且专往人多处射去,只射得天竺军哭天抢地,哀景不绝,还未及冲至吐蕃军面前近身肉搏,却已经死伤折损过千。

"休得后退!"天竺将领朝跌跌撞撞的兵士叱咤道,"速速进击,将前方步军驱散,如此则敌军自然溃不成军了!"

照天竺将领心中的算计:骑军直驱而入吐蕃步军阵中,在中央突破后,转而迂回,向右侧突入泥婆罗军阵,泥婆罗军便将受制于自己放置的二重栅栏，进退不得，顷刻便被天竺骑兵踏于蹄下，碾成齑泥才罢。

天竺军在泥婆罗军的如雨箭矢下折损惨重，却照旧一意前行。先锋总算接近吐蕃兵阵前，眼看就要突入进去。

先前探子向阿罗那顺回报说大半水土不服已经毫无战力的吐蕃兵士，此刻却动作异常迅捷，还不及天竺骑军冲荡便呼的一声尽向左右两侧散开去，齐整划一叫人吃惊。天竺军的正前方刹那间变成无人的空野，好不尴尬。要追上去又不晓得左右往何处去，略一迟疑脚下便放慢了速度。前头一慢下来，后续却已经拍马杀到，一大队人马放缓了奔袭，且进且止，几乎就地停在平野，正是空荡荡毫无防备的空阔地带。

恰在此时，泥婆罗军阵前设置的二重栅栏一瞬间没了踪影。原来泥婆罗兵士挥刀斩断了连接栅栏的绳索，栅栏尽向外侧倒下，阵前于是毫无障碍。

"上马！"

罗吐那一声令下，泥婆罗兵士飞身跃上马，争先恐后呼号着压向前去。罗吐那胯下爱马前蹄腾空高高跃起，一马当先，早已冲入天竺军中。只见银光一闪，罗吐那手起刀落处，刀下活物已经变为两截。

"一个不须留，与我全杀光！"

泥婆罗军恰似奔流一般，从天竺军背后蔓延而至。天竺军因人马密集，一时动作不得，唯有招架的份。不是后背中枪，便是头颈挨刀，或滚落马下，或连马带人倒卧于地，污血迸流，地上、草丛中尽是血腥臭气。不消多少工夫，天竺军已经尸横遍野，有来无去了。

眼见骑军遭围杀，天竺步军还想上前援救，却不得不急行一段路程。虽距离算不得甚远，又是向下缓坡，终因身披盔甲，到底是远水难救近火。加之从高处向低处而来，毫无藏身之所，正面又是飞矢如雨，每行一步都有数十人中箭倒下。好不容易奔至厮杀的主战场，又已经折损过千。气息还未定，以逸待劳的吐蕃兵正迎上前。

"老子这厢等着你呢，慢吞吞的天竺笨牛！"

杀声起处，吐蕃兵的快刀已经不分青红皂白劈杀下来。可怜天竺步军还没等看清楚吐蕃兵的模样，早已阴阳两隔了。

论仲赞喘了两口气的当儿，已经将天竺兵四人斩杀于地，迸流而出的血也顾不得躲避，头上肩上溅了一身的血，笔直地朝天竺步军阵中闯去。此时的论仲赞与才从雪山来到低地时候比起来，简直判若两人，叫人无法想象。

紧随论仲赞身后的吐蕃兵也个个勇武非常，长枪刺入天竺兵身体，都顾不及拔出来，从腰间扯出直刀再向前面砍去。被刺中的天竺兵摇摇晃晃，痛苦地欲拔出枪来，吐蕃兵看也不看，径直朝身体上踏将过去。

再看这一场激战：银光闪处，顿时化作绯色一片，血水迸流；手起刀落，咔嚓嚓盔甲顿作两半，刀刃崩出无数缺口。血色的沙尘中只见黑影起伏，圆的是人头，细长的是手脚，一块块一团团在空中飞舞抛落。

天竺兵自然也毫不示弱，拼了性命抵挡，不过也只有少许的工夫，渐渐支持不住，往后退一步，两步，于是瞬间崩溃瓦解，个个拖刀夺路而逃。

"天竺蠢人往何处逃！"

论仲赞杀得眼红，左右开弓，转眼砍倒二人。第三个正从右肩砍下去，不意刀刃因多处缺口已经失了锋利，加上血肉模糊，裹在刀口上，如何砍得下去，反倒将一大段刀身崩飞了去。论仲赞咂一咂舌头，索性将半截刀身撇向天竺兵，顺手从天竺兵尸首上抄起一把刀，又朝前面杀将过去。

此时，天竺军已经半数化作了泥婆罗骑兵刀下的死尸，幸存的慌不择路四下逃窜。泥婆罗骑军将包围圈越缩越紧，余下的天竺兵便似砧板上的鱼肉，任人宰杀了。

"这里有一条退路！在这里！"不晓得谁叫了一声。

天竺兵血红的眼睛猛然发现前方似有一条生路。原来在泥婆罗兵的刀枪丛中，北面却约略有些松散，包围不甚紧密。于是，天竺军蜂拥而向北面奔去。

说起来，王玄策的全部人马仅有八千余，要将三万天竺军围得严丝合缝自然是无可能的，免不得有薄弱之处。

说话间，尚存的天竺军挥舞着折断的枪及没了刃的刀，死命朝北面突进。人之将死，拼起来自然不遗余力，面对余勇尚在的天竺军，泥婆罗兵左闪右移，渐渐被冲开一条路来。天竺军欢呼雀跃，终于杀出包围，将泥婆罗兵撇在身后。

孰料这又是王玄策的一计。

天竺军不论步军骑兵皆摩肩接踵，推推挤挤，疾突而至。此役天竺军始终以密集队形移动，故而死伤惨重，此刻突出包围依旧队形密集。天竺军正在庆幸突破包围圈的时候，不意却是自投罗网。

"前面是大河！"前头猛然响起一片绝叫。

"快快停下！"

"休要推搡，休要推搡！跌下去了！"

说时迟那时快，只见数百人马顿时已经脚下浮起，落入大河中了。原来前面并无寸地，只有激流滔滔的恒河，河水黑浊，水面甚阔。

再看水面上，数百的飞沫溅起，数千的人马手足乱舞跌入河中。好不容易将头露出水面，更有数以千计的人马叠压其上。人体与人体，马匹与马匹，相互挤撞着激突起浑浊的飞沫，顷刻间便沉入水中。沉入又浮上，浮上又沉入，如此十余二十来次反复后，恒河浊流上泛起一片片血色，令人不由得心惊胆战。

"恒河凶残的巨鳄想必也会吃厌了人肉吧。"立马在河岸观战的王玄策低声说道。

只此一刻，胜负已经决出。王玄策设计的背水之阵，化前人的战法为我妙用，将身后大河设作天竺军圈套，以少胜多，以弱胜强，实在是惊天动地、妙不可言的大成功。不过胜负虽定，王玄策脸上却全无喜色。

赫罗赫达这一战，阿罗那顺的天竺军共战死三千余人，溺水而亡者更达一万余，而唐、吐蕃与泥婆罗三国联军折损仅百余人。天竺军弃刀枪而降者亦不下万人，王玄策将其全部驱散。

"我军八千人马，俘敌万人，如何有恁多的粮草养得起？况且，多了这许多的俘虏如何又行军作战？不如使之回曲女城去，将天竺败北的惨状说与百姓听也好。"

天竺兵士伤残不整，模样甚是狼狈，从平野消失而去。吐蕃兵士及泥婆罗兵士打扫战场，将天竺军弃下的武器补给自己。

王玄策运筹帷幄，终算完胜了第一战。不过，篡国逆贼阿罗那顺仍盘踞曲女城，主力大军毫发无损。却说这阿罗那顺闻听赫罗赫达战败的报告，怒气冲冲，亲领了大军，欲前来与王玄策决战。欲知其后战事如何，且听下回分解。

第八回
阿罗那顺统兵挽颜面
王玄策施计破象军

一

却说赫罗赫达完败的战报传到曲女城，顿时一片骚然。

"战死三千余，溺死者过万，侥幸活得一命者皆四散逃亡而去。"

逃散的天竺兵士大半负伤潜回曲女城内，焦头烂额，浑身血腥。从其口中，天竺军惨败之状传遍黎民百姓中，一时间各种传言飞短流长，甚而传入王宫内外，自廷官而至平民，莫不人心惶惶。

"倘使当初便尽遣威震四方的天竺象军出战，又怎能遭如此惨败？我天竺十数万大军在握，怎地便败给吐蕃、泥婆罗？只因你临决战而惜兵力，才会败的，不是吗？简直是丢人现眼，毁了我天竺威名。横是你原本就不具备王者之才器！"曲女城内率先发难的声音，来自阿罗那顺的王后。

阿罗那顺怒气冲冲，先是面红耳赤，继而因狼狈与不安变得苍白无色。他从王座上立起，似困狼在圈里转圈子一般，心烦意乱地来回踱步。一无遮拦的恒河平野上，三万精锐天竺军竟是如何败给不足万人的敌军？阿罗那顺在王宫里左思右想，硬是解不开这个谜。

阿罗那顺的王后原是个河东狮吼的泼妇，见夫王闷头不言语，偏是劈头便不依不饶地数落起来："此番应当尽遣象军出战了吧？你更须亲统大军出战才是。天竺眼下兵力还有个五万或十万吧？"

"尚存七八万。此番出战，本王自然会亲自统领象军前往，一扫敌军。你就不必多言了！"

阿罗那顺说毕，走出王宫。再坐在王座上，只会继续招致王后的数落，弄到耳痛心烦。

阿罗那顺卸去镶嵌宝石的绢丝朝服，换上王者出征时的战袍。只见这身战袍，黄金为胄，五根孔雀羽毛为饰，外加一裼黄金甲，上面镶嵌着红玉绿玉，再披一领金丝绣花斗篷，腰间配一柄宝剑，剑鞘上几粒钻石闪闪发光。

到得营中，将众将领召集起来，阿罗那顺命他们即刻布告点兵，两日内务必全军赶赴曲女城集结。又将从赫罗赫达归来的残兵败将招呼来，重新编为一队，并将敌军情况仔细说来听。心有余悸的残兵败将七嘴八舌道来：

"原以为敌军不足万人，其实兵员数更在此之上。我天竺军本欲堂堂正正与敌战之，却不料敌军卑劣无耻，设计将我军骗至大河岸边，从背后偷袭我军，实在是可耻可恨……"

这帮残兵败将为了减轻自己的罪责，不顾事实乱说一气，却实在是于事无补。

阿罗那顺心下恨恨不已，正在生着闷气，此时邻近的领主呈上来一件东西，却是不晓得从什么地方弄到的一纸大唐使者发布的檄文。

檄文用梵字写在绢布上，内容大致如下：

"大唐国使王玄策奉敕告天竺诸国王侯：帝那伏帝国主阿罗那顺暴虐愚昧，弑杀君主戒日王，逆篡国柄，背信灭伦，有负先王遗德。更有甚者，竟将我大唐国使无端投狱，其非道无礼，实乃天竺史上绝无前例……"

檄文指阿罗那顺为弑杀戒日王的凶犯，且无法无天陷大唐国使一行于牢狱之中，言语之间甚是疾言厉色。阿罗那顺锁起眉头，撇一撇嘴，心绪不宁地往下面看去。

"……欲齐举义兵，共讨此天地不容之逆贼。唯愿十日后会盟于赫罗赫达，以正正之旗、堂堂之师诛灭是贼。敬期诸王侯聚义匡正，杀贼树功。是记。大唐贞观二十一年十一月，大唐国正使王玄策。"

阿罗那顺骂声不绝，欲将檄文扯碎。一时心急手急却扯不碎，于是投于地上，再以脚踏之。

回到王宫，还不及坐上王座，王后牵着王子来到眼前，手里却拿着那纸脏兮兮的檄文。想是哪个人偷偷将它送去王后处的。

"大王，这轻狂无礼的檄文你可看过了？"

"看倒是看过了。"

"大王意欲何为？"

"檄文所说乃是一派胡言。本王没有弑杀戒日王，他的死或是婆罗门暗中做的手脚也未可知，即便如此，也非本王唆使。本王只不过趁戒日王急逝之际……"

"大王向妾身做此辩解又有何用处？"

王后冷冷地回道，随即又问："且不去管它这些。倒是檄文的后半，横是想要乞师天竺诸国王侯，召集兵马再与大王一战吗？"

"偏他就能召集起来的吗？"

"为何如此笃定？莫非你比这个王玄策更加众望所归吗？"

阿罗那顺面露不快之色，将目光移向别处，亦不作声。

王后却不管夫王的反应，呶呶不休地说道："倘若十日内天竺各国军队集结起来，敌军岂不是变成人数众多的一支大军了吗？你又将如何应付？"

"本王心中自然有数。"

"如何有数？"

"本王将于十日之内先将唐使的军队击破。如此，则天竺各国军队还不及集结起来，便已四散而去了。你妇道人家还有什么说道来？"

阿罗那顺视线回转来盯住王后看。王后冷笑道："你只会吓唬妾身又有何用处？倘若一日不能令唐使闻你之名而魂飞魄散，大王的权威便一日不得恢复。"

正说着话，旁边却有人插言道："嗯……父王！母后！"说话的是阿罗那顺之子、帝那伏帝国的小王子。

"孩儿有一事不明……"

"我儿这般聪明过人，有何不明的？说来听听。"

"写这纸檄文的可是大唐国使吗？"

"他自称是呢。"

"既如此，则关在牢狱中的唐使又是何许人也？总不会关在牢狱里写此檄文吧？"

王子的目光直视阿罗那顺。阿罗那顺眯缝起一对眼睛，此刻方才如大梦初醒，想起王玄廓的事情来。

"那个中华蛮人，莫非他不是唐使却谎称唐使，来诓骗本王吗？"

只见王后从玉座上立起身，觑一眼阿罗那顺，猛一声喝道："连小儿都能看破之事，为何你却至今不曾料想到？似这等迂腐糊涂之人，如何还能称霸全天竺?！"

"横是你也未曾料想到吧？做什么却只是数落本王来？"

"分明是自己之过，又为什么偏朝旁人身上推呢？妾身才不屑与你争辩。早说与你听了……"

王后一张利嘴像喷出火来似的，兀自不肯罢休。阿罗那顺只得拼命抑住心中怒火。

"眼下须应付的倒是那狱中的唐使。哼，自称唐使的畜生，再不能弃之不问了。本王定要将他好好审一番，再处以车裂之极刑。还有替那畜生求情的老婆罗门，也当以同罪论处。左右兵士，即刻与我前去将二人拿了来！"

二十名兵士执刀枪直奔向老婆罗门那逻迤婆婆寐的住所。不多时，却只见众兵士两手空空回到宫里。原来老婆罗门早已同王玄廓一起人去屋空，不知下落了。

"气煞我也！将牢狱中的唐人通通与我杀了！从城头上掷下去！不，将他们通通关入猛虎舍内，让猛虎吃了他们！"

阿罗那顺在那厢止不住地怒号，这边他的王子却起身劝阻道："父王息怒。倘若做得太过，倒叫天下人闻之切齿，会失了人望的。"

"乳臭小儿休要在此胡言乱语！"

"大王！你连我儿的话竟也听不得吗?!"

"……不，那倒不是。"

"狱中的囚徒无论何时要杀便杀得了，不须大王费心处置，倒不如留得他们性命在，还可作人质，故此不必性急杀之。眼下最情急的事情，莫如召集起来人马，速速出战。前番已经吃了败仗，若不尽早出战，一雪耻辱，击退来犯之敌，兵士及百姓都会轻看你的！"

"这个本王自有安排，你就不必多言了！"

至少对阿罗那顺来说，统治王后比统治国家百姓愈加重要。

王子见到父王垂头丧气的模样，倒不禁心生一丝怜悯之意。

此刻，阿罗那顺的心里烦躁不安。其实他倒也并非纯是笨伯一个，自僭冒即位以来，他对内对外皆已做了一些安排。

对内将戒日王的遗属各个幽闭于自己的住所，相互断绝消息，不得联络，使之不能从事反对阿罗那顺的活动。百姓中甚有声望的拉迦室利公主被幽禁于府内，正是这个道理。阿罗那顺又与婆罗门教有势力的人物相与约定，攘斥佛教，尊护婆罗门教，将之拉入己方；又将戒日王所遗财宝半数归入自己囊中，另一半则派分给众将士，使之成为自己的贴心人。

对外则遣使者往对戒日王并佛教心怀不满的诸国王侯，历数佛教势力一旦复活，将给各国带来威胁云云，竭力笼络各国王侯支持自己继位。

不意事难遂愿，各国王侯中无人附和他。即或是先前对戒日王及佛教心有不满者，如今便拥戴阿罗那顺却也断言不得。

"这个阿罗那顺乃何许人也？帝那伏帝国主？却是哪里冒出来的无名小国，倒从不曾闻听过呢。"

"这个阿罗那顺竟自称是戒日王的后继者，岂不是天大的滑稽？分明是僭冒戒日王之名。即如我等有来历的王侯国主，怎么便要听命于他？"

"不管他说什么，眼下暂还无必要与之急急沟通交好，且看一看形势再做决断也不迟吧。"

诸国王侯各怀心事，既不遣派使者回复阿罗那顺，也不表露任何不满，只是不声不响地静观事态。

阿罗那顺欲威加四海，在诸国王侯中间建立权势，自然就须向诸国王侯展露自己的雄威，轻易出战不得。若要战则必以强兵全歼故敌，将来犯的泥婆罗军与吐蕃军一举击破，这才是他的目的。不想如今以多敌少，却还是吃了败仗，他必得收复失地，挽回颜面。故此不待王后数落，阿罗那顺自然也是早晚要亲统大军，与唐使者统率的泥婆罗与吐蕃联军一决雌雄的。

于是，阿罗那顺急急点齐了曲女城内外的兵士，做好了出战准备。

二

再说自出了王宫便一去不知所踪的老婆罗门那逻迩婆婆寐与王玄廓如今却在什么地方？这里暂且按下不表，后面自会交代，却来说说曲女城内黎民百姓有何动静。

拉迦室利公主的侍女耶须密那奔走城内各处，收集消息。包围住所的兵士大半也因阿罗那顺预备出战而被召集了去，故而耶须密那进出竟无一人来阻问。

"公主殿下可曾听闻了？阿罗那顺的军队出战惨败而回，一个个萎靡不振，如今说起战事来还心惊胆战的。好不叫人高兴呢！"

双目失明的拉迦室利公主听得侍女报告，菩萨低眉说道："天竺军队想必是折损众多吧。耶须密那，切不可只顾高兴，平日我教你的菩萨心肠哪里去了？他们也是有家有室的呢。"

"晓得了，公主殿下。"

耶须密那做一个俏皮表情，双手合掌答应道。俄顷又双目发光说道："既如此，就叫佛祖来普度天竺兵士吧。

不过曲女城的黎民百姓可全仗唐使者匡救呢，故而耶须密那还须在此为唐使者声援。"

"真叫人拿你没法子。我也不管你，只管随心去做好了。老身也是希望你所救那二人此番得遂所愿，惩治阿罗那顺那个篡国逆贼。"

听公主如此说，耶须密那忽又想起一个古怪问题："如此说来，公主殿下，在赫罗赫达大胜阿罗那顺的唐使者，可就是先前公主和耶须密那所遇到的那两个中华人吗？"

"偏你说的什么古怪话，自然便是那二人啊。难道还是其他人不成？"

"耶须密那想也正是那两个。不过掏心里话说，先前对那两个还不抱什么期待呢。倘若离了曲女城直接便逃亡而去，也不想责怪他们，这回倒叫我刮目相看了。空手脱狱出去，如今却领了人马来将阿罗那顺的三万军队一举击破，着实了不起。"说话间，耶须密那双拳握紧，"我等也定有空手而能够做的事情。想要匡救曲女城，自然也不可以尽赖别人，耶须密那也须做些什么事情！"

耶须密那似已心有所想，替拉迦室利公主备好茶水，便闪身又出了府门。

三

却说阿罗那顺征集了八万人马，将其中一万留在曲女城做守备，率领着其余七万人马浩浩荡荡出战。军马共一万二千骑，战象二千头，较之戒日王的最鼎盛时期远所不足，却依然称得上是一支堂哉皇哉、威武显赫的大军。只见刀枪闪闪作银光逼日，旗帜盛陈似云团遮天，七万人马如恒河水一般霍地直泻出曲女城门。

这边消息即刻传到了王玄策耳朵里。

"妙计已经成功了一半。"王玄策自言自语道。一旁的蒋师仁忙不迭拍手，喜不自禁道："想不到阿罗那顺这个逆贼，这么轻易便入了王正使的圈套。如此急急地出城，合着他自己来找死呢。"

原来，此前的檄文又是王玄策的一计，意在诱使阿罗那顺准备不足便仓促迎战，一战决出胜负。

倘若此前臣服戒日王的诸国王侯阅了檄文，肯发兵前来助王玄策一臂之力，自然是再好不过；可十日之内集结得起来多少人马，兵员的战力又如何，着实捉摸不透。故此王玄策其实也并未存多少指望。

"十日后以戒日王复仇为名，天竺各国王侯便将集结起大军，前来攻我曲女城。务必在此之前，尽早击破唐使所率联军。胜负只在速战与否。"只要叫阿罗那顺生此念想，方才是王玄策发布檄文的真正目的。

曲女城乃天竺首屈一指的坚城要塞，易守难攻。若阿罗那顺一直龟缩在曲女城，双方演成持久之势，王玄策势将无计可施，奈何他不得。泥婆罗兵也好吐蕃兵也好，总不能无休无止地客征异乡，时间一长便会生出归乡之念，加之人马的粮草秣养也不是件易事。

即便天竺诸国王侯率兵前来应援，兵多将杂，统领起来也颇叫人头痛。天竺各国的王侯国主，本来就是性情独立不羁，难以驾驭，此前只因戒日王的雄威与人望一时无与匹敌，故而对其面北臣服。王玄策究竟比不得戒日王，况且他原本就不是天竺人。倘使一次二次攻城不下，势必不满之声四起，甚或离脱撤退之王侯也未尝没有。不要说为戒日王复仇了，好不容易集结起来的大军也迅即分崩瓦解，此时只消阿罗那顺轻松一击，必定大败无疑。故此只可速决，万万不可拖入持久。

不过，任是锦囊妙计也必有利弊两面。阿罗那顺的王子所说之事，并非王玄策疏失没有算计周到，只是思想再三苦无妙策，也只得寄望于二弟王玄廓身上了。

"二弟不是轻易便被杀死的好汉，定会用心迷惑阿罗那顺，保全狱中众弟兄性命。"

王玄策既无神通之力，哪里晓得曲女城内此时的事情，只得相信并为二弟王玄廓祈愿了。

四

"前次是白昼战胜了阿罗那顺的三万大军，今番的对手更是十数倍于我。倘若正面相接，势必如羊入虎口，自身不保。"

"王正使又要出什么奇阵吗？"

"除此别无他计。此战的紧要之处，便是将敌引至对我军有利的地形。"

赫罗赫达之战王玄策在恒河岸边摆开背水之阵，今番阿罗那顺亲率天竺勇猛无敌的象军前来迎战，王玄策却设计要以恒河为屏障，隔河对峙，做出一副等待的样子，使阿罗那顺愈加性急。本来战事愈是稽延时间愈是对王玄策不利，此时却务必不可让阿罗那顺看破。

王玄策在恒河畔布好战阵。恒河自西向东而下，其间有数处曲弯，王玄策在一大曲弯处的西岸筑起营栅，便一心等阿罗那顺来攻。

此地名曰荼镈和罗，位于平野中间，河岸边有茂林修竹、湿地沼泽，王玄策须最大限度利用此天然地形。王玄策从邻近村落购置齐备了所需的物品，迅疾做好准备之后，便命泥婆罗骑兵从下流处飞马游弋。

"来了！阿罗那顺的先锋已到了！"

从马上，王玄策将对岸情形看得一清二楚。褐色尘土飞扬之中，麇集着无数巨大的黑影，横向一字排开的阵列，一望无际，恰似一座移动的万里长城。霎时间，地动山摇，一阵令人毛骨悚然的咆哮声如闷雷沉沉，传至百里之外，声震林木。

那便是阿罗那顺自诩天下无敌的战象部队——象军。

"此威风凛凛的阵势，果然是名不虚传呢。"蒋师仁点头说道，"究竟有什么法子可与这战象相接？卑职实在无法想象。"

"孙子、吴子都未曾留下与象军作战的兵法，故只得自己去思考了。不过，幸有前朝刘卢公的珍贵战例，堪作参考。我即是想从这里得些点化呢。"

刘卢公即隋朝之大将军、驩州道行军总管、上柱国卢国公刘方。炀帝时曾奉旨平定南方叛乱，是个武勋卓然的名将。

《隋书·刘方传》中有如下记载："既渡江，行三十里，贼乘巨象，四面而至。方以弩射象，象中创，却蹂其阵。王师力战，贼奔于栅，因攻破之，俘馘万计。"

说是战例，也不过就只有寥寥数语，语焉不详。而中华历史上击破强大象军的战法只此一种，刘方便是用了此种战法：以较之弓更为强力的弩或是投枪，集中发射。象中箭必狂乱暴走，不分敌我恣意践踏冲撞，瓦解阵形。传言双角王亦是用了此战法，一度大破古代天竺象军。

自然，阿罗那顺对于敌军专攻战象也是有防备的。将战象全数披上象铠，象铠以铁锁及铁板联结而成，箭不能透，虽中亦立即弹落，无法穿入；从远处投掷投枪，也不能伤及战象。

"就算敌军费工夫算计，又岂能击破这座移动的万里长城？不等这万里长城受创，敌军早已粉身碎骨矣。"

一头特别巨大的战象背上，安了一袭装饰花哨的指挥帅座。阿罗那顺端坐其上，对战事自信满满。

象虽体魄巨大，性情却是温厚而顺从，经训练竟也能出阵厮杀。不过，巨兽终究是兽，与牛马一样，上得阵来性命便由不得它了。随人之意愿或生或死皆在命数，着实是它的悲哀，罪魁是驱使他的人也。

象的城壁之上，刀枪如林。阿罗那顺驱使庞大的象军行进着，巨象每前行一步，阿罗那顺便自信增加一分。

赫罗赫达惨败只因众将领无能，今番本王亲统大军出战，定是胜券在握，怎会再吃败仗？阿罗那顺思量着，竟如春风拂面，好不得意。

"敌军在大河对岸扎寨布阵已毕。"

阿罗那顺接获先锋报告，以手遮额，朝对岸远远望去。

"畜生！想稽延时间，以待诸国王侯率兵前来响应？本王可不会容你得逞。看敌军营栅不甚坚实，我军宜即刻进击。"

阿罗那顺果不其然躁狂起来。天竺军拥有二千头战象，自然每日须二千头的象食，其食量却相当于五万兵士的饭食。对一支征战大军来说，实乃不小的负担。

戒日王在其最鼎盛时期，共有战象六万头，令天竺全土畏怖的自然不止是六万头战象，更令人恐惧的是蓄养得起六万头战象的国力，故此诸国王侯莫不臣服。如今虽只有二千头战象，不过同时拥有千头以上战象的王侯，天竺尚未有第二个。如此怎能不叫阿罗那顺自信满满？

"大王，眼下已经日暮，七万人马还有二千战象夜间渡河着实危险。还是待明日早早全面出击的好。"

听了众将领提议，阿罗那顺也不得不应许。"也好，就待明日再出击吧。不过，接战之前须得着实将他吓唬一记。"阿罗那顺咧嘴狞笑着，向众将领吩咐起来。

却说王玄策、蒋师仁二人正并辔于马上观察对岸的动静。不多时，罗吐那策马、论仲赞步行也来到此地，左右相拥，一同观察情势。

猛然间，对岸传来轰鸣阵阵，声震遐迩，整个天空顿时化作巨大的乐器般，初似百千的雷霆炸来，复如千万的战鼓一齐擂响。众将士震惊之下不得不以手塞住两耳。只是苦了座下的马儿，听它不得，却又避它不过，只得左往右冲跃突不止。

"那……那是什么声响？"蒋师仁扯开了嗓子嚷道。

"巨象！是数千头巨象一齐咆哮的声响！"王玄策也亮开嗓子喊起来。若不如此，就根本听不见说话声。

巨象的咆哮声一旦停息下来，余音未绝，复又轰然响起，真的是惊天动地，叫人失魂落魄。惊惧不已的马匹半数如木鸡般动弹不得，其余则或双蹄前举，跌跌撞撞，或发狂似的四下奔突。

"罗吐那将军，天竺军可有什么动静？"

见王玄策问话，罗吐那脸色苍白，摇摇头回道："未见有出阵的迹象。"

"可是看得真切？"

"看真切了。天竺军似正在支起营帐，立起营栅，做夜宿的准备呢。"

"如此说来，刚才只不过是向我等示威吧。"

王玄策稍露意外神情，又一遍朝对岸张望少顷，确认了罗吐那的报告，侧首说道："倒是奇了，看来阿罗那顺这个逆贼却是个蠢货呢。倘使现在以战象为先锋，全军突击，不消到日落时分，我军定溃败无疑矣。若我为敌军总帅，必会如此。"

"眼看暮色将至，趁黑渡河恐不甚方便吧。"

"这等小事，自然不在话下。"

若在敌军面前强行渡河，天竺军也少不了折兵损将。不过数不清的巨象群塞水断流一般从对岸拥来，王玄策军的马儿见了，必会惊恐万状，无视兵士的命令，狂奔起来将人马胡乱践踏一气，全军顿时必将溃乱一团。

论仲赞在一旁问道："阿罗那顺以大军迎战我不足一万人之师，显见是想从正面以多凌少，全歼我军。王正使有何妙计破之？"

"可见朔风正起？此风对我军正好有利，乃是上天助我。要破阿罗那顺大军，须巧借风向，自上往下奇袭。"

论仲赞稍稍锁起了眉头。若论实战经验，较之王玄策自然是他愈加丰富。此刻他不解地问道："小将对中华的兵法不甚稔熟，却还晓得一点：若是奇袭须从下风处往上才是。"

论仲赞所说极是。若从上风往下风奇袭，则己方的一点点动静甚或气息全都随风传至远处，敌军必会有所防备，故历来巧借风气者都是从下往上的。不过，王玄策却说出另一番道理：

"兵法所言正如你所说。不过此处却是天竺，敌军乃是拥有数千头战象的阿罗那顺。若我军从下风奇袭，上风巨象的声息尽入耳目，我军的马儿闻之惊恐不已，不敢动弹，哪里还说什么奇袭，唯有坐以待毙了。"

"原来如此。"

论仲赞不由对王玄策叹服。

"明日天一亮，阿罗那顺那逆贼必率人马渡河前来突击。那时天竺军便如破竹之势，于我军极为不利了。"

王玄策坐于马上回望一眼，西天一片彤云，赤红的夕阳正欲没入地平线，朔风倒是愈来愈猛了，甲胄在天竺的朔风中叮当作响。王玄策静气平声对蒋师仁低语道：

"今夜便要见出分晓来。"

五

此时恒河河畔的光景，正如天竺神话中诸神将成千上万的红宝石散于地上一般。

恒河似一条微白的巨龙横卧于平野，将漆黑的大地一截为二。河的一方，万千的火炬熊熊燔烧。七万余天竺大军在营栅各处点燃炬火，借以夸示威武显赫的军势。

其时人口七万以上的都市总共才几座，故此这七万余的大军往恒河河畔的平野一驻下，竟宛如平地崛起一座庞大的都市。炬火熊熊燔烧，将夜空映照得赤红一片，加之人、马、象的喧腾嘈杂，随风传往数十里外。即便相距一日行程的偏僻小村，村人也纷纷出户探视，遥望彤红夜空，不晓得出了什么事情，心下惴惴不安。

天竺军威武显赫的阵容，着实叫阿罗那顺自信百倍、踌躇满志。如此壮大精锐的军队，且拥有数量众多的无敌战象，孱弱的泥婆罗军也好吐蕃军也好，岂是我阿罗那顺的对手？此番亲统大军出战，未及交阵，胜负已然如成竹在胸了。只待明早天一启明，即率领大军渡过恒河，突击敌军，定叫恒河水用敌兵之血来染成鲜红一片。

想到此，阿罗那顺就如已经看到那血腥景象，嘴角浮起一丝得意之笑。

"各处须留心意外失火，务取些水来储备，不可造次。"

阿罗那顺吩咐了众将士，又号令军营四下布哨警戒后，便命人马起火做饭，自己更与众位将军摆开酒席，好吃好喝起来。因深信唐、泥婆罗及吐蕃联军悚缩于对岸，竟连游哨、侦察的兵士也没有。

时刻由三更渐近曦明。睡眼蒙眬的天竺哨兵忽觉得黑暗中微微地动，继而闻得阵阵鼓点般声响，由远而近，一直传入耳来，眼前又见无数红点在晃动，迅疾变成一大朵一大朵的。片刻后，方才如梦初醒的天竺兵士没了命一般惊叫起来：

"火牛！火牛！"

只见数以百计的蛮牛，屁股后面系着点火的松明，口角喷着白沫，眼珠瞪得铜铃般大，发狂似的朝天竺军营疾突猛冲而来。

此乃王玄策设计的火牛阵。

中华战史上素有盛名的火牛阵，实际用于战事的倒并不多，更何况牛在天竺乃神圣不可侵的圣兽。以火烧之，令其在前冲锋陷阵，天竺兵士无论如何也算计不到。对天竺军来说，与其说是大出意料，不如说是悚惧万分、唯恐遭神报应的一种战法。于是，天竺兵士慌不迭地奔走脱逃，左往右来，既恐被牛伤了自己，又不敢以刀枪拒之。一时间，人仰马翻，营栅拔地而倒，帐幄也星星点点被松明烧着，霎时间蔓延开去。

好不容易逃出帐幄的兵士，又有飞矢自头上像雨一般落下来。原来在河对岸扎营的泥婆罗兵士与吐蕃兵士，不晓得什么时候竟出现在此岸，此时正弯弓搭箭，火矢齐发。

孩提时王玄策在洛阳亲眼所见的乱战景象，今番却在天竺再演了。相同的景象，如今除了惊心动魄的震撼外，却另是一种美轮美奂，宛若于漆黑一片的布帛之上，将暗红、金黄的砂土尽情泼洒。所至之处，应声而跃起的天竺将士，或急慌慌披起甲胄避箭，或情急之下抄起他人刀枪，五吆六喝，呼天号地，混乱不堪。

"休要惊慌！休得张皇！速速灭火！"

阿罗那顺高声叱喝道。他自己也只顾得上披甲，却顾不得穿胄了。再看眼前众将士，身中飞矢，死的死，伤的伤，有匍地立绝的，有在空中翻几只筋斗而亡的。落下来的飞矢半数为火矢，其余则为铁头黑箭，黑的、红的，冥冥暗夜与熊熊火焰相侵相映。即使躲得过通明的火矢，也躲不过黑漆漆的铁头箭。

此时天幕一片通红，夜空中升腾起冲天火柱。暴走的火牛愈加激奋，天竺兵士或被践踏于牛蹄之下，或被牛角刺肚穿肠，随之高抛空中又落下身亡，进射出道道血腥飞沫。

杂乱之中响起一阵令人失魂落魄的咆哮，似要将黑冥冥的暗夜与红彤彤的天幕扯破一般，林木震籁，大地晃动。原来是狂躁不已的战象开始蠢蠢骚动开来。先是左右激突的火牛被战象撞个四脚朝天，牛尾的松明烧到战象，恰似开了锅一般。战象挣脱了驾驭，四下散逃，象兵急急拉起铁锁，还欲制止，却哪里止得住，只有被战象扯了去的份儿，再被暴走的火牛踩踏，霎时间便有数人一命呜呼。

天竺军营已经全成了火海，牛、马、象及人相互推挤、踩踏、狂奔，混乱的景象实在难以描摹。战象渐次走至河边，扑通扑通突入河中，溅得白沫飞射。数千头的庞然巨象接踵直扑入河，其奇景、其巨响、其气息，乃恒河沿岸百姓有生以来未曾有过的怪异体验。

南国的夜空星宿乱舞，星空下是波澜壮阔的恒河。恒河水本泛着乌黑混浊，此刻却到处皆是暗红与金黄的火焰散落其上，在水面绵延燔烧。被火烧着的战象发出痛苦的咆哮，争相跃入河水中，欲扑灭身上的火焰，而骑于象背上的天竺象兵，则呈圆弧状飞落入河中。随着数千的巨象与数万的兵士一齐跌入河中，腾起万千的大小飞沫，不只是水声杂乱，更多的是悲鸣交错，简直惨绝不忍相闻。

战象中有身披铠甲的，被它照直拖了下去，身重浮不得，只得以长长的象鼻突出水面，拼死喘息以求生存，终于力竭气尽，象鼻也沉入混浊的河中。不曾披铠甲的战象，虽还拼死游泳，却只顾自己活命，哪里还顾得及其他，将四下浮于水面的人、牛与马等尽皆卷入水底。这一幕真可谓天下最可怖的光景，所幸其时也无一人顾得去细细看细细思量。

再说王玄策究竟是如何施行这一奇计的？

挨至日没，阵营各处点起炬火之后，王玄策便率众将士悄悄出了营。只留下七千匹马并三百兵士，其余近八千兵士尽数出动。一众人屏息静气朝上游方向徒步行了约莫小半个时辰，前方已有上百只小舟准备待发。众将士分乘小舟，全军趁着黑漆漆的夜色，神鬼不知地渡了河。

夜间渡河原本十分危险，不过王玄策白昼里便已经做好准备，在天竺军到来之前，备了三根粗绳索贯通两岸，沉于水下。这会儿将绳索拉起，乘坐小舟的兵士扯住绳索，不须划桨，便可前行。这个办法却是王玄策由吐蕃人空中渡峡谷想起来的。因恒河曲曲弯弯，从下游是看不清楚的，即便是在白昼里也很难被人发现。

不损一兵一卒，不到一个时辰，全军于夜间悄然渡过了恒河。又沿河岸前行小半个时辰，潜入河岸的密林中，林中早已备好五百头牛。

至此，火牛阵大获成功。

不过，火牛之计还未完结。徒步接近天竺军营的泥婆罗军与吐蕃军合计七千六百名勇士，伺机一起突入，与天竺兵士展开贴身肉搏。

"切不可被泥婆罗军抢了头功去！"论仲赞抡起大刀，向兵士呐喊道。见此情景，罗吐那也举枪呼喝道："若是落后于吐蕃军，简直是泥婆罗军三代之耻！"

两军于是争先恐后扑向天竺将士，一路砍杀过去。

天竺军的灾难可谓前所未有，还来不及与敌人厮杀肉搏，却已经莫名其妙地毙命了，或中火矢被烧死，或被刀砍去首级，或被枪挑下马来，或被激突的火牛与战象践踏成泥，即便是逃过数劫，最后还是落入恒河中溺水而亡。

这一夜，天竺军单单有名有姓的将领便折损了二百余人，兵士死伤更不计其数。

泥婆罗兵士与吐蕃兵士也顾不得割去其首级，大多都以"割耳计功"，即割下敌人的左耳，揣在怀里，这较之首级要小及轻得多了。

这么做虽有些酷虐无情，不过众将士出生入死，拼了性命出阵，与阿罗那顺的暴戾恣睢相较起来，着实是九牛之一毛矣。

蒋师仁也不甘落于吐蕃兵及泥婆罗兵之后，只见他抡起大刀，左劈右砍，将身旁的天竺兵一一横扫于地。

蒋师仁之勇虽远不及鄂国公尉迟敬德，不过若论单打独斗，恐也不失是一个好对手。历史上，蒋师仁仅于王玄策第二次奉敕出使天竺之时，方才在正史上留下一笔，此前此后皆不知其所在。观其在天竺勇战猛斗之态，想必其应是武官出身。朝廷以王玄策为正使，而以蒋师仁为副使，可见朝廷用人之妙。甚或可以说，勃兴时期的大唐帝国，文臣武将人才多不胜数，王、蒋二人便是一个明证。

再说蒋师仁一口气毙命十数名天竺将士后，满身血污，也顾不得拂去，圆睁双眼，只一心一意搜寻起阿罗那顺来。混乱之中，要找到阿罗那顺的身影谈何容易。所幸皇天不负有心人，忽见眼前一名跨马的敌将左冲右突，正欲闯出重围朝平野一路逃将去。蒋师仁抢着大刀，大叫一声道："逆贼往哪里逃！有我蒋师仁在此，还不乖乖下马来，待我将你折了头颈，割下头颅来祭我死去的弟兄！"原来那人分明正是阿罗那顺。

一声喝罢，蒋师仁随手牵过一匹无人的战马，飞身而上，紧随不舍地朝阿罗那顺追去。此时，东方地平线上白光一闪，天色已渐次灰蒙，阿罗那顺逃得情急，蒋师仁看得分明，哪里肯让他从眼前逃脱？

阿罗那顺究竟能否逃脱蒋师仁的疾追？欲知后事如何，且听下回分解。

第九回
恒河畔师仁擒逆贼
曲女城众将贺胜利

一

却说阿罗那顺踌躇满志的象军霎时间溃败如水银泻地，阿罗那顺好不容易单骑突出重围，正欲逃离战场。

一面疾驰，一面向马后张望。若是不张望还好，一张望愈加心慌。只见蒋师仁满脸狰狞杀气冲天赶了上来，仿佛是判恶人下地狱的阎罗王一般，叫人不由得失魂落魄。

二人愈驰愈近，阿罗那顺情急之下欲拔下腰刀，好向蒋师仁砍去，马的速度便稍许落了下来。这正是阿罗那顺追悔莫及的一个动作。说时迟那时快，只这一瞬间，蒋师仁已经拍马赶到，大喝一声，施出秃鹰擒土狼这一招，从马上伸出两条猿臂，朝阿罗那顺后脊猛抓一把，将阿罗那顺扯翻在地，自己也顺势滚落马下。

二人在地上翻滚了几下，二辗三转都翻身立起来，阿罗那顺刚欲去拾掉落的腰刀，蒋师仁早已经跃至眼前。只见蒋师仁伸手扯住阿罗那顺那盘成卷的螺髻，朝下一用力，阿罗那顺一个趔趄匍匐地而倒。螺髻顿时四散开来，长发如黑鸦之翼披头盖面，遮住了双眼视线。蒋师仁手起拳落，右拳径直朝他面门上重重袭去。

阿罗那顺门面吃了几记猛拳，霎时间眼花鼻酸，口鼻流血，满脸皮开肉绽。摇摇晃晃刚欲立起来，又是一记、两记重拳砸了过来。

"逆贼！记得自己做的什么恶事?!"

阿罗那顺左右闪挪，还想抽手还击，可是出手已经只有招架的份儿，毫无还击之力。蒋师仁将阿罗那顺出手拨开，照准颧下、眉间及颊面骨处又是上下几记，恰似雨点一般，不容闪避。

"再吃我几记老拳吧，莫以为只这几下便结了。"蒋师仁打得兴起，索性骑到阿罗那顺身上，左手扯住他襟领，右手抡开架势，巴掌如扇扇子般捆上去。

"无端被你杀死的兵士的遗恨你几时晓得？狱中饱受煎熬的众弟兄的苦痛你几时体念？自称王者，却恶逆无道，无法无天，今日便是你这个逆贼报应到来之时了！"

蒋师仁将左手松开，也捏起拳头，左右开弓捶下去。

"将军饶命!"

阿罗那顺在下面哀求道。满面因血与泪、涕与尘土混杂在一起，已经污浊不堪，难辨黑红。但见面孔歪斜，皮肉翻裂，叫人不忍正视。

"将军且饶命，饶命！阿罗那顺知罪了，在这里向将军赔不是……"

"说什么胡话呢？事到如今倒来求饶命？在王宫里时却是何等威风哩。你莫要向我讨饶，要讨饶也须向九泉之下的戒日王讨饶去！"

蒋师仁说罢，又是一顿猛拳打去。

"拳下留人！蒋副使，这个逆贼打死不得！"随着一声喝，信马由缰款款而到的是王玄策，身上甲胄浸染着点点腥血。

蒋师仁骂骂咧咧收起拳头，兀自恨恨不已，少顷命阿罗那顺立起来。

王玄策凝视着眼前这个头发蓬乱、鼻血流淌、门齿崩缺、面容不整的篡权逆贼，心里是又好气又好笑。打量了片刻，朝蒋师仁说道："这个逆贼眼下还不好杀死他，且留他一条活命。将他押往曲女城楼下，让城内阿罗那顺的喽啰瞧上一眼，好命他们打开城门。"

此刻，王玄策对阿罗那顺已经由切齿拊心的痛恨霎时间变成另一种心情。即令面容不整、鼻歪齿缺，若能以昂然正气迎视胜利者，倒也不失为有骨气的失败者。不过似阿罗那顺痛哭流涕乞求活命的这般样子，全无半点王者霸气，却只叫人鄙薄小视，连叱咤怒骂的心情也没了。

初日曈昽，东方拨白，一场空前恶战也告煞尾。茶镈和罗这一战，天竺军死伤共计二万五千余，归降被俘者逾一万二千余，王玄策军则死伤甚微，折损仅三百余名，同前战一样又是完胜。

"正使，瞧那边是什么？"

正在将阿罗那顺双手反剪紧缚的蒋师仁，以手指着平野远处一角，声音紧张地说道。只见朝曦之中，刀枪甲胄闪闪发亮，一彪人马奔眼前而来。

"人数约莫有二万以上呢。"

"莫非是阿罗那顺的援军？"

"若是，则你我命运只此到了尽头矣。"

阿罗那顺两眼射出欣喜的光来，却也只是一瞬间的事情。少顷，便见这彪各执家伙的天竺人马已经策马来到眼前，为首一员小将勒马停住，大声问道："大唐国正使王玄策阁下安在？末将欲见王正使。"

"王玄策在此。敢问有何见教？"

王玄策应道，天竺来将立即拨马过来，至王玄策眼前滚鞍下马，单膝跪地道："末将主君东天竺国①国主尸鸠摩响应王正使檄文，欲随同一起诛讨阿罗那顺，特发兵来此。步骑共二万，人马皆待命于此，一并归王正使统领。"

据史书载，东天竺国"东际大海，与扶南、林邑邻接"，一如其国名所示，乃天竺诸国中位置最东之国。戒日王在世时，臣从戒日王。戒日王逝去后，见阿罗那顺僭冒后继者，篡权弄国，心下很是悻悻不乐，只因势单力薄，不敢起兵与阿罗那顺相较。正在静观事态变化之际，见王玄策纠集异国之兵，以少胜多，击破阿罗那顺大军，且周布檄文，共讨阿罗那顺，乃速发兵前来，共襄大义。

王玄策与统领东天竺军的将军相见，二人下马互施礼

---

① 东天竺国：《旧唐书》记载天竺国分为东、南、西、北、中五天竺，东天竺"东际大海，与扶南、林邑邻接"。印度历史上著名的阿育王（公元前 3 世纪时在位）即出身于东天竺。

节。将军向王玄策细说了一番自国内外的事情。

"鄙国之邻邦望伽^①国主设赏迦^②乃湿婆神的痴狂信者，视佛教为外道，一向恶之。此前已经将领内佛教寺院尽数荡平，且坑僧，伐菩提树，后趁戒日王逝去，又将摩揭陀国内数处佛教寺院毁坏。如今接王正使檄文，非但不响应共讨阿罗那顺，却欲起兵驰援阿罗那顺，将佛教从天竺境内一扫而灭之。王正使须千万千万提防才是。"

眼前的事情立时变得纷繁盘错起来。万一不慎，王玄策及其联军便会被卷入蔓延天竺全土的宗教纷争中。王玄策情不自禁心下紧张起来。大唐对天竺既不曾怀一分领土之野心，也无意插手天竺诸国的内政事务，此番来战，亦实在因阿罗那顺无法无礼在先，滥杀唐使随从，劫掠礼敬之物而起。若其自负为戒日王后继，谨遵礼节，对唐使一行人亲切款待，也不会有后面的事情了。

"大唐使者从中华远道而来，向本王敬呈国书，尽享欢待，方才归去。本王乃戒日王之正统后继，大中华帝国皇帝也已承纳。"阿罗那顺向天竺诸国做如此宣明，区区一王

① 望伽：疑为羯罗拏苏伐剌那之误。望伽（Bengal）又译万加，为印度次大陆东北部的一个历史地区，现分属印度西孟加拉邦、比哈尔邦和孟加拉国，数千年前即有当地部落人在该地区组成望伽王国，约公元4世纪纳入印度笈多王朝的版图。羯罗拏苏伐剌那（又称金耳国）为古代印度一国名，约公元7世纪建立于今印度西孟加拉地区，主要领土为恒河三角洲，其国主设赏迦曾挟武力西侵，所到之处坏佛法、毁寺、坑僧。

② 设赏迦（Shashanka，？—约公元637年）：意为月王，公元7世纪时的羯罗拏苏伐剌那国（金耳国）国主，原为笈多王朝（公元320年—公元540年）的封臣，曾设计诱杀戒日王之兄、羯若鞠阇国王曷逻阇·伐弹那。

玄策又能奈之若何？未料阿罗那顺非但不如此做，却恶逆无道，滥杀无辜，致使兵戎相向，流血无数，自己也落得个被生擒成俘囚的下场。由此可见，阿罗那顺其实是个毫无见识的小人。

王玄策踌躇了些许工夫，瞬间便做了决断。先是郑重谢了尸鸠摩王的厚意，随即向将军说道："邻国有设赏迦般危险人物，想必大王也日夜不安。故还请将军即刻率兵驰返东天竺，戒防设赏迦的鲁莽胡为。如此，则我等也可少了背后之虞，此去放心地直捣逆贼阿罗那顺老巢曲女城也。"

其实在王玄策的算计里，此时一气多了许多人马也不好统率，加之若将东天竺国拉入胜利者阵营，战后处理时多一人便多出一张嘴来，到那时却如何是好。故此只得郑重地辞谢，好让他自己引兵回去。所幸尸鸠摩也不是野心勃勃的国主，听得信使报告此地情形，即依王玄策所言，二话不说，当下命将军督军返回。

王玄策命兵士打扫战场至正午，随后便预备拔营起寨直往曲女城。孰料正欲出发，又有一骑使者飞奔而至，告称："在下乃迦没路国①国主童子王②的使者。童子王此前

---

① 迦没路国：又译迦摩缕波国，古印度属国之一，在今印度东北部阿萨姆邦。

② 童子王：名拘摩罗（Kumara，或译鸠摩罗），迦没路国国主。热心中华宗教，曾邀请玄奘前往弘扬佛教正法及将中国道学经典《老子》译成梵文，传入印度。玄奘曾撰写《三身论》三百颂赠给童子王。

接王正使阁下檄文，欲遣派人马与阁下兵马合为一军，特遣在下先来相告。"

却说这童子王一向尊崇玄奘三藏法师，曾与戒日王发生过争执，原来却是为了邀约玄奘三藏法师往彼国讲经论佛之事。童子王对阿罗那顺所作所为也颇不满，不过一直没有举兵讨伐，如今却好不容易有此契机，故此欲发兵共讨逆贼。

这又须得王玄策妥帖应对。王玄策心想：自己俘了这许多阿罗那顺的降兵，尾大不掉，行动不便，如何去得曲女城？再说兵马的粮草也只会愈加不足。于是，欲将一万二千名天竺俘虏交童子王处置，人质只须留阿罗那顺一人便足够了。与迦没路国来使商酌片刻，童子王随即表示乐意接手处置这些俘虏。

"如今只待兵不血刃打开曲女城门了。今日总算到了这一步，再有一气便万事皆有终了。"

不过王玄策毕竟身无神通之力，怎料得到曲女城内还有一个将阿罗那顺捏在手心里的顽敌尚在负隅顽抗呢？

二

王玄策率领众将士直扑曲女城。

兵数虽已不足八千，全军的士气却如冲天般奋发昂扬。击溃九倍于己的强敌，赢得了历代名将也必刮目相看的大胜利，兵士们果然是气势昂昂，自然王玄策也许以诸多好处。东天竺国主尸鸠摩为表诚意，犒赏了众将士乳牛、马、羊共三万头及刀、弓等，王玄策将这些东西尽皆分配给吐蕃兵士与泥婆罗兵士，横直不带回长安去。

王玄策又对罗吐那与论仲赞二将说道："此番入了曲女城，百姓民众一律不得杀伤，亦一律不得抢掠。不过，阿罗那顺的财宝库却可以打开，半数留给戒日王的遗族，半数由你二人自由行赏。"

"如此甚好，众将士必欢喜不已。"

罗吐那与论仲赞欣然谢了王玄策的细心与好意。

泥婆罗国主与吐蕃国主之所以肯发兵，无偿匡助唐使者一行，自然有其深思熟虑的道理。不过上得战场来，兵士们皆远走异国，拼了性命出阵，期求犒赏也是情理之内的事情。虽说两度交战王玄策这厢的联军大获全胜，终究折损了四百来员人马。

从王玄策这边来讲，毕竟只是将败将阿罗那顺掠占来的财宝分出来而已，不是从自己的私囊所出。本来，戒日王遗下的财宝王玄策是不得随意处置的，不过现在变成追回被阿罗那顺强夺了去的礼物的状况，得便分给兵士们些，也是应有的答谢罢了，于情于理皆不为过。

现在，阿罗那顺已不是踞坐在玉座上的全天竺霸主了，以其败将之身只能被囚于槛车，一路声势招摇往曲女城而去。头披木枷，手戴铁锁，满面青淤红肿、血迹斑斑——灰头土脸的样子，真可谓是颜面尽失了。枷锁并槛车都是命天竺俘虏制作，作为放其归乡的条件。阿罗那顺的境遇虽不堪说道，然则也是他自作自受的结果，怨别人不得。

槛车由四头水牛牵着，左右及后面都有泥婆罗骑兵严加监视，十数支枪的矛头对准了车内，阿罗那顺只要稍有暴乱，身上即刻会被扎成马蜂窝一般。阿罗那顺心下是百感交集、思绪万千，哪里还欲反抗，只是至此犹想不明白，自己终究是如何落到这般田地的。

泥婆罗兵士有的朝阿罗那顺的槛车啐唾骂道："我等弟兄死了好几百，原来是因为这个奸究佞人，简直是禽兽不如！"罗吐那连忙在旁怪责。说着话，已经来到了曲女城外。

曲女城所在的山丘虽称不上是天然要塞，不过周围恰是恒河左右两岸一望无际的平野，故此站立在城头上，便可一无屏障地看到地平之极。加之城墙既高且厚，城门坚竣，城头塔楼居高临下威压四方，看上去十分牢固，易守难攻。戒日王踞此城作为施展王威一统天竺的据点，自然也是有其道理：此处退可固守，进则可集结大军出击而平定天下，实乃天竺第一的军事要冲。

摩揭陀国先前的都城原在华氏城①，数百年来曾堪称

---

① 华氏城（Pataliputra）：即华子城，《法显传》作巴连弗邑，《大唐西域记》作波吒厘子，古印度摩揭陀国的都城，在今比哈尔邦巴特那附近。建于公元前5世纪，公元4世纪笈多王朝建立后也曾定都于此。公元7世纪唐代玄奘旅居印度时，该城已经败落。

繁华一时，后因西方蛮族嚈哒人①侵入而化为废墟，戒日王称霸天竺后便定都于曲女城了。

不足八千的军队占据了通往曲女城的街道，做好随时进攻的准备态势。城头上见得到许多人影往来，却不见一支箭射过来。

副使蒋师仁拨马前行，来到阵前，深吸一大口气，然后声若响雷般喝道："城上人听好了！你等主君阿罗那顺现在此，已做了本将的槛中囚。如若不信，只管睁大了眼睛瞧仔细！"

蒋师仁于马上挥一挥手，兵士们立即将囚禁阿罗那顺的槛车推上前。城头上的人影晃动着，随即一阵喧沸汹汹地传来。蒋师仁力压嚣嚣的人声又厉声喝道："城上人可看清楚了？命你等速速打开城门，束手就降，不得有违。倘若使什么花枪，叫你等的主君即刻身首异处，死于阵前！"

正在此时，城头上传来一声尖叫，字句倒是分明清楚："叫我等开城，你想也休想了！"

是一个女人的声音。

---

① 嚈哒（Ephtalite）：又作嚈哒、挹怛、挹阗，西域古国名、族名，亦名滑国。原系游牧民族，一般认为是与大月氏混血的匈奴人，故又称为"白匈奴"。初居阿尔泰山南，约公元4世纪末西迁阿姆河流域，公元5世纪时多次西攻波斯，南占吐火罗并入侵印度西北部，东向塔里木盆地扩张。建都拔底延城（在今阿富汗西北部）。公元516年—公元558年间与中国梁、北魏、西魏、北周有交往。公元6世纪中叶为突厥和波斯所灭。

王玄策与蒋师仁吃了一惊，不由得四目对视。停了片刻，蒋师仁又第三次喝道："本将一而再、再而三命你等速速打开城门！如若不允，可莫怪我手下不留情分，阿罗那顺的性命只怕到此休矣。"

　　"休要来唬我！要杀便杀好了，随你是煮是烧，我偏是不开城！"

　　"说什么昏话呢？想你便是阿罗那顺的妻不是？你这个毫无良心的悍妇，难不成眼看着自己的夫君被杀吗？"

　　"这般全无骨气的废物，妾身羞以为夫君！"

　　这女人回答得好生干脆，态度决然，没有丝毫的踌躇。事情实在太出乎意料，蒋师仁竟一时闷闷地说不出话来。

　　此时，那女人却朝阿罗那顺高声喊道："大王！你可听得见妾身说话吗？若是听见，就做一回男子汉大丈夫又何妨？也强似做缩头乌龟这般叫人耻笑。天竺拥兵无数，更有所向无敌的象军，却吃他败仗，自己又做了槛中之囚，身为武人，天下还有比这更加耻辱的事情吗？今又被他牵来城下，逼我开城，直叫为妻为儿的无颜以对！还不快快引颈就死！杀夫杀父之仇，妾儿自会以血还血，终得相报，你就不必多念了！"

　　阿罗那顺之妻的声音落下，曲女城内外似野外荒郊的坟墓般霎时间静息下来。少顷，蒋师仁如梦方醒，面有难色问王玄策道："这却如何是好，王正使？"

　　"看来这不是阻吓，倒是真心话呢。横是天竺也有这般临大节而一心不慌的奇女子！"

"眼下却不是叹服的时候。倘若那女子是说真心话，无论如何不肯开城，则须全力强攻了。"

古今中外，大凡攻城须三倍于守城的兵力才可奏效，此乃兵家常识。王玄策所率人马原不过八千余，此前两战已经折损了些，如今欲以七千余兵士攻陷坚峻无比的曲女城，实在是件至难的事情。虽已经二度取得了超乎兵家常识的大捷，今番却叫王玄策也不晓得怎的做才好了。野战中神勇无敌的泥婆罗兵士与吐蕃兵士，眼下要说攻坚，究竟如何倒不好说了。

"逆贼！听见你妻在城头上说的话了吗？身为夫王，怎么就忍得呢？横是没的话说吗？"蒋师仁朝阿罗那顺呵斥道，阿罗那顺却只管在槛车里蔫了般默默无言。

此时又听得阿罗那顺之妻朗声说道："无礼的中华人，还不想退兵吗？倘若不退，你等在狱中的同僚尚有三十余名，即刻便一个不留通通处死！"

女人言罢，仰天冷冷长笑。俄顷又道："谅眼下忌虑的不应是我，倒是你等吧。你等虽欲驰救狱中一众人，只恐是徒劳一场。不舍几千里远行来我天竺，莫非只是来看同僚受死耶？好不优哉！"

这一通抢白，顿时令蒋师仁满面赤红，狼狈不堪。

"呜呀呀！可恶的女人，气煞我也！王正使，究竟再使何计可破之？"

"嗯……"

"若要攻陷此城，仅此八千一万的兵力谈何容易。早知如此，莫如没有急急遣返东天竺国的人马，而是合为一路大军，将曲女城包围起来而后攻之，岂不是更好？"

蒋师仁所说自然不差，不过王玄策计算的却不是蛮攻抑或是陷于持久，最善之策莫过于使敌人驰心失神，才好于疏虞间诱其速来决战，这便是王玄策的基本思路。故此正在马上筹谋着如何才能令城内守敌打开城门突出城来，倘使一切如意，今夜便当依计而行。

孰料事情偏偏又出意外。正在城头上傲然挺胸、慷慨陈词的阿罗那顺之妻的耳旁，蓦地响起一阵汹汹喧哗声。

三

原来是数百人一起发出声音，似歌咏般齐齐责骂阿罗那顺之妻。声音不是发自守城兵士，众将士面面相觑，少顷转向城垣内侧。那女人心想，定是城内无知百姓聚集喧闹。

"愚民因何事喧哗？"

那女人紧蹙双眉，不悦地问道。只听得下面一名兵士上前来禀报，称城内一群贫苦百姓在一少女煽动下，正聚集城垣下，齐声叫道："阿罗那顺，快打开城门！"

"实在是可恶的愚民！国主的王恩一丝也不记得了，竟敢背叛国主。似这等忘恩负义之徒，留他活命也无益处，快去将他们通通处死！"

阿罗那顺之妻攥紧拳头，恨恨地吩咐道。一旁的王子开口劝说道："母后，城内百姓虽说杀得，不过黎民的怨尤却杀不掉。即令黎民怨尤不再，滥杀无辜终归不是王者所为，故请母后息怒，万万不可草率行事。"

"我儿真不愧有仁义之心也，对如此忘恩负义的愚民也不忘记宽怀以待。此事我儿则不须忧烦，不管他城内也好城外也好，但凡敢于无视我家王威、忤逆我家者，一律杀之无赦！有母后在此，何人敢伤我儿？"

"万万不可！母后，还请设法救出父王。倘若据此城坚而固守之，也不会有援兵肯来相救，只会枉自多流血，招致更多怨恨而已。"

任王子苦口婆心铮铮劝说，那女人却毫不转意。只见她一面将王子揽入怀里，一面扬手吩咐身边兵士道："牢狱中华人尚未饿死的还有吧？带五六人来，一个个斩去手足，从城头上掷下去！做什么还迟迟不去？速速去带了来！"

一干兵士受命，荷枪而去。王子抵死相谏，那女人却终不为所动。

兵士们才要趋步走下石阶，却又停住了脚步，原来是一名衣着污秽不堪、头上缠一油黑布卷、浑身发散臭气的汉子挡在了眼前。汉子所发气味乃葱蒜之辛臭，使众兵士情不自禁地以手掩鼻，连连呵斥道："这等贱民为何现身此处？还不快快让开！"

原来佛教与道教皆有"五荤"之说——五荤即五辛，也即是葱、蒜、韭菜、洋葱及兴渠五种食物，因其气味凶险，昏神伐性，故被列为忌食之物。天竺则另有说法。凡执行刑罚、处置人畜死尸、清扫污物的"达利特人"却非吃不可，只因其是不可接近的贱民，吃了这类辛臭之物，浑身恶臭熏天，才好叫人避之不与接触。听起来煞是苛酷，不过似这般身份歧视长久以来在天竺却是天经地义。

兵士中一人举枪欲朝那"贱民"刺将过去。恰在此时，那汉子却奋身跃起，灵动似脱兔，手起处只见一道寒光闪过，兵士还未及回过神来，握枪的手已经连手带臂切去了一截。"哇呀"一声惨叫，枪并手臂一同滚落于地上。汉子从石阶上操起枪来，猫腰朝上蹭蹭蹿出几步，三步两脚就已经来到城头，将枪照准王子脚下一扫，王子双手着地，匍地倒下。汉子顺势将王子擒在手里，将一柄短刀抵住其喉咙口。好一条身手利落的汉子。

"你……你要做什么？"阿罗那顺之妻恍惚了片刻，方才问道。

"你也亲眼见了，我这刀尖正抵在你小儿的喉咙口呢。"好汉露出无可畏惧的笑靥。原来他正是此前不见了踪影的王玄策族弟王玄廓！此时他身上头上虽污秽不堪，且瘦瘦了许多，双目却仍炯炯有神，锐意十足。短刀上寒光凛凛，透着杀气。王子已经是面色如灰，闭上眼睛，只待挨他一刀。

"休要妄动，动一动我便杀了他！"

"英雄住手！英雄住手！有什么话好说，只求英雄千万勿要伤害我儿。"这女人的气焰顿时灰飞烟灭，做出百般可怜的样子，欲朝王子身边靠过来。王子却被王玄廓紧挟着动弹不得。

王玄廓冷笑一声道："呵呵！好一个诃梨帝^①般人物，他人之子杀起来眼皮也不眨，轮到自己之子如何却舍不得了？"

王玄廓手中短刀死死抵住王子的喉咙口不移，朝阿罗那顺之妻叱喝道："打开城门！若还不打开，定叫父债子偿，立时杀了此子，报我死去弟兄之仇！"

"左右兵士！听见了吗？还不快快动手，打开城门！"

城头外王玄策正与众将商议最善的攻城之策，只听得城头上一阵喧哗声，似是城内发生什么混乱，王玄策因不明何事甚为着急。少顷，猛然响起几声叫唤，随之又四下无声，一片安静，恰如万物死寂一般，静得倒叫人心慌。再一次喧哗声起时，却只见巨形城门豁然打开。

"看！城门打开了！"

"这倒是望外之喜呢。快快突入城去吧！"

"且慢！事情来得蹊跷，莫非摆下什么机关来诳我等入城？还是稍待片刻，静观其变的好。"

"如此岂不是错过了突入的大好时机？"

众将领七嘴八舌群议不决之时，盯视着城垣的王玄策蓦地看到城头上一个熟悉的身影："二弟！"

---

① 诃梨帝（Hariti）：别名鬼子母神，佛教故事中登场的女神，生育及母性的象征。原为食人夜叉，后佛祖将其最小的儿子藏起，令其幡然悔悟，佛祖归还其子，后来成为生育及儿童的守护神。

王玄策情不自禁高声叫道："二弟打开城门了。众将士速速突入城去，与我将阿罗那顺的妻子捉拿了来！"

主帅一声令下，兵马顿时跃动起来。罗吐那挥动双手，招呼着泥婆罗骑兵，随即两腿朝马肚一蹴，那马儿便笃笃向前疾突而去，兵士们也紧随其后，似奔流狂泻一般。马蹄踏击之下，远近平野雷动，更不消说响震曲女城垣了。

罗吐那一骑当先突入城门，却不见一支飞矢射来。城垣上下天竺兵士手执刀枪，茫然立定，都面露一副不知所措的样子。

"还不弃了家伙?! 想要本将动手吗？"

罗吐那大喝一声，天竺兵士虽话不通晓，意思却分明晓得，立即将手中刀枪丢弃于地。王玄策将这些天竺兵士交泥婆罗与吐蕃兵士处置，自己策马直奔城头上去。

"二弟，别来无恙否？让你受了这许多苦！"

"大哥言重了，跟那豫让比较起来，弟倒没受什么苦呢。"

豫让乃春秋战国时期天下闻名的刺客，为报恩人之仇，以漆涂面及全身，使肌肤溃烂得看似患了不治之症，且吞炭烫烧咽喉，使声音变之，整个似换了一个人，以此接近仇人赵襄子，孰料这赵襄子也算得一代枭杰，竟一眼识破豫让，将其拿下，豫让复仇不成倒先丢了性命。

与豫让所受之苦相较，王玄廓只不过食了些葱蒜之类，从而避过了阿罗那顺手下的搜索，端的是不足道了。不过终究目的达成，令难攻不陷的曲女城兵不血刃，不费一枪一箭便开城而降，倒是葱蒜的功绩远胜于漆及炭呢。

见眼前泥婆罗兵士与吐蕃兵士进了城，就振臂高呼得胜，声遏白云的景象，王玄廓终于面露舒心笑容，道："葱蒜之类看来要避它一阵了，眼下见了便要呕吐。倒是寡淡无味之物如豆腐羹汤之类，即刻想吃他一大碗呢。"

"不过，二弟倒是如何从狱中脱出来的？"

王玄策扶持着王玄廓，一面走一面问道。不想身旁老婆罗门那逻迩婆婆痳蓦地闪出来，似从天而降般，还以手指着自己的鼻子道："全仗老夫妙计也。凭我三寸不烂之舌，先将阿罗那顺说动，随即将他藏于王宫的牛舍里，阿罗那顺那个痴汉想也不曾想到搜王宫内的。"

老婆罗门得意扬扬正说话间，蒋师仁来到眼前，一手还扯着形容枯槁、浑身血污的阿罗那顺。

见父王如此模样，阿罗那顺的王子心生怜惜，顿时泪流满面，放声痛哭起来。一旁阿罗那顺之妻护着爱子，却与蒋师仁理论什么起来。

混乱之中，一年轻女子的声音响起："公主驾到！敢烦各位避一避，让开一条路来与拉迦室利公主殿下通过。"

四

只见侍女耶须密那搀扶着拉迦室利公主右手，款步走近来。识得公主之面的天竺兵士你我耳语几句后，便争先朝下跪去。虽说被阿罗那顺下令幽禁在自宅，不过拉迦室利公主的人望似是依旧还在，便是阿罗那顺之子也诚惶诚恐地弯下膝来。于是，其母与阿罗那顺竟也情不自禁仿效着朝下跪去。

王玄策见状不由得失笑，开心地迎向拉迦室利公主。

"卑职正想着前往公主殿下处所，向公主殿下专程致礼。为何公主殿下倒急急来此处？莫非是有什么要事？"

"老身是前来替阿罗那顺乞求，求王大人留其一条活命。"

王玄策一时不晓得说什么话好。

"老身也知道不值得替他求情，只是老身已不想再见到任何血淋淋的场面了……"

王玄策看着阿罗那顺，答道："既是公主殿下吩咐，卑职不敢违命。只是阿罗那顺这个贼人，实在是恶逆无道，竟做出弑杀君王的勾当……"

阿罗那顺却拼命摇头叫道："错怪了，正使大人错怪了！本王并未弑杀戒日王，戒日王实是容态突变急逝而亡的。本王可向诸神起誓，戒日王绝不是本王所杀。"

一旁阿罗那顺之妻也开口道："正使大人看见了吗？似他这般人又岂有弑杀戒日王的胆识？不过是趁国中混乱篡立为王而已。"

"求正使大人开恩，不要杀父王。我虽为尚不识事之小儿，但愿为父王分担罪责。"阿罗那顺的小王子也在地上跪求起来。

王玄策皱起眉头，沉吟道："既有公主殿下求情，卑职不杀阿罗那顺便是了。只不过留他在曲女城，日后必为祸害……"

"将他羁押在牢狱中直至老死如何？"蒋师仁满面憎恨，恶恶地插语道。

王玄策思量了半晌，开口道："无论如何，阿罗那顺留在天竺总是混乱之根，倒不如将其羁押回长安，由圣上裁夺吧。"

王玄策的意思是将阿罗那顺押回长安，由太宗皇帝裁定其生死。一来，身为区区一介使者，自然也不便擅作主张；二则，奉敕出使天竺终究生出些什么事情来，若是说道起来，有阿罗那顺在也好做个证人。毕竟大唐与天竺天远地隔，一行人在天竺的遭际说出来到底缺少些信凭，反惹人猜疑也未可知。

"以阿罗那顺来看，一死容或更好些。此地去长安远隔万里，路途遥遥，与那个夜叉一般的悍妇同囚于槛车之内，倒不如求死好呢。若依我，倒是忧心阿罗那顺自戕呢。"蒋师仁两手一拍，喝彩道。

"这倒是。既如此，则有劳将军了。也叫他晓得妄行不义，无端诛杀我大唐使者随从的下场！且叫他痛之入骨、自啮噬脐也徒唤奈何。只不过这一路上，将军还须严加监管，切勿叫他自戕以逃过圣上裁夺。"王玄策笑着道。他随即又一本正经说道："将阿罗那顺锁入槛车即可，眼下要紧的是速速将牢狱中的众弟兄解救出来！有谁人可为我等向导？"

"愿为向导！"耶须密那自告奋勇道。她因要小心顾到拉迦室利公主自然行动不得，手下"喽啰"却是欢喜雀跃，欣然愿往。耶须密那朝两三小童做了吩咐，小童便领蒋师仁等离去，这边王玄策则拥着拉迦室利公主往王宫而去。

蒋师仁虽说有过脱狱一段故事，却是夜晚天黑，加之心下急切，哪里还记得路径。当下率领二百名泥婆罗骑兵往牢狱急急而去。到得狱前，见狱卒轰地四下逃散也不去管他了，只顾从吓得瘫软在地的狱卒身上拿过钥键，破狱而入。

"众位弟兄都还在呢？太好了！太好了！"

蒋师仁是个爽快性子，却不会矫情做作。只见他与浑身早已污秽不堪的众兵士一一拥住，任泪流满面也顾不得许多了。狱中众兵士倒是一滴泪不见落下，原来一个个饥渴万分，身体羸弱得连泪也落不下了。

"拙僧就罢了，若是被将军拥一下，只怕骨头都要折碎了。拙僧可不与智岸一般，长得纤细着呢。"

到了性命危浅的当口，兀自口无遮拦说些不招人听的诨话的，自然除了彼岸再无别人了。此刻蒋师仁也不以为忤，只一笑置之，将狱中二十九人全部扶至外面，命人以水牛牵的车载着，往施疗院去了。使各人好好洗浴后，又备了吃的东西，好好款待。

说到中华与天竺，自是诸多方面有所不同，即是食物也各各有别。都说中华人无所不吃，却不晓得什么道理并无饮用牛乳之习俗。

在王玄策之后约五百年便有过这样的事情：金国大军自北方侵入中原，掳走了宋朝的太上皇徽宗及钦宗皇帝，二帝被羁留北方数年，后不幸死于荒蛮之地。未能救出徽钦二帝的忠臣曾相对垂泪，说道："二帝向金人乞茶解渴也不能如愿，金人只给其牛乳，真乃悲惨之至矣！"

依后人看起来，此事恐实在难以理解。不管如何，滞留异邦，破了一向的饮食习惯，究竟是如何苦痛之事，却也可以从中得窥一斑。

不过，天竺人也有令人费解之处，即是无论在何时何地牛肉是万万食不得的，不过倒是向来喜饮牛乳，且取牛脂制成牛油、牛酪之类。只因佛陀自身也喜好喝牛乳，故此佛门弟子全无禁忌。因为佛门弟子是不杀生的，牛乳之类则为从牲畜身上取得的产出物，与牲畜有所不同，扯不上杀生不杀生的。此外，吃蜂蜜也是一样的道理。

再说唐使一行人好吃好喝，着实将养了一些时日，即是智岸、彼岸二人也不须顾忌，每日吃着牛乳、蜂蜜，身体便日渐有起色。只过了十日，虽看着还是清癯瘦弱了些，不过剃去长发及髭须之后，又回复了容止俊伟的沙门模样。二人康复后首要职分便是替阿罗那顺所杀的四名兵士超度，依仪而葬之。又因拉迦室利公主赠佛足石，二人还须作答礼谢书。

进入十二月，吐蕃论仲赞与泥婆罗罗吐那将军先后率兵返国。此时王玄策也没有悠闲，拿下阿罗那顺后，摩揭陀王座总也不能长此以往虚置下去。

倘使戒日王留下一子半嗣的，事情倒是容易，偏他并无子嗣，致使自己的功业一代而终，这也算是天命注定罢。不管如何，摩揭陀国不可一日无国主。王玄策请拉迦室利公主荐举有国主之德才的人物，公主所荐举的是一个唤作地婆西那^①的，虽缘分甚远，倒还是戒日王一族。

王玄策当下命人四处搜寻，自然皆是以拉迦室利公主之名，使天竺人去寻。若非如此，则会在天竺坊间四处传说，新王是由攻入曲女城的中华人拥立起来的，日后王位的正统性势必会生出枝节来。

五日后，地婆西那被发现并带至曲女城。因其是戒日王的亲族，故被阿罗那顺幽禁于曲女城外一古寺里，地婆西那虽曾二度尝试脱出围守，却因走出去也识不得路，又被监视的兵士捉了回去。直至曲女城陷落，围守兵士皆自顾自逃亡，才又出得寺院，恰遇搜寻的人，于是被带回来。

地婆西那年纪约莫二十六七，面容温厚。来至王宫，与拉迦室利公主相见过，尊了声"叔母"，却被恳望承继戒日王的王位，顿时大惊失色，再三推辞不肯。

可是经不起拉迦室利公主不住恳求，地婆西那只得应下来："我既无戒日王之德才又无戒日王之人望，必然无望称霸天竺全土，横直只能守护住曲女城及领国之土，使

---

① 地婆西那：古代印度中天竺国主，生卒年月不详。据《旧唐书》载，天授二年（公元 691 年）曾至长安；又《新唐书》载，乾封三年（即总章元年，公元 668 年），地婆西那与其他天竺诸国主一同来朝。

黎民百姓不再无端遭受更多苦难，仅此而已矣。"

"看起来倒是一个贤明之人呢。"

王玄策暗自对地婆西那颇有了几分好感。毕竟眼前已有了阿罗那顺的前车之鉴，虚心的美德似更显得要紧。尽管看上去似有点强势不足，好在地婆西那还是无失无过，保疆护民，也不失为一个称职的国主。

又十年后，地婆西那与第三次奉敕入竺的王玄策再会于曲女城，二十年后并与其他天竺诸国一同遣送使者团至长安，与唐修好。地婆西那虽不似戒日王般是盖世英雄，也无戒日王般的大德大才，却是安守本分，竭尽一己之力为其统治的领国带来安定与和平。

另有一段颇值得一考的故事记在这里：此时的地婆西那妻子已亡，正值"孤家寡人"一个，至遣使者团入长安时已经再娶。据史籍记载，其时王妃名为"耶须密那"，惜其余不详，不晓得是不是拉迦室利公主的那名侍女耶须密那？

再说地婆西那即了王位，即位仪式之类倒往后面稽延，先是一心致力于政事，大约是将阿罗那顺的军队解散，遣送使者往周边诸国说明事由之类。

王玄策对此则一言不发，因身为外国使者既无此资格，也无此意思。除为泥婆罗兵士与吐蕃兵士请求恩赏，王玄策并不因为胜战而提半点要求。

原先默默无名的王玄策统领泥婆罗与吐蕃两国兵士共八千二百余名，与天竺激战两个回合，一在赫罗赫达击溃阿罗那顺三万强兵，一在茶镈和罗又击溃敌象军在内共七万人马，且直捣穷寇营巢，一举打开曲女城。

《旧唐书·西戎传》记载："于是天竺震惧。"自此，王玄策之名亦在天竺传播甚广。

建立举世罕有奇勋的王玄策究竟能否平安无事返回长安？欲知后事如何，请听下回分解。

第十回
王玄策献虏谒天子
英国公正论说主君

一

转眼又是一年，时节是大唐贞观二十二年。

王玄策率随行众人离了曲女城，踏上返回长安的远途。归路与来时的路途有所不同。

一众人分成了两部：一部二十名，由王玄策、蒋师仁二人统率，经陆路归国；另一部十二名，由王玄廓统率，经海上归国。之所以将人马一分作二，也是从今番的无妄之灾中学乖巧的。全员入竺来到曲女城，却不意被阿罗那顺尽皆投入狱中，故此王玄策思量着须将这一路上的危险尽力分散。再者，如此安排也是为探查大唐与天竺间的海路，以为将来之需。王玄廓在长安时便对海路兴味甚笃，故海路一部便由他统率。

却说恒河口有一小国，名曰耽摩立底 [①]，自古以来便

[①] 耽摩立底（Tamralipti）：又译耽摩栗底、多摩梨帝，南亚古国名，古时位于恒河入海口，约在今印度西孟加拉邦塔姆卢克港附近。晋义熙五年（公元409年）法显自天竺赴师子国（今斯里兰卡），即是经由此地乘商船前往的，见《法显传》记载。

是连接天竺与东方世界的重要港口。较王玄策更早约二百年的法显法师①及稍后的义净法师②等海路入竺的求法僧多人,皆是经由此地往返的。

耽摩立底有十数所佛教寺院与五十余所婆罗门教寺院,并有阿育王所建之塔巍峨耸立。此外,耽摩立底特别以盛产绵布与肉桂而著称。

从曲女城至耽摩立底,乘舟楫顺恒河水路而下须十日左右。随王玄廓一众十二人登船而行的,还有众多行囊——半数皆是佛教经律书物,其余则是进献朝廷的天竺物产,如象牙、珍珠及各种香辛料等。按王玄廓的计算,经师子国向东而航,再由广州上扬州,溯大运河而上至洛阳登岸,年内便可至长安。

十二人中,有二人是入竺求法僧人,即智岸与彼岸。

---

① 法显(约公元337年—约公元422年):东晋僧人、旅行家、翻译家。本姓龚,平阳郡(今山西临汾西南)人。中国僧人赴天竺学经求法的先驱者,隆安三年(公元399年)从长安出发,渡流沙,越葱岭,遍历北、西、中、东天竺等地,后赴师子国(今斯里兰卡),并曾过爪哇(今印度尼西亚),义熙八年(公元412年)经海路返青州长广郡牢山(今山东青岛崂山)。前后凡十四年,游历三十余国,带回大量梵本佛经。归国后于建康(今江苏南京)道场寺翻译出经律论六部二十四卷,主要有《大般泥洹经》《摩诃僧祇律》《方等般泥洹经》等。又记旅行见闻,撰成《佛国记》(又名《法显传》),为研究南亚次大陆各国古代史地的重要资料。

② 义净(公元635年—公元713年):唐僧人、旅行家、翻译家。本姓张,齐州(今山东济南)人。咸亨二年(公元671年)由海路往天竺求法,历二十五年,经三十余国,携梵本佛经约四百部而归。归途中写成《南海寄归内法传》和《大唐西域求法高僧传》。回国后在洛阳、长安主持译经,共译出经律五十六部二百三十卷,主要有《金光明最胜王经》《大孔雀咒王经》等。

二人此番最大的心愿——晤见戒日王——虽未达成，唯愿羁留天竺五年甚或十年，好一心求得佛法真髓，长期修行。只是先为阿罗那顺所羁，后地婆西那继位，曲女城四方总算重归安定。不过天竺全土此后却恐会愈加混乱，佛教与婆罗门教的争执势将愈演愈烈，二人若是被卷入其中，却不是件好事情。

于是拉迦室利公主有一议相告，道是玄奘三藏法师经十五年，遍历天竺各地，唯南方海上的师子国不曾到达。若是经海路前去师子国，将其消息报告长安如何？思量再三，智岸、彼岸二人欣然诺之，便随王玄廓一众人登船同行。

王玄廓一行船发之日，老婆罗门也前来相送。只见他将一只小壶递到智岸、彼岸二人面前，称："此药名为畔茶佉水。"

"听其名便知此物诡怪可疑。"彼岸满面厌烦、疑猜地说道。

老婆罗门却一点也不往心里去，自顾自说道："此乃山野怪石间沸涌而出之灵水也。若是不小心沾了手，顿时叫你皮肉直至骨头都变成菹泥，烂到一点也不剩……"

"那岂不是奇毒吗？"

"欲将此水入手，唯有以骆驼之头盖骨作盛器，汲取出来，再装入这壶里便成灵药，以备不时之需。"

彼岸一脸不信地揶揄道："人的骨头会烂，莫非骆驼的骨头便不会烂吗？你说话怎生这样奇怪呢？"

"不信神灵者自然不会晓得的，这便是天竺的神奇之术也。"

"什么神奇之术，倒莫如说是诡怪之术。罢罢，不去说了，只是如此花费心思汲取在这壶里，究竟又有何用处？拙僧实在想不明白。"

"这个自然是用来饮的了。"

"这却奇怪了，骨头都可以溶烂掉，又如何能饮得下去？"

"自然须要诀的。只消饮下一滴，便可延年十岁。"

"拙僧便不需要了。将往师子国之前，却遇这等诡怪的奇毒，上对不起先祖，下亦无颜见师父。"

"彼岸，就要发船了，你还不快快登船!"智岸从船上大喝一声。

彼岸急急地登上踏板，将老婆罗门撇在岸上。

于是张帆挂旗，王玄廓、智岸、彼岸等一行先经师子国，再往归国路途而去。一路的旅程中又可敷衍出一部精彩故事来，只可惜除了些许零星消息外，史籍中几乎并无留下任何记载。这些零星消息这里先按下不表，且待后面再叙。

再说陆路一行人二十名，这皆是中华人，另外还有天竺人数名，则是阿罗那顺与其妻儿，其余一人自然是老婆罗门那逻迩娑婆寐，另有二名制石蜜的匠师及其妻，总计八名天竺人。匠师是应新国主地婆西那的招募，自愿赴异国大唐传授精糖制法的，二人之妻则一路上担负了照料三名俘犯的职分。

三名俘犯共囚于一辆大槛车内，父母在两旁，其子夹在中间，这一路上倒也算的是合家团聚其乐融融矣。只是三人哪里还有这般心思，唯长吁短叹不止，却无欣欣之喜。

若问这槛车如何能越得过喜马拉雅雪山，这倒不必多虑，因为回长安的归路与往天竺的往路不同。自曲女城出发一直向西行，先后涉过印度河、乌浒水①，经康、安、史、米②等西域诸国，翻过葱岭与天山山道，沿赤河③一路东行，从玉门关入唐，再经肃州、甘州、凉州、兰州而至长安，一路上大半是草原与沙漠，路途低平，且沿途大小都市皆有干干净净的旅舍，与翻越吐蕃高原的路途相比，算不上什么苛酷了。

此乃玄奘三藏法师曾行走过的西道，即是后世称之为"丝绸之路"的西行之路。照王玄策的心思，横直往复天竺，则尽使往路与复路走不同的路途，方可行经更多国度，充实各种见闻，沿途探查也愈加深广，更可将大唐国

---

① 乌浒水（Oxus）：即阿姆河。古希腊文献中称阿姆河为乌浒河，中国史籍中，《史记》《汉书》作妫水，《北史》作乌许水，《隋书》和新旧《唐书》作乌浒水，皆 Oxus 一名之对译。

② 此处指中亚细亚阿姆河、锡尔河流域附近各"昭武"政权。按《北史》、《隋书》、《新唐书》各《西域列传》，由月氏人建立的康国旧居张掖祁连山北昭武城（今甘肃省临泽县境内），后为突厥所破，迁徙至葱岭以西，支庶分王各地，皆以昭武为姓氏，形成康、安、史、米、何、曹、石、火寻、戊地等"昭武九姓"。康国故地在今乌兹别克斯坦撒马尔罕一带，安国故地在今乌兹别克斯坦布哈拉一带，史国故地在今乌兹别克斯坦撒马尔罕以南，米国故地在今乌兹别克斯坦撒马尔罕以东。

③ 赤河：即今塔里木河，中国最大的内陆河。分别发源于天山和喀喇昆仑山，在新疆阿瓦提县肖夹克附近汇合后称塔里木河，全长 2179 千米，流域面积 19.8 万平方千米。

威传至诸国各地。

"归路里程约莫一万里许。"王玄策算计道,"每日只消行约三十里至三十五里,年内便可抵达长安。"

行前,新王地婆西那设筵为王玄策一行人饯别,拉迦室利公主虽眼睛失明,却泪水盈眶,甚是依依不舍。公主此后与王玄策再无相逢过。至于侍女耶须密那,王玄策依照自己的裁量,将一支自长安携来的翡翠簪子赠予了她。虽与其大恩不可同日而语,不过耶须密那犹是欣喜万分。直到一行人走得望不见了影子,她还挥手不止呢。

一路上所到之国,无不殷勤宴飨,待承甚周。从一国国境至另一国国境,均派人马护送王玄策一行。一来是敬仰大唐的风范与国威,二来则是有槛车作样板,社鼠城狐般佞贼小人阿罗那顺无法无天,妄杀大唐国使会是何样的下场?再无比这个愈加敷陈得透辟的了。王玄策对各国国主也谨守礼节,应接自如,并约许向大唐皇帝禀报各自厚意。

见阿罗那顺一副失魂落魄的样子,其妻只晓得每日唢唢不休地数落他。谅二人也无脱逃的气概,不会做出什么事情来,王玄策便命兵士除去二人所戴枷锁,入夜宿营时更打开槛车将其释出,只不过天亮上路的时候,又再将其锁入槛车。这一路上倒也太平无事。

至于王子,并无篡权乱国的罪行,且仁心宽厚,也曾进谏其母不要妄杀无辜,又有旁人可证其事,加上又是黄毛乳儿,故此王玄策本欲将其释出槛车,配以骡马乘之。

王子谢着一口气回绝了，只道一句："父母都在槛车里，为儿的怎能独自乘骡马而行？"

"说起来倒是有一事相求：我欲到长安后即入佛门，王正使大人若是肯指引一所名寺，则感激不尽了。"王子歇一下又说道。

"横是真的要入佛门吗？"

王玄策目不转睛地觑定了这个天竺少年，暗自思忖道：倘使其父其母不被与其身份不应称的野心所惑，则此少年他日当也可以做个帝那伏帝国主。虽是小国，只要勤政善治，应亦可赢得黎民百姓的景仰。如今却落得这般结果，命运的剧变无常想也不是他自己预料得到的，亦非一己之力可以挽回。眼下身为俘囚，离乡背井，许是横挂于西域旷漠上空的银月惹起了一丝幽情，令他不由得思量起自己的前程。

此时大约行至康国萨末鞬[①]，王玄策舒缰缓辔，与王子说着话。

"此事倒不急切。在长安只要有你愿入之佛寺，我与你去过个话便是了。大凡长安之佛寺，王某人还是说得上话的。"

"如此则多谢王正使大人了。"王子郑重地行一礼，双目炯炯地盯住王玄策，似有所思道，"嗯，若是方便，不

---

① 萨末鞬（Samarkand）：一译撒马耳干，现称撒马尔罕，旧为康国都城，中亚历史名城之一，公元前329年见于史籍。故地在今乌兹别克斯坦，为乌兹别克斯坦第二大城市、撒马尔罕州首府。

晓得可否烦劳王正使大人，向玄奘法师所在的佛寺说句话？"

"呵呵，原来如此。玄奘三藏法师在天竺也是声名广播的高僧呢。"王玄策点点头道。

王子则似是另有所想："倘若是玄奘法师所在的佛寺，或恐父母双亲也可安心，抑或可以说，不会再有任何非分之想了。"

"原来如此。"

王玄策一面称许，一面心里却想：这少年也忒聪明老成了。如此聪慧的少年倒不如入了佛门的好，也免去俗世浊尘的侵浸，不管对他自己也罢对旁人也罢，皆是件好事情呢。

"晓得了，我自会尽力替你去说话的。"

见王玄策如此说，王子欣喜地再三谢过。

此时望向东方，已可看见天山薄紫色的山影。

二

王玄策一行人终于回到长安，此时已是贞观二十二年十月。距离去年三月自长安出发，此番天竺之行整一年又七月。

长安的繁荣远不是天竺人所能想象得到的。槛车内阿罗那顺合家与槛车外的老婆罗门皆惊叹不已，情不自禁地喟然出声。即是王玄策一众人，也是久未见到京师了，欢喜之外略略有些陌生。见路旁正在起造一座不知晓的塔，王玄策问出城来迎的京兆府官员："那是何塔？"

官员回道："那个便是慈恩寺，完工之后有百八十尺高呢。"

"嗯，慈恩寺。总算是起造了。"

"玄奘三藏法师此前应皇太子之请，已允为慈恩寺的上座①，赓续佛典汉译之盛事。今番王大人一行由天竺而返，法师也定会期待与王大人尽早晤面的。"

"是呢，我近日便将择时前往问候法师。只可惜法师的弟子还未得归返。"

王玄策一行入了右卫率府，先在此歇息下来，将阿罗那顺一家也释出槛车，使之共居一室。王玄策这边则连忙入朝，向朝廷报告归国消息，上了奏文，便一心等待太宗皇帝下诏觐见。

时节已交十一月，诏令还未下，王玄廓倒率领海路的人马回到长安。

王玄策高高兴兴出迎二弟，互相欢喜一番之后，蓦地掠过一丝不祥之念：原来有两张再熟悉不过的面孔却未见到。

"我道怎的这般清净，横是那两个喧闹的宝货不在呢。智岸师父与彼岸师父在何处？"

嘴上虽如此问道，心下却已经覆上一层不祥的乌云。王玄廓脸上欢喜的表情也倏地一下子失了去，转成戚戚心

---

① 上座：佛教用语，在禅宗等佛教宗派中对处于领导地位的修行僧的敬称。

234

碎的样子，低声道："小弟实在无颜面对大哥，我没能携智岸与彼岸二人一同平安返回长安……"

静默了约莫有三瞬工夫，王玄策一直不作声，心绪烦乱，一时间也理不出什么头绪。少顷，方才声音哽咽地问道："是病死的吗？还是遭遇了海贼的袭取？"

"二人都是病死。似是在师子国一带染上热病，在船上发作的，或是在天竺尝了那么多的困坷难苦，一下子就病势突变，第三日便先后故去了。"王玄廓一路上便思忖着如何向族兄报告归国所历，此刻，虽是说起来不免牵到令人伤心的话，倒也整然有条理。"本想在郎迦戍①停靠一日，将二人的尸体处置了。却因为是病死的，不得入港，无奈只得将二人水葬了。幸好有室利佛逝②的僧人同乘在船上，由他替二人做了法事。"

"这名僧人谢绝了所赠礼金，却恳愿多赠他几卷佛典。

① 郎迦戍（Langkasuka）：东南亚古国名，又译兰卡素卡，《梁书》《南史》、新旧《唐书》作狼牙修，《大唐西域记》作迦摩浪迦，《南海归寄内法传》作郎迦戍，宋《诸蕃志》作凌牙斯加，宋《岛夷志略》作龙牙犀角。约公元1世纪建国，为马来半岛上历史最早的一个印度化王国。崇尚佛教，天监十四年（公元515年）国王婆加达多遣使来中国谒见梁武帝，此后公元6世纪中多次朝贡，与中国互有交流。公元6世纪时疆域跨马来半岛北部，包括今马来西亚的玻璃市、吉兰丹、吉打以及泰国的宋卡、北大年一带，公元12世纪为三佛齐属国，公元15世纪被北大年国取代。

② 室利佛逝（Sri vijaya）：东南亚古国名，中国唐代史籍又简称为佛逝或佛齐，宋以后称三佛齐。公元7世纪时在今苏门答腊岛东南部兴起的海上强国，梵语 Sri vijaya 即"光荣胜利"之意，公元14世纪下半叶逐渐消亡。室利佛逝是古代传播大乘佛教的中心，咸亨二年（公元671年），中国高僧义净取海道前往天竺求法，曾在此学习梵语和佛教理论，自天竺取经回来后，又继续在此从事翻译和著述多年。

我沉吟了片刻，心下想如此或恐可遂故人心意，便索性将佛典一半都让与了他。"

"那两个沙门……"

"大哥，二弟实在愧对众兄弟。"

"这却不干你的事情。那两个沙门虽正值青春好年华，倒也做了须做的事情，行了须行的路程，算得上是天寿呢。如今想来，让他二人踏上天竺之土，遂了他二人的夙愿，也算是一桩善事……"

王玄策给众兵士行了犒赏，便使其先自回家。众兵士已近二年未得回家团圆，得了令自然欢喜雀跃，各自归宅与家人团圆。

王玄策心下却有一桩重大的事情须思虑如何做得妥帖："玄奘三藏法师处只有我亲自去解释才好。"较之统率八千二百名异国兵士激战天竺军，眼前这桩事情似是愈加艰难。

送走归宅的兵士后，折身回府，拾阶上到二楼，即可以看见楼下街道上行人往来，两旁灯火闪烁，好一派长安的繁华景象。王玄策稍稍唐突地向王玄廓问起智岸与彼岸临终情形："他二人受苦了吗？"

"依我看，二人倒不甚苦痛。虽连日高热不止，不过很快便没了感觉，意识朦朦胧胧的，至第三日先后气息尽绝，皆不知不觉中已经去了极乐世界。观二人面容，倒去得甚是平静，并无半点苦痛之状。众兄弟个个哀痛不止，因为在狱中时，倒受他二人不少鼓气呢。"

王玄策倚着雕花栏杆，觑着街道上的繁华景象说道："如今他二人去了，我倒并不觉哀痛，只是觉到异样的冷清。瞧楼下的纷杂景象，多少男女老少往来于长安街头，可惜他二人却再无可能跻身其中了。"

叹息一番后，王玄策劝慰王玄廓赶紧回家看望父母妻儿，因王玄廓也已是二年有余未得归了。

约定了翌日再会，王玄廓便告辞族兄，出了门回自家去。

后日，与玄奘法师齐名的中华高僧义净法师复入天竺求法，往返皆从海路而行，中途曾行经室利佛逝。义净法师留有《南海寄归内法传》四卷、《大唐西域求法高僧传》二卷，乃后世研究中华与南海诸国往来交好的贵重书物。其在卷中还曾提到智岸与彼岸二人，谓：赖此二人所传佛典，室利佛逝佛教渐趋隆盛，对二人的功绩多有赞誉。[①]

待心绪稍许平复下来，王玄策将智岸、彼岸二人之死说与了老婆罗门那逻迩娑婆寐。老婆罗门眯起眼睛颦眉蹙额静默了许久，方才咕咕哝哝说道："老夫好意将秘传妙药让与他们，却不识得好人心，才会落得这样的结果。"

老婆罗门一面说一面不停抽着鼻子，许是有生以来头一回尝到长安这般冷的滋味吧。

---

① 《大唐西域求法高僧传》中有如下记述："彼岸法师智岸法师，并是高昌人也。少长京师，传灯在念，既而归心胜理，遂乃观化中天。与使人王玄廓相随泛舶，海中遇疾俱卒。所将汉本《瑜伽》及余经论，咸在室利佛逝国矣。"

三

转瞬开年到了贞观二十三年。正月又过了约十日，太宗终算下诏召王玄策入宫谒见。

到了这一日，王玄策并六名同行者一同进得皇城，准备入朝谒见太宗皇帝。六名同行者是蒋师仁、王玄廓、那逻迩娑婆寐、阿罗那顺及其妻儿。

入朝的程式与离京赴天竺前并无分别，不晓得为什么王玄策心下却略有些紧张。及至来到廷前，远远望见玉阶上太宗端坐于宝座的身影，倒又平静了许多。蒋师仁与王玄廓倒是使了不少劲，方才抑住紧张的心情。至于四个天竺人，则完全依了各自的秉性，或是形容苍白，或是满面赤红。阿罗那顺与其妻全无了在曲女城时的倨傲霸气，身体僵僵的，仿佛只须一根手指头触一记，便直直地倒下似的。虽事先王玄策已将太宗皇帝应不会处死他的情形告之，不过阿罗那顺却依旧满面的危惧，掩也掩不住。

传奏官一声呼喝，王玄策等一众人向前朝玉阶行了几步，匍地而跪。只见前面左右各坐着赵国公长孙无忌、英国公李勣二大重臣，居中而坐的太宗皇帝看上去又添几分老态，身体羸弱不堪的样子。王玄策见了，禁不住心下黯然。

太宗下诏擢任王玄策为朝散大夫，官至从五品。此乃与朝廷书记官类之，虽不是什么大不了的官职，幸好仍命王玄策执掌对西域外交事务及宗教事务，倒还颇称王玄策的心思。

此前王玄策的官阶为正七品，如今一蹴而越过从六品、正六品二级而至从五品，也称得上是三级跳了。非止与武官游骑将军同格，俸禄也从八十石倍增至一百六十石。对于代代身为中下级官吏的王玄策来说，也算是不辱先祖出人头地了。

蒋师仁与王玄廓也随之一同晋升。只不过当时的文书中并无留下记载，大约是不足道来的人事的缘故吧。

按照朝廷规矩，从七品升至从五品，官吏上朝时手执的朝笏也有不同，由木制或竹制变为象牙制的；官服亦从薄绿换成了浅绯色。而此时坐在太宗左右两旁的长孙无忌与李勣因是从一品，朝笏自然也是象牙的，官服却是紫色，尤显出二人开国元勋之凛凛威严。

自天竺带回来的佛足石呈献上之后，太宗欢喜地嘉赏了王玄策等一番，随后便对阿罗那顺滥杀及虐待唐使之事问罪。阿罗那顺听到呼喝躬身向前，其妻在右，其子在左，一齐匍地磕头。传奏官宣读太宗之诏，曰："夫人耳目玩声色，口鼻耽臭味，此败德之原也。婆罗门不劫吾使者，宁至俘虏耶？昔中山以贪宝取弊，蜀侯以金牛致灭，莫不由之……阿罗那顺及其妻子留滞长安，余生不得重还天竺，以防其再乱彼地……"

阿罗那顺下半辈子须永滞长安，不得回天竺故乡，自然也算得是苛严的处置了。不过，以其大罪之身，夫、妻、子一族三人皆留住性命在，好歹也是求之不得的下场了。

"……父死后，若子年长而望归国，另须上书朝廷请愿奏准。阿罗那顺及其妻子在长安的生活，一切须依遵朝散大夫王玄策指示而行。"

虽说是终生留滞长安，不过既有住处供一家所居，又得生活保障，确是宽大仁厚的处置。阿罗那顺紧张得满面汗流，唯唯诺诺，几乎连叩谢皇恩也语不成声。

这一年，太宗年过五十，身心俱已疲老。倘若是年轻体健，断会处置愈加苛严，如今却因年老体衰，自知余命无多了，故此处理万事皆宽容仁厚，不想日后留下一个坏名声。

传奏官读完诏书，太宗似乎想移动一下身体，却显得十分吃力。两边的长孙无忌与李勣赶忙从旁扶持，太宗以手拂之，坐稳了些，开口言道："阿罗那顺倒是获救于子之孝心呢。"

王玄策将太宗的话翻译过去，阿罗那顺与其子一同叩首，身体匍得愈加低了。"此子倒胜于其父。朕听得报告，说是此子亦不以父母之大逆为然，曾力谏勿得杀戮黎民百姓。子之功折偿了父母之罪，加之有意入佛门，其志殊可嘉许。天下父母，生子如此则幸甚矣。"

"陛下，当今皇太子殿下既聪颖过人且慈悲为怀，绝不在此天竺小儿之下，何乃羡慕罪人之子也？"听太宗连声不绝赞赏起来，长孙无忌禁不住插嘴说道。

"若果是如此朕也就放心了。期日不远，便可知分晓矣。"

太宗的话里似暗含着几分自嘲与讥诮。虽身为举世无双的一代英雄，可是就后继者的育成来说，却一直令他心有不满，不过又似毫无办法。有望的皇子先后被废嫡，最终所定的皇太子是四平八稳、虽无过却也无甚大德大才的九皇子李治，而着力举荐李治的便是长孙无忌。

长孙无忌属于多事人那一类。身为大唐帝国的宰相，虽为太宗建立殊勋，不过却也有一点私欲，即太宗驾崩后依旧保住人臣的最大权势，故此较之聪明且气性刚强的皇子，平凡的李治似更加便于他驾驭。如今，这桩事情已经求仁得仁、遂了他的心愿，故而长孙无忌满心惬怀不已。太宗之语也即是含了对其的讥消。

"下面之长者，可是老婆罗门那逻迩娑婆寐？究竟是何许人？"

太宗将话头转向老婆罗门，后者竟满面得意，手舞足蹈滔滔不绝地讲起来。王玄策将老婆罗门的话九成尽舍去，只保留一成译过来禀告太宗，只说是他自称已有二百岁，可炼出服之即不老不死的神药。

"他说什么？二百岁？"太宗听了，两眼里顿时散出奇妙的光来。

此时的太宗可说是痼疾缠身，故此对龙体的安否十分在意，对精爽不衰之道也意兴盎然。虽并不惧死，然而只要一想到死后的事情，便心绪烦乱，不能自已。大凡握有无上权威的帝王死后，稍有不测，天下便陷于大乱，以戒日王之例也可大略窥知。故此明明晓得不老不死其实难求，却也一心期许百年长寿，这倒是太宗日思夜想的。

老婆罗门兀自咿咿不休地说道，大意便是欲收集天下的珍草奇木秘石，调制不老不死之灵药，进献给太宗皇帝。王玄策虽只译了十之二三，不过亦已足足令太宗兴致勃勃。只见太宗禁不住从玉座上朝前探出身体，兴味津津地听老婆罗门说话。

"既如此，朕就命你炮制不老不死的灵药吧。"

太宗刚刚言罢，未料想旁边却有人凛然说出一番异议来，原来是英国公李勣。

说起这李勣，既是太宗皇帝的心腹，更是太宗的密友。英年的时候，李勣便与太宗李世民一同携手，共与隋王朝殊死角逐，荡平四方英雄，斥逐北方匈奴，于是才有一代大唐帝国的兴起。如今君臣皆已渐近迟暮，李勣依然还记得当年李世民的飒爽英姿。哪里晓得，那般叱咤风云的英雄如今却听信异国一诡奸邪怪外道老者之言，欲炮制什么不老不死的灵药。李勣心下自然伤心难熬，便禁不住拼出命来也要劝谏几句。另一旁的长孙无忌却冷眼觑着，怃然静观事态变化。

"圣上，老臣有话要说。"

"英国公有何见教？"

太宗并不直呼李勣的名字，倒显出对其的敬重。

看上去，李勣较之实际年龄要年轻若干。只见他锐气不减当年，英武堂堂，双目炯炯盯视着那逻迤婆婆寐。老婆罗门被他这一看，瞬时间紧张起来，匍匐的身体愈加低下去了。

"这个老婆罗门自称可炮制不老不死的灵药，圣上可相信他所说？"

"爱卿不信吗？"

"臣却是不信。请恕臣无礼，臣倒有几句话想问问此人。"

"爱卿请问吧。"

太宗点头应允道。李勣谢过后，又转向王玄策道："朝散大夫，请一字一句为我译过去，听明白了吗？"

"臣知道。"王玄策诚惶诚恐地答道。

"我且问这个老婆罗门，倘若你真能制成不老不死的灵药，自然你自己也会服用的吧。你自称已年届二百，老衰的容姿即是其明证，这岂不是自相矛盾吗？你那个灵药终究死与不死我不晓得，不老却是显见的唬人把戏，有何效果可证耶？"

听到李勣的诘问，长孙无忌迅即点头称是，口里还低声自语道："正是。"随即又停住不语，依旧默然地盯视着君臣的表情。

老婆罗门虽不解汉语，只是偷觑皇帝与二位重臣的表情，已经觉到事情有所不妙，此刻心虚胆惊得簌簌打战。王玄策也吸了一口气，心下暗想：我的爷呀，这可千万使不得呢。不过却是说不出口，只得故作镇定，面无表情气息平静地将李勣的话译给老婆罗门听。老婆罗门被触到了痛处，顿时气势全无，话也说不出，只顾不停地将头在地上叩捣。

李勣见状，回首看着太宗说道："圣上，自古以来便有孜孜以求不老不死的帝王，然成功之例臣一个也没听说过。不管是秦的始皇帝，又或是汉武帝，唯有遗下笑柄给后世耻笑而已。臣深知圣上神武圣明，断不会轻信这老儿的左道旁门之术，故望圣上再三思量。"

李勣说罢，躬身施了一个礼。朝堂上一片静寂，不解汉语的阿罗那顺也屏气静息，偷眼窥视着玉座上的太宗。

少顷，太宗拊掌而笑，虽不见欣欣欢喜，气力也不甚昂昂，说话声音却沉稳雄劲。只听太宗说道："英国公所言如醍醐灌顶，使朕从妄迷中醒悟，孜孜以求不老不死确实是愚昧之至。想朕英年时候熟知秦始皇与汉武帝之辈的故事，也曾悯而笑之，以为不可得也。"说到这里，太宗觑向李勣，略略变换了表情又道，"即便不老不死实不可得，长寿却非不可为。朕只不过想寿与先帝齐，而得奠定我大唐之泰平基业也，如此应也不为过吧？"

所谓先帝即是太宗的亡父高祖皇帝李渊，享年七十有一。得与高祖齐寿，这倒是太宗的切望之所想。即是李勣与长孙无忌，也说不得此乃逾分之望这样的话。

太宗觑了老婆罗门，又道："朕命你调制灵药，进献给朕，以期身体精爽与长寿。自即日起你可听凭兵部尚书崔敦礼护视。倘使所言不悖，果能进献灵药，朕自然会有重赏，嘉赏你的功劳；若是所言无稽，不过是炫玉贾石之类瞒哄人的把戏，则从此休得再妖言惑众。"

王玄策等六人匍地叩首之后，一齐从御前退下。直到离了皇帝玉座约莫有半里远，一众人方才出了口气。

"你这个老婆罗门，今番定因你而使我遭英国公忌恨。也罢，如此我已尽到了心，朝后你就自己恪尽职守，早日进献灵药吧。"

"方才那个李勣看起来不似个善交结的人呢，怎么连几句趣话戏言也当真耶？"

"休得胡言！英国公的名字岂是你可随意直呼的？你好生调制你的灵药吧，切切不要取罪上身，也免得将本官连累了。"

一众人又来到兵部尚书崔敦礼廨内，与他见过。这崔敦礼也是名门之后，其父乃隋朝大臣，本人文武双全，对抵御西北部异族入侵建有殊功。不过不晓得因了什么，太宗却让他兼掌着一个古里古怪的司职。

"着你居住金飙门内，尚有空屋若干，从其中任选一处便可。"崔敦礼向老婆罗门说道。

却说这金飙门内乃唐时医者、道士、术师及各类身怀异能之人聚居之地，各类诡怪之人群集于此，或做些诡怪的修行，或炮制些诡怪的"灵药"，或编著些诡怪的记述，或描绘些诡怪的图画，大致如此之类。由此倒可以看出，朝廷上下其实将老婆罗门那逻迩娑婆寐至多看作是个诡异之术士。

崔敦礼又说道："你倒是头一个天竺人呢。不过，此地也有众多波斯人、粟特人，相互沟通应是不成问题。所需材料悉由兵部拨备，你就一心调制，也好早日做成延寿灵药，进献圣上。"

王玄策调选了三处住所，一处给阿罗那顺及其妻儿，一处给老婆罗门，另一处则给二名制糖师并家眷。如此，金飙门内竟也有了一处小小的天竺人聚居之处。王玄策又命人备齐了家具，配置了仆从，使其得以安心留滞下来，各守其司各行其是。

阿罗那顺及其妻儿合家三人自此谨小慎微做事。老婆罗门却是别有一番景象，仰首伸眉气势昂昂地说道："王大人请放宽了心，老夫绝不是打谎，定能调制出不老不死的灵药。到了那一日，李勣那老儿便是来央求，老夫也不肯给他呢。"

只可惜老婆罗门的野心并未得偿。这一年的五月，太宗皇帝竟驾崩仙去了，享年仅四十九岁。[①] 想太宗皇帝自十七岁鼓动其父起兵，兴师讨贼，伐夏救民，终建立一代大唐盛业。以来凡三十二年，太宗克纂洪业，经邦纬国，精力耗尽，终至壮年而逝。生涯虽短，不过在命数之年里却创下巨大功绩，开贞观之治，传千载垂范，是中华史上屈指可数的英明皇帝，倒也没什么好嗟悔的了。

圣上驾崩，举国尽服丧，故此也不再有人管老婆罗门调制灵药的事情了。至于王玄策，因要应接留滞长安拜谒太宗的西域诸国使者，哪里还顾得到他。

隔了许久，王玄策再往金飙门内探视老婆罗门。只见他对着山一般的奇木珍草秘石，叹息不绝道："实在可惜呢。若是老夫的延寿灵药制成，进献给太宗皇帝，至少可

---

① 根据一般通行的记载，唐太宗李世民生于公元599年，卒于公元649年6月，按中国习惯，享年应为51岁而非49岁。

延命五十年。"

此后王玄策未得擢升，官职虽二三度迁调，不过官位却一直是从五品，不曾有迁次。王玄策自身倒无什么不满，毕竟得继一族家业，整日埋首于佛典及诸国蕃语的案卷里，倒也怡然自得其乐，过着平平淡淡的日子。

观其一生，曾三度奉敕出使天竺，于异域建有"令天竺震惧"的奇功伟业，想来也是千年一回的丰功，不可轻易再度得建的。于是，王玄策倒也心安理得，从未向人夸示功名。

倘若再有机会统兵征伐，王玄策定也是一员奇将，可将其在天竺得以扬露的将略一展天下。只不过大唐适逢其盛，国力与国威日隆，朝廷善战的勇将多如牛毛，王玄策身为一名文官，自然不再有统兵的机会，使其不得施展奇才。

大凡非常的奇才只在非常时候才成为必要，就王玄策来说，似这般非常时候也只此一度而已。王玄策从此恪尽职守，应接外国前来长安的使节，照拂居住在长安的异国人生活，巡视佛教、景教、祆教等外道异教寺院，听其消息，予以适当的处置，每日如此而已。这似乎已成王玄策的天职，而非单纯的职司，其本人似也安心于如此的日子，不过却令后人殊觉叹惋。倘使再擢升至从四品，正史便当为他另立传以记其事迹了。

其间，王玄策著有《中天竺行记》进献朝廷。虽所记不在《大唐西域记》之下，却因为唐灭亡后散失，除一部为其他书物引据之外，今人已无从窥其全貌了。

四

时令交迁，已至显庆三年^①。

阳春三月，王玄策信步来到慈恩寺。只见他身着浅绯色官服，腰带上缀着黄金的饰物。王玄策向门内扫除的烧火道人问询几句后，便款步径直绕到大雁塔后面来。

一个年轻的僧人疾步走上前来，微笑着朝王玄策合掌施礼，说道："许久未见呢，王大人。"

"哦，义岸法师，可别来无恙？"王玄策也含笑作答，回了他礼。

年轻僧人中等身材，只不过肤色略黑，深目高鼻，面目透着异国模样。

"到得长安也已十年，想必诸方面已经习惯了吧。"

"幸得王大人多有照拂，拙僧已经习惯长安了，只不过不时还会想起天竺。"

原来这个年轻僧人正是阿罗那顺之子，自他皈依了佛门，取法号叫作义岸，就在完工不多时的慈恩寺里习经修行，如今也已经十年了。义岸既能自由操使汉文汉语，更通梵文梵语，故此修行之外又将些佛典翻译成汉文，并译汉文儒学及道教书物成梵文，还编纂了梵汉辞书，每日倒

---

① 显庆三年：公元 658 年。

也忙碌个不止。

王玄策与义岸一同在寺院境内踱着步说着话。春日的阳光朗朗照来，将大雁塔映衬得尤其巍峨挺拔。寺内绿意盎然，鸟儿鸣叫。

一面走着，义岸一面问道："王大人又要赴天竺去吗？"

"是啊，算来已经十年了。"

此前朝廷又传下旨来，命王玄策第三次出使天竺。[①]此时的王玄策年已四十四五了，两鬓已现斑白，身体却依然硬朗，颀长而壮硕，依旧堪当万里之旅。

却说王玄策第三次出使天竺，倒没生出什么旁枝错节，平安返回长安来。因别无特别足以道之的功绩，朝廷也只一句"爱卿辛苦了"，便再无嘉赏与迁次了。王玄策也不计较，第三日便又如往常一般，照例恪尽职守，处理公务了。故此史书上也无任何详尽记述。

再说当下王玄策若无其事地问义岸：

"倘若义岸法师有意，我可向朝廷上奏，请准法师随使节团一同前往天竺，即是随伴僧一类，如十年前之智岸、彼岸一样，不知意下如何？"

说到智岸、彼岸二人名字的时候，王玄策情不自禁语气迟滞了片刻，义岸也微微蹙起了眉，连忙俯首合掌。随即语气一转，明快地答道："王大人的好意拙僧心领了。

---

① 新旧《唐书》中对王玄策第三次出使天竺的具体时间均语焉不详。按《辞海》第七版，王玄策第三次出使天竺的时间为显庆二年至龙朔元年（公元657年—公元661年），而非原书所说显庆三年（公元658年）。

不过，大凡人所到之处，皆是佛土，何况父母之墓也在此地，拙僧已无所牵挂，不会想着回天竺的。"

"我已料到如此，果然不出我之所料。"王玄策点点头。义岸之父母，也即阿罗那顺及其妻，到底是风土不适，已在前年先后离世了。

"对了王大人，那逻迩娑婆寐师父还在调制延寿的灵药吗？"

"哼，似那般扯大旗作虎皮撮弄人的人，唤他师父做什么，只不过是个不识得好歹的老儿。前几日，又向朝廷奏报说是已调制出不老不死之灵药，欲进献给朝廷。岂料圣上大怒，命其从此再不得入朝，他也只得灰溜溜地退下了。"

圣上即是高宗皇帝，大唐第三代天子、太宗李世民之九子李治是也。高宗即位后，市井间便传闻说，高宗重用英国公李勣，对长孙无忌则敬而远之。自然，这些劳什子的事情与王玄策毫无干系，王玄策也视之无趣。

"他也与王大人一同前去天竺吗？"

"那个老儿，留他独自一人在皇城里不安分呢。再说来到长安已经十年，却一句汉话也不会，倒不如让他随行一同回天竺。"①

---

① 关于那逻迩娑婆寐最后有无回天竺，史书记载不一。《旧唐书·西戎传》载："（那逻迩娑婆寐）采诸奇药异石，不可称数。延历岁月，药成，服竟不效，后放还本国。"而《新唐书·西域传》则又称他"术不验，有诏听还，不能去，死长安"。似是说明他并未返回天竺。《资治通鉴》200卷也称那逻迩娑婆寐"竟死于长安"。

"他端的不知好歹，法螺乱吹，全靠王大人帮他看承着呢。"

"罢罢，我也是不得已。毕竟在天竺的时候，是他助我等脱出牢狱，也算有救命之德。横直他也不会当真活过二百岁，死后一切便统统由我照料就是了。"说到此处，王玄策面露苦笑，随即又道，"修行中多有叨扰，见法师一切无恙我便安心了。待我自天竺归来之后，定当再会。"

"王大人走好。拙僧谨祈王大人天竺之行一路平安。"

义岸望着一路离去的王玄策的背影，直到看不见。

长安乃百花之都，除却严冬一季之外，自早春至初冬，花开不绝。眼下虽说还是农历三月，牡丹尚未开花，不过，桃、李、杏、蔷薇等各色琪花瑶草早已争奇斗艳，各领风骚了。风吹过处，或白的或淡绯的或红艳的花儿，便如雪花一般飞舞起来，端的是满城飘香。

王玄策迎着满天乱舞的落英，缓缓走去。这个曾令天竺全土震惧的英雄，此刻却走得无声无息，渐次被落英淹没了身影。

一代英雄豪杰王玄策最终究竟如何，其墓穴现在何处，后世谁也不晓。

后　记
历经漫漫夜行
终得搁笔付梓

翻开由三省堂编纂的《世界史小事典》第三版，在"王玄策"一条下有如下注解：

> 王玄策是唐代自中国三次出使印度的人物。公元643年护送北印度王曷利沙·伐弹那遣来中国的使者返印度而首次踏上印度。公元647年再出使天竺。适逢曷利沙·伐弹那王急死，北印度陷于混乱，王玄策一行受阻被羁入狱，后脱狱得吐蕃与泥婆罗之兵破之。公元658年第三次入印度，并至罽宾。

笔者最初知道王玄策这个人物的时候，反应与其说是惊愕，还不如说是狼狈更加贴切，因为完全不清楚历史上究竟是否真的存在过王玄策这个人物，或是确有其人而自己却一直毫无了解。虽然工具书中对其记载十分简略，但以他早在中世纪之初便三次远赴印度，并于斯地统率着一支异国的军队，击破数倍于己方的敌人，这在古今东西历史上，都是前无古人、后无来者的惊人壮举。曾做出过如此英雄壮举的人物，为什么却湮没在芸芸众生中，没有被

252

人们津津乐道地传颂至今呢？

后来才知道，并非是他其名不扬，而实在是笔者孤陋寡闻。原来王玄策在佛教的国际交流领域里是一个不可或缺的著名人物，但是，跳出佛教研究的圈子，王玄策就变得默默无闻了，这又是一个不可否认的事实。

曾经历时十四载，遍游印度的玄奘在全世界是那样有名，而三次来往于印度的王玄策却没有被更多的人知晓，这不能不说是一件非常遗憾的事情。当然，笔者并非以为远赴印度的次数越多，其人就一定越伟大。然而笔者感到遗憾的是：早在公元七世纪，王玄策就已三次往返中国与印度这一事实本身都不太为人所知道。

创作历史小说的人有时候确实是很爱管闲事的。只要是自己感兴趣的历史人物，便会不厌其烦地去查阅有关的资料，去钻研有关的细节，然后将钻研的成果发表出来，大张旗鼓地加以宣传，而无须任何人发号施令。

无论是圣人还是君子又或是其他知名人物，笔者几乎都兴趣寡然。因为与这些人物比较起来，奇人、怪人、恶人、不可思议之人等等更加有趣，更加富有故事性。

例如，本书中登场的智岸法师与彼岸法师，舍出一己的性命，不远万里赴印度取经求法，都是德高望重的高僧。不过到了我的笔下，一如读者所见，却演变为两个被赋予了动、静不同性格的小说人物。或许这样做会遭到佛法的报应，不过笔者还是相信会得到大家的宽宥。

至于书中的主人公王玄策，在为数极少的资料中，笔者找到这样一句对他的评价："机略有胆力"。这是理所当然的，因为若非如此，又怎能够完成这一空前绝后的壮举呢？

至于史书没有记载的部分，作者该如何去补充，令其人物形象丰满起来呢？

这也许是历史小说作者必须去面对的一个难题。

历史上，居功自恃、傲睨万物、最终却落得个遗臭万年的人物不在少数。这些人物成为笔者在构思王玄策这个主人公形象时最好的反面材料；另一方面，历史上王玄策无声无息淡出人们的视线这一事实，也可以从一个侧面印证王玄策的为人。

为了搞清楚王玄策生活的年代，笔者还试着制作了一张年表来进行对照。对于王玄策死去的年月日人们一无所知，唯一可以确定的是，他的后半生是生活在唐高宗时代。

很明显，这个时代也正是则天武后专权的时代，权力斗争、阴谋、暗杀、告密、整肃等连绵不绝，当时五品以上的官吏几乎都生活得艰难竭蹶。而王玄策的名字却与一连串的政治事件毫不搭界，与权力斗争完全绝缘，看得出他专注于自己的职守，将自己定位为一介普普通通的"技术官僚"。

由自制的年表还可以看出，七世纪是亚洲的世纪。东有大唐帝国傲视天下，西有伊斯兰势力勃兴，而与此同时的西欧却没有发生过一件具有世界影响力的事件，仿佛静静地沉睡在黑暗的深渊中。

王玄策与日本的天智天皇（中大兄皇子）是同时代的人物，事实上他与日本也绝非无缘。现保存在奈良县药师寺里的佛足石上的铭文中，发现有"大唐使人王玄策"等文字，就是有关王玄策的记载。据说是由当时曾到达长安的遣唐使、一个叫黄文本实的人所撰。可惜笔者没有亲眼见过这篇铭文。

最后有必要谈一谈本书的文体，因为此前曾接触过笔者拙作的读者，或许会对本书的文体感到惊讶不解。

关于中国的历史小说，迄今为止，笔者除发表过几部创造性的作品以外，还不揣冒昧，编译了一些中国古典小说，例如《隋唐演义》《岳飞传》等，今后还打算将《杨家将演义》等杰出作品编译出版。通过这些编译工作，笔者不禁生出一个大胆的设想，即作者如果一味使用现代文体来写作的话，那么在文学作品的世界里，将会有多少优秀的作品从此湮没消亡？

虽不能一言以蔽之，但依据不同的素材，采用不同的文体来进行创造，似乎也是无可厚非的。斗胆举出幸田露伴的例子拿来加以说明，他创作的《水浒传》和《命运》不就采用与以往完全不同的文体吗？

另一个原因则是，在创作的过程中，笔者曾为文体的选择而一度焦头烂额、不知所措过，这是从未有过的体验。最初采用的是现代文体，但是很快便感到思路停顿，写不下去了。变换了数种文体和人称，依然挫折连连。主要是因为历史背景难以叙述明白；另外，像年号与西历的关系、度量衡等，说明起来也感觉很别扭。

最终确定下来的文体便是现在读者所看到的，即模仿中国明清时期章回小说的所谓半文半白的文体。对于不习惯这类文体的读者，笔者只有说抱歉了，但是如果不采用这种文体的话，可能就无法将书中的素材小说化，编成一部作品了。因此，对作者来说，这是唯一不二的文体，故也请读者见谅。至于运用得如何，只有让读者来评判了。

每当创作中国题材的小说时，笔者便会不由自主地产生一种畏惧感：自己究竟有没有能力完成这篇作品？从一开始便有这种日暮途远、力竭技穷的心境，说起来实在汗颜。幸赖热心的编辑鼎力相助，总算得以搁笔付梓。虽然与王玄策的万里之旅比起来，不过是亿万分之一的苦劳，但同样有一种历经漫漫夜行，终于到达终点的幸福感觉。

本书既非伟人传，也不是中印文明比较论，更不是企业人士用来解决经营危机的"戏说式"管理学教科书，只不过是一部娱乐小说而已。

如果读者能够兴致勃勃地从头读到尾，那便是作者唯一的祈愿和莫大的喜悦。

田中芳树
2004 年夏

附　录

公元 626 年	唐太宗皇帝即位。
公元 629 年	玄奘去天竺求佛法。
公元 630 年	玄奘抵达天竺。伊斯兰教创始人穆罕默德征服麦加。日本第一次派出遣唐使。卫国公李靖大胜突厥。
公元 632 年	穆罕默德逝世。
公元 635 年	唐高祖驾崩。景教（聂斯脱利派基督教）从波斯传入大唐。
公元 636 年	雅穆克河战役，伊斯兰军大胜东罗马军。
公元 641 年	戒日王派遣使者抵达长安。
公元 642 年	玄奘从天竺出发，踏上归途。日本皇极天皇即位，苏我入鹿执政。高句丽国王遭重臣杀害。
公元 643 年	王玄策第一次以副使身份出使天竺。
公元 644 年	唐太宗第一次远征高句丽，失败。
公元 645 年	玄奘归国，谒见唐太宗。唐太宗第二次远征高句丽，失败。日本苏我入鹿被中大兄皇子杀害。
公元 646 年	王玄策第一次自天竺归国。
公元 647 年	戒日王逝世。王玄策第二次出使天竺。

生擒篡位者阿罗那顺。

公元 648 年　　　　王玄策第二次自天竺归国，携阿罗那顺回长安谒见唐太宗。慈恩寺在长安建成。

公元 649 年　　　　唐太宗驾崩，唐高宗即位。

公元 651 年　　　　波斯的萨珊王朝灭亡。

公元 653 年　　　　日本第二次派出遣唐使。

公元 655 年　　　　武则天被立为后。

公元 658 年　　　　王玄策第三次出使天竺。日本有间皇子被处刑。

公元 659 年　　　　长孙无忌受武则天逼迫，自缢身亡。

公元 660 年　　　　王玄策第三次自天竺归国。

公元 661 年　　　　伊斯兰教继任人阿里被杀害。倭马亚王朝建立。

公元 663 年　　　　唐灭百济，在白江口战役中大胜日本军。

公元 664 年　　　　玄奘逝世。武则天独掌天下大权。

公元 667 年　　　　日本迁都大津京。

公元 668 年　　　　英国公李勣灭高句丽。天竺五国派遣友好使节团抵达长安。日本中大兄皇子即位，称天智天皇。

公元 669 年　　　　李勣病逝。

一本书打开一个世界